分水江畔的丰碑

桐庐县社会科学界联合会
桐庐县分水镇人民政府
编著

团结出版社
UNITY PRESS

图书在版编目(CIP)数据

分水江畔的丰碑 / 桐庐县社会科学界联合会, 桐庐
县分水镇人民政府编著. -- 北京: 团结出版社, 2021.7
ISBN 978-7-5126-8938-1

Ⅰ. ①分… Ⅱ. ①桐… ②桐… Ⅲ. ①散文集–中国
–当代 Ⅳ. ①I267

中国版本图书馆 CIP 数据核字(2021)第 106659 号

出　　版：团结出版社
　　　　　（北京市东城区东皇城根南街 84 号　邮编：100006）
电　　话：(010) 65228880　65244790（传真）
网　　址：http://www.tjpress.com
E – mail：65244790@163.com
经　　销：全国新华书店
印　　刷：成都兴怡包装装潢有限公司
装　　订：成都兴怡包装装潢有限公司

开　　本：145mm×210mm　32 开
印　　张：8
字　　数：200 千字
版　　次：2021 年 7 月第 1 版
印　　次：2021 年 7 月第 1 次印刷

书　　号：ISBN 978-7-5126-8938-1
定　　价：48.00 元
　　　　　（版权所属，盗版必究）

编委会

序

在富有魅力的浙江西部，在充满诗情画意的富春江上，有一条最大的支流分水江。这是一条文明古老的母亲河，2010 年 3 月在这条流域的潘联村方家洲考古发掘，发现这里是新石器时代石玉器制作场地遗址。分水江源远流长，孕育了一座千年古邑，在一千四百年前的唐武德四年（公元 621 年），在武盛山麓建分水县，而后成为浙皖线上一个重要古邑。

这是一片让人敬仰的红色土地。在那个战火纷飞的红色岁月里，为响应 1919 年爆发的震惊中外的"五四运动"，远在浙西山区的分水师生开展了轰轰烈烈的声援活动，唤醒了一批有识之士；1927 年 8 月，桐庐县第一个党支部——中共分水支部在分水城北东梓坞濮立人家中诞生，分水历史掀开了新的一页；1930 年 10 月，举行了声势浩大的毕浦农民武装暴动，动摇了国民党反动派的根基；1934 年 11 月，中国工农红军抗日先遣队第十九师 3000 余人在师长寻淮洲的率领下挺进分水，打响了分水历史上的著名战役——分水之战，写下了可歌可泣的红色一页；1939 年 3 月，中共中央军委副主席周恩来以国民政府军事委员会政治部副部长的公开身份，先后两次来到分水，称赞桐庐为战时前进县……

这里是"泰山压顶不弯腰"的南堡精神的诞生之地。1969 年

7月5日，这里发生了一场历史上罕见的特大洪灾，将南堡村冲成了一片废墟，人民的生命财产受到十分惨重的损失，在"泰山压顶"般的困难面前，英雄的南堡人民发扬"自力更生、艰苦奋斗"的大无畏精神，花了不到三年的时间用自己的双手重建了新南堡，创造了人间奇迹。这种"泰山压顶不弯腰"的革命精神被后人誉为"南堡精神"，这种精神必将代代相传，永放光芒！

这是一片沐浴春风、妙笔生花的神奇土地。2003年4月10日和2006年5月26日，时任浙江省委书记习近平先后两次到分水，考察分水制笔工业园区和分水江水文站，在分水工业园区提出了"做大做强、强化特色、拓展空间、城乡联动"的十六字方针，为分水的发展指明了方向。分水江畔拂春风，万紫千红满园春。分水制笔从最初一家一户的零星小作坊，逐步发展为遍地开花的"块状经济"。至今制笔企业达到723家，配套企业300余家，制笔机6000多台，年产销各类塑料笔达到70亿支。如今在达到"世界人均一支分水笔"之后，分水人又开始向世界人均一支好笔的新目标攀登。正如书中所言，一支笔，一朵花，妙笔生花，花开似锦，托起一座山中小城。

我爱这座山中小城，我爱日益靓丽的分水。在中国共产党成立100周年之际，为发扬优良革命传统，弘扬"泰山压顶不弯腰"的南堡精神，特写下这段文字。

是为序。

（作者为中共桐庐县分水镇党委书记）

目 录 / Contents

红色岁月

分水师生声援五四运动

1919 年，是中国近代史上风起云涌的一年。这一年，爆发了震惊中外的五四运动，这是一个划时代的历史事件，诞生了影响深远的五四精神，即"忧国忧民、热爱祖国、积极创新、探索科学的爱国主义精神"。远在浙江省西部的群山之中有一个小县城，叫分水，这里也掀起了一波又一波的声援北京五四运动的爱国热潮，写下了分水红色文化的第一页。

1919 年初，美、法、英、日等国为了划分势力范围，瓜分殖民地，在巴黎召开"和平会议"。中国是战胜国之一，北洋军阀政府派代表出席巴黎和会。会上中方代表提出收回山东省被德国侵夺去的一切权利。同时，中方代表要求取消日本对华的二十一条不平等条约，结果遭到了与会帝国主义国家的拒绝。而日本代表竟公然提出要把德国在我国山东侵夺去的权利转让给日本。软弱无能的北洋军阀政府，在帝国主义的强大压力下竟准备在和约上签字。这个消息传到中国，长期积压在中国人民心头的愤怒像火山一样爆发了。5 月 4 日，北京 3000 多名青年学生到天安门前集会，举行示威游行，坚决反对中国代表在和约上签字。此举遭到北洋军阀政府的镇压。第二天，全北京学生实行总罢课，并通电全国表示强烈抗议，得到了全国各地的爱国学生和群众的声援。6月3日、4日两天，北京学生近千人又遭逮捕，激起了全国人民更大的愤慨，接着上海、南京、天津、杭州等地工人罢工、学生罢课、商人罢市，以声援北京的五四爱国运动。

1919年夏末秋初，消息传到了分水县城，一下子点燃了分水广大人民群众的爱国激情，分水的知识界首当其冲，特别是分水玉华高等小学的全体师生，个个义愤填膺，表示要全力支持北京等地青年学生的爱国行动，玉华学校立即组织师生队伍上街游行示威，开展宣传五四爱国活动。一时间在分水大街小巷张贴了许多标语口号：打倒卖国贼！收回青岛！支持北京学生的爱国行动！师生们手执红绿纸旗，高呼口号："外争国权、内惩国贼！""还我山东，抵制日货！""拒绝和约签字！""取消21条不平等条约！"整个小县城群情激昂，一片沸腾。

声援活动在持续，当时分水县知识界以陈祖舜、陈凤两位进步人士为首，在城隍庙主持召开了"千人民众大会"，两人先后登台宣讲。陈祖舜先生第一个上台演讲，当时他还只是一个进步知识分子，后来加入中国共产党。为方便群众理解，他事先特意画了一幅很大的中国地图，挂在讲台上，一边演讲一边指着地图，向大家讲解帝国主义瓜分蚕食我国的阴谋，演讲时他声泪俱下，引起了到会民众的强烈反响，极大地激发了人们的爱国热情。第二个上台演讲的是陈凤，他在台上慷慨激昂地宣讲：

现在日本在万国和会要求并吞青岛，管理山东一切权利，就要成功了！他们的外交大胜利了，我们的外交大失败了！山东大势一去，就是破坏中国的领土！中国的领土被破坏，中国就亡了……我们要团结起来，外争主权，内除国贼，中国存亡，就在此一举了!

中国的土地可以征服而不可以断送!

中国的人民可以杀戮而不可以低头!

同胞们,团结起来呀!

陈祖舜、陈凤两人的演讲,像黑夜里举起了两把耀眼的火炬,广大群众眼前一亮,前来听演讲的人越来越多,人们义愤填膺,奔走相告。

声援活动持续高涨,后来又组织成立了抵制日货宣传队,由进步学生钱文选、何定金、何一文、郁秉璋等人组成,边宣传边行动,将一些商店里的日货,诸如"铁猫牌"毛巾、"三鼎甲"火柴、"翘胡子"仁丹和日本产的绸缎等集中拿到圣庙前的广场上,当众烧毁,在场群众拍手称快。

分水师生和当地群众的声援活动,第一次向分水地区广大群众宣传了五四运动精神,激发了当地群众的爱国热情,在分水人民的心中产生了深远的影响,也为后来成立中共分水县第一个党支部奠定了思想基础。

分水县首个党组织成立

1927 年 2 月，当时还属第一次国共合作时期。国民革命军东路先遣队进入分水时，原国民党分水县令周伯雄以父亲生病为由辞去县令职务。革命军先遣队委任蒋鳌（共产党员）为分水县民国以来的第 10 任县长，并派北伐军基层干部汪德龙（共产党员）配合县长蒋鳌筹建以共产党员为骨干的国民党分水县党部筹备委员会。筹委召开军民大会，公开宣布实行三民主义。当时东路军各部从师部到连队都有共产党的代表，政工人员、基层干部多数为共产党员和国民党左派。

由于当时许多群众不了解革命军的性质和宗旨，难免有疑虑和恐惧，甚至还有少数人上山躲避。北伐军一到分水就开始宣讲："我们是革命的队伍，和你们一样，都是穷苦出身，是为了救你们出水火，是来保护你们的。"并以严明的纪律取信于民，部队住宿大都在寺庙、祠堂甚至路边，买卖公平，对地方百姓秋毫无犯。北伐军的政治宣传工作十分活跃，不少进步青年和学生在此影响下，纷纷加入革命队伍。如首任国民党县党部监察委员李莹，就是在这时由国民革命军政治部夏某介绍秘密加入共产党的，后来成为分水县第一个党组织——中共分水支部的骨干。

1927年2月，国民党分水县召开第一次代表大会，选举产生了临时县党部。县长蒋鳌与共产党员郭日新一起，组织分水店员工人和手工业工人成立分水县工会。号召工人阶级起来当家作主，争自由求解放。6月，分水妇女解放协会成立，协会大力宣传男女平等，主张婚姻自由，反对童养媳。同时，国民党省党部农民部派来宋景修、郭兴，到分水协助建立农民协会，领导农民开展减租减息工作。

1927年4月12日，以蒋介石为首的国民党新右派在上海发动反对国民党左派和共产党的武装政变，大肆屠杀共产党员、国民党左派及革命群众。这就是震惊中外的"四一二"反革命政变，使中国大革命受到严重的摧残，标志着大革命的部分失败，是大革命从胜利走向失败的转折点。同时也宣告国共两党第一次合作失败。经过"四一二"政变，许多基层组织基本瘫痪，中国共产党经历了严峻的考验，白色恐怖的阴云笼罩着全国各地，中国革命处在危急关头。在敌人的屠刀面前，真正的革命党人并没有因此而退却。1927年8月，在五四运动中就积极参加声援活动的陈祖舜，这时已经加入了中国共产党，组织上考虑他是分水县人，且有一定的群众基础，有利于开展组织活动，就秘密派遣他回分水县开展建党活动。

陈祖舜，又名陈江萍，分水县安定乡方吴村人。他在浙江一中读书期间，就深受共产主义思想影响。1927年初，当北伐革命胜利推进到浙西山区分水时，陈就与革命军26军政治部特务员张期和东路军指挥部派来的副官汪德龙一起，联络了一批进步知识青年，在县长蒋鳌的支持下计划筹建革命的国民党县党部，却遭到豪绅派的破坏而受挫折。是年6月，陈祖舜只好离开分水前往杭州，在同学陈雪白家与原一中同学曹仲兰相识。与曹仲兰相识，使陈祖舜从此走上了一条光明的革命道路。

曹仲兰，何许人也？

曹仲兰，又名雪芹、雪病，浙江上虞外梁湖村人。1920年秋，从上虞县立一小毕业后，考入浙江省立第一中学。当时，杭州各中学以省立一中为总会，他被同学们选为"学生自治会"副总会长。1924年4月，省立一中建立了共青团支部，他被吸收为首批共青团员。1924年下半年，他从省立一中毕业回到家乡，当了一年教师。1925年，他又考入浙江医药专科学校（原浙江医科大学前身，现浙江大学湖滨校区）。时值"五卅"惨案发生不久，杭城各中等以上学校都成立了"五卅惨案后援会"，曹仲兰任医专学生自治会会长，他积极组织医专学生，约其他学校学生一起组成两支示威游行队伍上街游行。同年冬，中共浙江省医药专科学校支部建立后，组织学生开展读书活动，他不但自己如饥似渴地阅读《向导》周报、《新青年》等进步刊物，从中吸取新文化思想，提高自己的政治觉悟，还带领进步同学，经常出入杭州一家较为进步的"开明书店"，推荐同学们阅览《创造月刊》《语丝》《幼州》等进步书刊，并将郭沫若、郁达夫的著作及自己保存的进步书籍包上《马太福音》封面，借给同学们阅读，用这一方法来团结、教育周围的同学。1926年，浙医专成立共青团支部，他是创始人之一。同年冬，他加入了中国共产党。1927年3月，北伐军挺进杭州后，浙医专党支部成立了接管教会医院小组，曹仲兰被派去参加接管英在杭的广济医院和附设学校。同年，"四一二"反革命政变后，白色恐怖笼罩杭城，许多共产党员、国民党左派人士和部分学生运动领袖相继被捕、被杀，革命处于低潮，党团组织被迫转入地下。但曹仲兰临危不惧，多方联系寻找党组织，并勇敢地担负起浙医专党支部书记的重任，继续发动党团员和进步青年坚持斗争。同年5月，他被校方开除后转入地下活动。6月，共青团中央决定，以共青团杭州地委为基础，扩建成共青团浙江省委，并新建共青团杭州中心区委，由曹仲兰任书记，负责城区共青团的工作。7月，团组织撤销。8月，又根据团省委决定，在杭建立两个团区委，他任共青团杭州第二区委书记。就是在这时，陈祖舜和曹仲兰相识了，经曹介绍，陈祖舜加入了CY（共青团）后又加入CP（共产党）。

陈祖舜回到分水后，很快与共产党员李莹、陈策取得了联系。早在1927年初，李莹在国民革命军先遣队经过分水时，由该部夏某介绍，李莹秘密参加了共产党，而他公开的身份是国民党县党部首任监察员。陈策是国民党党部派往杭州参加党务人员养成所训练时，由宣中华、唐公宪二人介绍，秘密加入中共组织的。陈策回分水后，担任国民党县党部执行委员兼工人部部长。同时陈祖舜还在进步青年中物色和培养建党对象。先后吸收濮岩、濮立人、何爱华为中共党员。在此期间，在医专读书的曹仲兰也利用放暑假时间，先后两次秘密来到分水陈祖舜处，指导筹建分水党支部工作。

1927年8月的一个晚上，分水历史掀开了红色的一页，中共分水党支部在分水城北偏僻的东梓坞濮立人家中诞生了。成立会由曹仲兰主持，参加会议人员有濮岩、陈祖舜、李莹、陈策、濮立人、王太玄、何爱华等7名党员。会上曹仲兰代表上级党组织指定濮岩为支部书记，中共分水支部隶属浙江省委。

中共分水支部成立后，李莹、陈策、何爱华三人以在国民党县党部工作的自由合法身份为掩护，组织农民协会，创办民众夜校，对广大贫苦农民进行反压迫、反剥削、反土豪劣绅的宣传教育，发动人民群众开展减租和减息运动，并提出"耕者有其田"的口号，大大激发了人民群众的革命热情。

1927年10月，中共浙江省委遭到破坏。敌人根据查获的名单，到处搜捕共产党人。李莹、何爱华不幸被捕入狱，濮岩避往上海、青岛一带，陈策转移至安徽，陈祖舜、濮立人亦隐藏于他乡亲朋处，分水支部活动遂告停止。

中共分水支部被扼杀在摇篮之中，但革命火种并未熄灭。1928年3月，共产党员傅祖尧（原名傅熙岭）在遂昌当地任小学教师时，由谢云重介绍加入中国共产党后，任塘头村支部宣传委员。1928年2月，省委通讯处被敌破坏。傅接到"家被盗窃"的密电通知后，马上离开了家乡，转移到人地生疏的分水县岩坞村。经人介绍，傅祖尧在岩坞同乡人卓根水家落脚。后经浙西特委批准，同意他在分水县秘密开展建党工作，革命火种又开始在分水一带秘密燃烧起来。岩坞村离分水县城不到五里路，傅祖尧利用卖字卖兰花、当小学教师为掩护，秘密开展党组织活动。通过一段时间的考察和培养，傅祖尧秘密发展了卓根水为中共党员。从此在分水这块土地上，刚被敌人扑灭的革命火种，又星火燎原起来。

1928年5月，傅祖尧根据省委"积极发展党团组织，迅速建立革命武装，伺机暴动，突破一点，四面响应，摧毁国民党反动统治，建立人民政权"的指示，经特委准许，他又回遂昌工作，后任中共遂昌县委副书记。同年7月25日，他与县委书记傅以和、县委组委傅赠林领导塘头村武装暴动，结果失败。因被敌人悬赏通缉，三人同时转移到兰溪。同年 10 月，傅祖尧受浙西特委派遣，再次来到分水，同来的还有共产党员傅九德、傅性林。他们互相配合，秘密开展建党活动。首先在岩坞吸收贫苦青年刘叶青等人入党，组成了以卓根水为支书的岩坞党支部。

1928 年 12 月，中共浙西特委得知党的外围组织"济难会"内部有人向敌人告密，出卖我党在兰溪的活动情况时，便将傅以和调任"分、於、昌"三县巡视员，他常驻於潜镇。特委书记郑馨、委员方亦民、联络员傅金龄三人，冒着风雪离开兰溪连夜转移到分水岩坞。傅祖尧在傅丁寿帮助下，以同乡、亲戚的名义将郑馨等三人安排在朱有道家中。特委书记郑馨听了傅祖尧、卓根水的工作汇报后，提出当前建党活动要面对实际，既要继续在劳苦大众中展开，又要积极慎重地考虑在当地盛行的青帮中间进行活动。郑馨、方亦民在分水留住十多天后，便离开岩坞赴杭州、永康等地。继续留在分水工作的傅金龄，则在这里积极开展活动，先后发展了朱齐道、毛立田、叶棠川三人为中共党员。后来根据组织需要，傅金龄离开分水去安徽宁国、蓬山一带，与先前到达的博以和一起开展建党活动。

中共岩坞支部和不久以后建立的中共分水区委，根据特委指示精神，建党活动要更加活跃，以不断壮大组织力量。经卓根水的推荐，这年初担任九龙山村小学教师的傅祖尧（第二年经汪炳贵介绍去塘源村任教），为了能在青帮中站住脚，亲自登门拜水城青帮首领冯芝珊为先生。从此傅祖尧在青帮、小学教师双重身份掩护下，经常以看望同乡、会见帮会兄弟、拜访社会贤达之名，在分水开展广泛的活动，从中物色和发展了冯芝珊、王成兴、姚雨庭、丁绍元等为党员。在这期间，傅还和当时被营救出并与党组织失失去联系的李莹交了朋友，经过认真考察和深入了解，帮助他与党组织重新接上关系，并安排李莹在分水的一些店员工人中开展活动。

1929 年 4 月，隶属于中共杭州中心市委领导的中共分水区委成立，这是我党在分水县建立的第一个基层委员会，书记是傅祖尧，组织委员为傅金龄，宣传委员为李莹。此后，党的活动十分活跃，范围不断扩大，组织迅速发展。至 1930 年秋，分水区委下辖 7 个支部，有党员 79 名。当时中共儒桥和长前两个支部属永安（毕浦）区委管辖。

区委联络站设在分水城北五里亭排坞口刘树青家。刘树青、柴成林两人担任联络员。各支部在区委的领导下，利用多种形式向广大工农群众宣传党的主张和革命道理，组织党员和进步青年深夜在城区和交通要道张贴标语散发传单，揭露国民党反共反人民的罪行。还组织群众多次割断敌人电话线，破坏敌人的通讯联络。并且在分水县城成立农民协会、店员工会、船民协会等组织，开展"二五"减租和减息活动，开展要求增加工资、反对封建霸头等斗争，有力地打击了国民党政权的统治和土豪中的嚣张气焰。一时间，分水地区民众反欺压、争自由的气氛渐浓。印渚乡的富家、老坞、何宅坞等地农民由王有才、何继香为首成立"自立社"，组织农民提灯夜游，向土豪劣绅开展斗争。后因两位带头人被捕入狱，组织活动停息。1929 年 5 月，天目溪久旱干涸，两岸土豪勾结国民党政府发出通告"禁止下溪捕鱼"，严重影响了渔民生活，引起群众激愤。当时於潜、分水两个区委联手发动沿溪党员群众，一面突击下溪捕鱼，反其道而行之；一面联名向国民政府诉论，据理驳斥地主豪绅霸占渔利的行为，斗争最终获得了胜利。

1929 年，党组织通过政治与经济两方面不懈斗争，群众思想觉悟大有提高的情况下，中共分水区委遵照於、分、昌三县领导小组关于在三县山区发展地方武装组织的指示，成立了一支以傅性林、朱三古为负责人的青年打猎队，并与昌化罗金虎、於潜毛召义两支打猎队共 100 多人互相联系。打猎队以秋冬农闲为主要活动期，名为上山打猎，实是集结训练青年骨干，建立地方革命武装，为配合江南五省大暴动作准备。

1930 年 8 月，浙江省委通讯机关又遭破坏，国民党在全省各地搜捕共产党员。傅以和等接到省委密函后，迅速与赵坤（於、分、昌三县党组织负责人）赶赴宁国蓬山找傅金龄共商对策。因傅金龄已经被捕未能相见，赵坤当即返回於潜隐藏。傅以和患重病难以行走，避居蓬山岭罗章文家，随后在党员罗金虎等掩护下，经昌化仓源里转送至分水塘源村，由傅祖尧日夜护理。到了中秋节这天，傅祖尧不幸染病身亡。傅以和在塘源村葛坞朱章养家隐蔽数月，待病稍有好转，才由其家属接往桐庐钟山乡周光治家寄居。至此，分水地下党组织暂时停止活动，整个分水地区的党组织活动由于傅祖尧的身亡，加上傅以和的病离等原因而上下失去联系，中共分水区委与中共於、分、昌中心领导小组也同时停止活动。

浙西特委成立

1928年的4月22日，中国共产党浙西特别委员会在兰溪成立，下辖东阳、遂昌、兰溪等10个县委，管辖金华、永康、武义、桐庐、分水等22个县党的工作，是民主革命时期中共浙江省委成立后在全省组建的第一个地区级党组织。

中共浙西特委成立后，即确定兰溪、永康、建德三县为浙西工作的重心。同时，按照"发动群众斗争，很快地进展到游击战争阶段，一直达到武装暴动"的工作路线，特委和各县党组织在浙西领导了多次武装暴动和锄恶反霸等斗争，一时间，革命烽火燃遍整个浙西。

5月上旬，浙西特委在桐庐县城惠宾旅馆召开浙西各县党的负责人会议。分水地区党的负责人傅祖尧参加会议。会议由浙西特委委员傅以和主持，会上特委常委裘古怀传达了省委扩大会议和《省委对浙西各县工作决议》精神。省委在决议中指出：浙西各县在政治上，过去工作错误是不了解党中央"八七"会议和十一月会议决议案的意义，即自国民党投降资产阶级背叛革命后，党的政治任务是积极领导工农群众，为实现工农政权而斗争。在乡村方面，应普遍发动农民进行经济斗争，实现"耕者有其田"；

在城市中，应积极领导工人联合平民，直接与资产阶级、国民党开展政治的、经济的斗争。浙西各县当前的主要工作是：一、发动农村的政治、经济斗争；二、积极发展城市工人的组织和斗争；三、实施工农武装军事训练，以期扩大到游击战争；四、开始士兵运动，动摇反革命势力的基础；五、扩大"反国民党和建立苏维埃"的宣传；六、改造党的组织和群众组织，使之成为战斗的武器。根据省委决议，裘古怀要求各地迅速贯彻执行党的"八七"会议精神，积极发展党的组织，迅速建立工农武装伺机暴动，并将群众基础好的遂昌作为武装暴动的突破点。要求突破一点，四面响应，摧毁国民党反动派统治，建立人民政权。会议结束后，特委委派已在分水开展地下斗争的傅祖尧回乡领导遂昌县塘岭头暴动。7月25日，塘岭头暴动爆发，震惊敌胆，但不久遭国民党省防军的武装镇压而失败。

在中共浙西特委的领导下，浙西地区党组织得到了巩固和发展。1928年12月20日，省委根据当时斗争形势，撤销中共浙西特委，各县党组织归省委直接领导。

中共浙西特委存在的时间虽不长，但其领导的武装斗争在一定程度上打击了国民党在农村的统治，扩大了共产党在广大人民群众中的影响，也为以后党的发展和1929年至1930年浙西地区更大规模武装斗争的开展，奠定了坚实的思想和组织基础。

中共浙西特委桐庐会议遗址——惠宾旅馆

中共浙西特委桐庐会议遗址惠宾旅馆，位于分水江与富春江汇合处三角地带，占地面积300平方米，系绍兴人宋家雍所建，于民国8年（1919）竣工，建筑面积900平方米，高4层，砖木结构，挂落雕栏，古色古香，有客房30余间，床位50余张，曾为县城规模最大、设施最好的旅馆。1962年，惠宾旅馆曾改建成砖混结构。1998年东门旧城改造启动，东门所有原建筑全部拆除，今惠宾旅馆仅存遗址。

桐庐惠宾旅馆

毕浦农民武装暴动

1930 年 6 月 11 日，中共中央政治局上海会议通过《新的革命高潮与一省或几省的首先胜利》的决议，从而使以冒险主义为特征的"左倾"错误得到进一步发展。不久，李立三等人制定了以武汉为中心的全国总暴动和集中红军进攻中心城市的计划。6月中旬，中共中央巡视员卓兰芳亲临建德，贯彻中央政治局会议精神，组织和领导建德农民武装暴动。为了筹措枪支弹药，中共建德中心县委派陈一文到毕浦国民党分水二区区长祝光焘（中共地下党员）处开展此项工作。

毕浦，位于分水江北岸，地处水陆交通要道，是原分水县东部的最大集镇，距分水县城 7.5 公里。20 世纪 20 年代末，以盛家四房为代表的地主豪绅把持着镇上的政治、经济大权。他们以办厂经商、出租土地等种种办法进行高利盘剥，榨取人民血汗，农民们终年辛劳而不得温饱，阶级矛盾十分尖锐。国民党政府为了维护剥削阶级的利益，在此设立了分水县第二区区公所和有 12 名警察的毕浦警察所，此外还有一支由豪绅盛沁香任团总的地方保卫团，他们狼狈为奸，为非作歹，欺压百姓。人们怨声载道，压抑在心中的怒火一点即燃。

陈一文的到来给分水地区引来了革命火种。在祝光焘的热情接待和精心安排下，陈以第二区公所助理员的公开身份作掩护，一方面有意识地与盛沁香经常往来，借以搞清盛沁香的地方保卫团枪支的数量及藏枪地点，及时了解其思想动向，以防不测。另一方面即着手在当地建立地下党组织和发动群众等工作，以夺取枪支响应和配合建德将要举行的武装暴动。经祝光焘介绍，陈一文结识了1927年入党的老党员、毕浦方吴村的陈祖舜和江起虹（1930年4月入党）。他们经常相聚一起，密商如何开展革命活动。不久，陈一文、祝光焘、江起虹3人组成了隶属于中共建德中心县委的永安特支，祝光焘任支书。

为了尽快地将劳苦大众发动起来，组织到党所领导的革命斗争的行列中去，中共永安特支书记祝光焘利用区政府的名义借用毕浦小学，聘请进步知识青年为教师，办起一所供毕浦、方吴、王家、糁源等村广大青壮年就读的民众夜校。夜校帮助学员识字学文化外，还结合宣传革命道理。祝光焘经常亲自讲课，教材大都自编。如"布谷、布谷，年年接不上新熟粮。富家笑来穷家哭，今年总想明年好，来年仍穿破棉袄"这首民歌，即为祝光焘自编教材之一。由于教学联系实际，深入浅出，明白易懂，学员们越学兴趣越浓，基本做到风雨无阻，群众思想觉悟显著提高。陈一文与江起虹则采取校内外相结合的办法，通过个别谈心交朋友，从中物色和培养建党对象。6月中旬，陈一文和江起虹在地处偏僻的糁源村焦坞艾志成的茅屋里，对建党对象王光林（又名谢玉明）、吴光明、张启荣、徐德昌、叶祥茂等进行教育，陈一文向他们阐述了无产阶级只有在苏维埃政权的领导下，团结起来推翻反动政府，才能翻身得解放的革命道理。此后，陈一文还通过江起虹的亲友、同学及当时分水盛行的青帮等渠道，先后在分水西部的儒桥、北部的长前、南部的大五管开展建党宣传活动。6月下旬，祝光焘得知建德国民党政府已在通缉陈一文，立即将此情况转告陈本人。考虑到陈一文到毕浦后，经常出头露面，目标较大，为免遭不测，决定让他立即转移。陈的工作便由祝光焘、江起虹接手。

7月，建德农民武装暴动在省防军的镇压下遭到失败，已被国民党政府悬赏通缉的中共建德中心县委领导人姚鹤庭、童祖恺和党员蒋凤梧3人，于16日由建德郭村转移到分水毕浦祝光焘处隐蔽。此间，祝光焘向姚、童二人汇报了工作情况。在祝光焘和江起虹的陪同下，童祖恺出席了在焦坞艾志成家里召开的建党对象会议。会上，吸收王光林、吴光明、张启荣、徐德昌、叶祥茂5人为中共党员。为使党组织能适应新形势发展需要，经童祖恺同意，以中共永安特支为基础，建立了仍隶属建德中心县委的中共永安区委，书记祝光涛、副书记徐德昌、组织委员王光林、宣传委员叶祥茂、武装委员吴光明。江起虹被中心县委任命为驻分水特派员。7月21日，姚鹤庭、童祖恺在祝光焘等资助下离开毕浦去沪，途经桐庐县城时不幸被捕（后童不屈牺牲，姚叛变投敌）。

中共永安区委建立后，根据上级指示，即安排王光林、徐德昌、叶祥茂、吴光明、江起虹等分头去大五管、龙源、长前、儒桥等地发展党组织。祝光焘和张启荣也先后在方吴、王家、糁源等村吸收吴鸿文、戴荣潮、黄锡章、胡寿春、从定源等10余人为党员。不久，分别建立了以王光林、张启荣为负责人的方吴支部，以陈法根、黄志恺为负责人的儒桥支部，以刘宝奎、陈道煜为负责人的长前支部和以王兰祥、严光林为负责人的大五管支部。到毕浦暴动止，中共永安区委共发展党员 98 人，是原分水县党员最多的地下党组织。

中共永安区委在积极抓好组织发展的同时，一场以毕浦为中心的分水地区农民武装暴动的筹划工作，也在区委的领导下有条不紊地秘密进行。10 月上旬，王光林带着祝光焘的两封亲笔信赶赴於潜棠公山送交给赵坤（原於、分、昌三县党组织负责人兼於潜县负责人）。不久，化名为周大仁的赵坤和原建德东乡的暴动骨干朱增球，受上级党组织派遣，先后来毕浦领导暴动。在赵、朱两人的直接领导下，中共永安区委接连几个晚上在戴家边戴荣潮家里召开会议，重点研究了暴动的计划、措施、准备及组织浙西红军等事项。会议结束，即分赴各地进行贯彻发动。接着，区委又在戴荣潮家里召开了各地党的负责人会议。出席会议的有儒桥、长前、大五管、方吴、王家．糁源、石家、马源等村党的干部和代表共 30 多人。会上，王光林代表区委根据上级的指示精神作了动员，布置各地要以党员为骨干，迅速发动组织浙西红军，多方收集武器，等待时机，举行暴动。会后，各地党组织根据区委的统一部署，立即动手组建革命武装，派人四处购买火药，铜炮子等制造武器弹药的原材料；大五管、糁源、戴家边等村还请来铁匠，于晚间修理和赶制各种刀枪；区委组织委员王光林亲自动手雕刻红军符号和印章，并发动糁源村赖春珠、王春姣、鲁根莲 3 人赶制红军臂章和 4 面大红旗；长前党支部为了将长前地方保卫团的 10 多支步枪争取过来，通过打入敌人内部的共产党员韩柏林、韩全根在团内秘密串联策动，多数士兵表示愿意弃暗投明，只要暴动枪声一响，即携枪起义；祝光焘亦利用他对毕浦的间接领导地位，暗中策动警察起义。

10月15日，在各地准备工作大体就绪下，区委义在焦坞艾志成家里召开了紧急会议。针对建德暴动失败后，敌人已加强了防范并在到处抓人的险峻形势，就毕浦暴动日期的最后确定作了研究。大家一致主张宜早不宜迟，抓住本县敌人现在尚未察觉、戒备松弛之机，出其不意，攻其不备，决定将暴动日期由原定的10月19日提前到10月17日。同时确定以毕浦为突破口，先集中糁源、方吴、王家一带的红军，在夺取毕浦警察所和地方保卫团的枪支后，旋即会同长前、儒桥、大五管等地红军，由原属中共分水区委的部分党员在城里作内应，集中兵力攻克分水县城，夺取武器弹药给养后，乘胜取道合村、淳安，与江西派来接应的红军主力会师，同上井岗山，为穷人打天下。方案确定后，为统一行动，江起虹和吴光明立即分赴儒桥和江山岭庙（与长前接壤）向各地党、军负责人进行传达。赵坤、朱增球、祝光焘、王光林等则在大溪口独山庙召开了有大五管、王家、方吴、糁源等村30多位党、军负责人参加的会议。祝光焘传达了区委的决定后，赵坤作了简短动员。他说："我们浙西红军过去是秘密组织，通过今天的会议要公开了，明天的暴动先从毕浦开始，各地按照部署统一行动，然后集中力量攻打分水。"

10月17日上午，150多位浙西红军集中在里糁坞，偏僻的小山村被暴动前热烈而又紧张的气氛所笼罩。暴动队员个个摩拳擦掌，跃跃欲试。暴动主席王光林当众宣布了暴动总指挥组成人员名单：总指挥赵坤，大队长朱增球，经济保管从定源。同时按部队建制将在场的红军编为两个中队五个排，每排30个人，并公布了中队长和班、排长名单；向全体人员分发了红军臂章。接着，举行了隆重的树旗仪式。暴动队员同仇敌忾，心情激动，面对大红旗，跟着暴动主席王光林庄严宣誓："团结一致，奋勇杀敌，旗进人进，决不后退。"树旗仪式结束后，暴动总指挥赵坤下达了战斗任务：由褚光斗带领守卫队到逻浦场阻击来自分水的敌人；由俞元吉带领一个排去洛口埠收缴豪绅吴墀青的枪支；由卓梅开带领威勇队扫除障碍，攻占毕浦；由徐德昌、叶样茂带领宣传队跟随队伍刷写墙头标语，如"全民一致、工农团结，打倒国民党！打倒土豪劣绅！打倒奸商！"等，以进行政治鼓动；由情报员陈世荣、张金富等人站在毕浦后山瞭望敌人动向，及时与各地联系，同时跟随总部听候派遣。爆破队戴荣潮等 2 人连夜去桐庐桐君山割断通往建德、桐庐、分水的电话线，切断敌人与外界的一切联系。赵坤一再强调部队要严守纪律，服从命令，各负其责，坚决执行和完成上级下达的各项战斗任务。最后，宣布晚上相互联络口令为"打"字。

当暴动准备工作已进入最后的关键时刻，毕源大商号源隆店的经理俞秉衡探知了这一消息，他立即派人赶往分水向国民政府告急求援，但此人行至龙潭时被暴动队员发现并捉住。豪绅盛沁香得到消息后更是心急如焚，除加强自身防卫外，慌忙去找祝光焘区长商量，要祝加强防范。同时，他亲自出马，通知毕浦的各大商店老板 20 多人集中在警察所共商对策。此时仍需继续隐蔽的祝光焘为了麻痹敌人，镇定自若，他一面假意批评盛沁香风声鹤唳，草木皆兵，弄得人心惶惶，一面又以开会的名义将警察牵制住。

10 月 17 日下午 7 时许，情绪激昂的暴动队员紧握大刀、麦叶枪、土枪等武器，在赵坤、江起虹、王光林等率领下冲向毕浦，到村口即兵分两路，分别攻打盛家大房、汾盛盐栈和警察所。王光林率领的一路包围警察所后，发现屋里空无一人。当暴动队员在警察所内外进行搜索时，突然遭到早已伏在船上的地方保卫团团总盛沁香的一阵冷枪袭击，方吴党支部书记张启荣腹部中弹，肠子外流，血流不止（经抢救无效，于第三天牺牲），红军战士陈有生（又名陈有福）腿部也被打伤。战友们目睹此状，悲愤填膺，放火点燃警察所（即盛家厅）后，便汇合主力去攻打盛家大院，盛家大房长子盛人龙凭借高楼负隅顽抗，从窗口不断向攻门的暴动队员开枪射击。红旗手夏德泉被击中要害当场牺牲，总指挥赵坤亦背部受伤，在誓为战友报仇雪恨的气氛中，一个刚从盛家大房后园探身外逃的狗腿子被红军战士一刀砍倒。双方对峙到晚上 10 时许，盛家大院一时难以攻下，暴动人员中已有一死三伤，部队决定撤离毕浦。为解心头之恨，暴动队员又将平日高利盘剥农民的大商号"源隆"付之一炬。

红军撤离至王家，在村边田畈里稍事休整。此时，去洛口埠的队伍在焚烧了地主吴墀青的房屋后也赶来与主力会合，赵坤、朱增球、江起虹、王光林等共同研究后，决定部队马上西进，会合各地的红军进攻分水县城。队伍兵分两路：一路渡天目溪经龙潭，攻打分水县城南门；主力则走大路从东门发起正面进攻。当部队行进到逻浦场时，突然遭到国民党分水县警察局警察的堵击。由于敌我武器优劣悬殊，长时间坚持于我不利，部队只得仍然撤回上王家。暴动队伍在军事上的接连失利，使领导之间对下一步行动计划产生分歧；加上这支队伍是未经过严格训练和系统教育而仓促上阵的，此时，不少战士情绪低落，失去斗志，思想混乱。最后赵坤下令部队就地解散隐蔽，并派人去长前、儒桥、大五管等地，通知立即停止行动，隐蔽待命。

　　暴动突破点的军事行动失利后，因通讯联络不便，各地未及时接到通知，仍按原部署进行。同一晚上，长前浙西红军50多人在巨龙岭脚誓师后出发。按计划去迎接和汇合敌地方保安团起义人员，准备严惩恶霸马国金和党棍章治，随后攻打印渚埠警察所，沿途不断有群众加人，队伍行至虎头坑已扩大到100多人。这时接到了总指挥部张金富送来的紧急通知，于是立即下令解散隐蔽。

　　本应按规定时间统一行动的儒桥浙西红军，由于特派员江起虹在17日这一天未亲自赶到当地部署，而是将儒桥负责人叫到龙潭叶祥茂家进行传达，往返耽搁了时间，当晚已来不及召集队伍，第二天集合了100多人，收缴了当地豪绅地主的武器，并焚烧了恶霸地主王天喜的房屋。19日，又将队伍分别拉到六管（东辉）和七管（罗山）一带活动。在城内负责接应红军入城的地下党员李莹、冯芝珊等于17日晚上探得红军尚未攻城，又加当晚雷电交加．风雨暴至．故面未采取行动。大五管浙西红军除17日派出部分人员参加毕浦突破点的军事行动外，其余的几十人整装待发，准备翻越设峰岭，经塘源村，配合主力攻打分水城，并在设峰岭进行探望，后见分水城里始终没有任何动静，便各自回家待命。

　　由于上述行动是在原部署已被全部打乱，暴动突破的点与面之间已失去相互呼应和配合的情况下展开的，所以兵力分散，未能形成一股统一而协调的、能向敌入发起猛烈攻击的强大力量，给了当地的反动势力以喘息和疯狂反扑之机。

　　10月17日暴动开始的当晚，毕浦地方保卫团团总盛沁香连夜乘船赶到桐庐，通过国民党桐庐县警察局电请省政府派兵前来镇压。

18日，国民党省防军两个连乘船赶到桐庐，第二天中午步行至毕浦，随即进驻分水各地。

19日，七管前山村的大地主张祖周表面上对进入该村的小部分儒桥浙西红军大献殷勤，设酒菜准备招待，暗地里却派人连夜赶往分水县城报告情况。并派爪牙抓走了因天黑迷路失散的共产党员、红军战士叶校海和徐长春两人，于第二天拂晓交给前来追捕红军的省防军。叶校海当天被省防军枪杀于儒桥。张祖周还借军警之手杀害了与他作对的中共党员浙西红军七管一带的负责人张关周。

毕浦地方保卫团团总盛沁香在省防军进驻毕浦后，便杀气腾腾地带领他们到处搜捕我暴动队员。身负重伤的红军战士陈有生被捕后，当即被枪杀在毕浦的沙滩上示众。当时尚未暴露身份的中共永安区委书记祝光焘也因盛沁香之侄盛人龙的检举，在他办公室的纸篓里搜出了几张笔迹与其相同的红军标语而被捕。后来，祝光焘与大五管党支书王兰祥和桐山村的地下党员、红军战士王光烈一同被关押在杭州陆军监狱，3人先后在狱中被敌人活活折磨而死。

疯狂的敌人为达到一网打尽的目的，还到处悬赏缉拿我地下党员和暴动队员。长前地方保卫团团总何一骑，儒桥、歌舞的大地主王天喜、张范卿等也助纣为虐。他们或向敌军告密，指认红军战士；或给敌人带路，搜捕暴动队员，抓不到本人就对其家属进行迫害。特派员江起虹家产被国民党省防军查抄、年老的母亲被捕入狱；暴动主席王光林和地下党员、红军战士徐长春的家被敌人烧得只剩一堆灰烬；暴动的策源地糁源村也被洗劫一空，人们流离失所，逃往异乡躲避。

由于地方反动势力的反扑和国民党省防军的血腥镇压，参加暴动的地下党员、红军战士 8 人光荣牺牲，39 人被捕。1989 年，8 位牺牲的地下党员和暴动队员被浙江省民政厅追认为革命烈士。

一场以毕浦为中心的分水地区农民武装暴动从发动到失败历时半年左右，参加人员达 500 余人，活动范围几乎遍及分水全县，是我党领导分水地区人民向国民党公开进行武装斗争的先声。其声势之大、影响之深，前所未有，沉重地打击了地方封建势力，动摇了反动统治的社会基础，引起了国民党的极大震惊，在分水这块土地上播下了革命火种，在分水革命斗争史上写下了光辉的一页。

中国工农红军北上抗日先遣队
——分水之战

1934 年 10 月，中央红军因第五次反"围剿"失利，主力部队被迫进行举世闻名的二万五千里长征。在这次战略转移之前的 3 个多月，即 1934 年 7 月初，中国共产党为反对日本帝国主义侵略，突破国民党军队对中央革命根据地的"围剿"，减轻中央苏区的军事压力，派出中国工农红军北上抗日先遣队牵制敌人兵力。先遣队由红七军团组成，军团长寻淮洲、政治委员乐少华。部队从瑞金出发，经长汀、大田、龙溪、水口，直逼福州近郊，继而转向闽东、闽北，向浙西挺进。一路上，先遣队虽予敌人以一定打击，但未能达到大量调动敌人的目的。至 11 月初，部队转入闽浙赣根据地，与方志敏领导的红十军合编为红十军团，对外仍称北上抗日先遣队，原红七军团改编为红十九师、红十军改编为二十师和二十一师，3 个师共 1 万余人，由刘畴西任军团长、乐少华任政治委员。11 月 18 日，中央苏区鉴于国民党对闽浙赣苏区的"围剿"日趋严重，决定红十军团率第二十师、二十一师转到外线作战，会同第十九师在开化、遂安、衢县、常山地区活动，创建浙皖边根据地，并组成以方志敏为主席的军政委员会，兵分两路,向浙皖边界和皖南挺进。

11月中旬,红十九师3000余人在师长寻淮洲率领下,从怀玉山和德兴东北通过敌人封锁线,经常山、遂安,在白马一举击败浙保副指挥蒋志英所率二团的尾追之敌,经上方镇,渡新安江,向分水前进。

分水位于桐庐县的西北部,原是浙西山区的一个小县,距徽州80公里,离杭州不到100公里,在当时交通不便的情况下,是由浙入皖的捷径和要道。红军经事先侦察,得知守卫分水县城的只是一些不堪一击的地方保安队。因此,红军计划打下分水,佯攻杭州,声东击西牵制敌人兵力,尔后乘机越过杭徽路,进军徽州,威逼芜湖,震慑国民党的统治中心——南京。

红军经淳安港口、泗渡洲、富山向分水步步逼近,国民党分水县县长钟诗杰得到消息,立马调集县自卫队固守,并急电省政府求援。浙保处长俞济时先派省防军两个连,后由旅长王耀武率独立旅抵达桐庐。

11月29日,红十九师五十五、五十六、五十七3个团,以战斗力最强的五十五团为前卫,从淳安梅口出发,过岑口,翻探汉岭,东向袭击分水。王耀武也率部赶赴分水。

上午10时许,红军大部队抵达合村,队伍集合在豪山小学操场上,经过简短的战斗动员后,侦察连和五十五团先行出发,经百岁坊、富家、砖山、南堡,沿天目溪西岸直奔分水。下午2点左右,在五里亭附近,生俘了守在该地的七八个国民党警察和一个警察巡长。当部队继续前进至离分水不足1.5公里的山脚时,与刚渡过天目溪的王耀武部前卫第二团的侦察队及第一营遭遇,双方发生激烈战斗。此时已到天目溪东岸中塘坞、溪边还未渡河的敌人也隔溪扫射,增援先头部队,阻拦红军的前进。这一带地势险要,从南堡到分水的唯一道路依山傍水而筑,一边是难以攀登的高山陡坡,一边是天目溪,部队难以展开行动。红军与敌人狭路相逢,又受敌增援部队强大火力的控制,久战于我不利,于是留下部分兵力占领南堡以西的矮山头作掩护外,其余部队由原路往回撤。王耀武部则以第三团一个连的兵力占领天目溪东岸的山头作掩护,第二团全部渡过天目溪,从分水城北一带沿山梁向红军发起进攻。敌占领南堡以南的大坞头等高地后,凭借优势火力居高临下向红军阵地射击。红军掩护部队在形势不利的情况下,与敌激战4个多小时,因天色已晚,敌情不明,除留小部队在南堡以北一带的高地狙击敌人外,其余由原路撤回与大部队会合。

在先头部队与敌遭遇激战时,红军大部队已到达百岁坊一带,得到情报就地驻扎,司令部暂时设在何一文(地主)家。经审问侦察连抓来的两个俘虏,得知堵截之敌是王耀武补充第一旅,编制3个团,约六七千人。

由于敌情变化,为保存实力,11月30日上午,红军拆除电话线等准备转移。王耀武部尾随追击,为防红军迂回袭击,敌以第三团协同浙保的2个连固守县城,并占领城北的大坞头等高地,组成两道防线;第二团以其第二营为前卫,经南堡搜索前进,旅长王耀武亲率特务连至南堡督战。

30日上午9时许,敌前卫第二团进至富家村,其先头部队在离百岁坊仅1.5公里的盘龙山遭到红军的阻击后仓惶退至富家。王耀武部获悉红军还在百岁坊,并发现富家以南的金紫山一带也有少数红军防守,于是采取稳扎稳打战术,分别在富家的村口和村中筑起两道防线，并在各要道埋设了鹿砦，以防备红军进攻。同时，令其前卫第二营步兵一个连和侦察队占领金紫山，以第三营步兵一个连占领富家以北的太子山，以第一营步兵一个连和炮兵一个排占领老坞前山一带高地，以第一营第二营各一部为预备队置于富家村附近。

下午 2 时左右，雨幕笼罩着大地和山峦，盘踞在金紫山的敌前卫第二营第五连凭借人多势众，装备优良，向坚守的红军小部队发起猛烈进攻。在敌众我寡的情况下，红军指战员接连打退敌人多次进攻，双方肉搏数次。最后敌人占领了金紫山山腰的观音庙，红军被迫撤上山顶。

敌人的紧紧尾追对红军的行动威胁很大，但红军认为王部虽然在数量上和装备上占有优势，但因是新组建的队伍，新兵多，战斗力不强，又经长途调遣早已人疲马乏。为改变被动局面，红军决定分 3 路全线出击：中间一路配合金紫山红军，组织正面进攻；左翼沿后溪溪岸越过余家畈向富家左侧迂回；右翼横穿金紫山上鸭鸪坞，从老坞村出来，形成对敌的包围。同时派部队登上金紫山对面的凤凰山制高点，以压制敌人的火力。

傍晚，红军开始反击。敌人一面调集迫击炮向正面进攻金紫山的红军集中袭击，一面派第二营步兵一个连和重机枪一个排占领山东南的笔架山和大墓山，以增援金紫山之敌和阻击红军左翼部队。担负正面进攻的红军冒着敌人的炮火，向占领金紫山山腰观音庙之敌发起猛烈进攻，坚守在山巅的红军也猛虎般地冲向敌人。在红军的上下夹攻下，经过数小时激烈战斗，观音庙之敌被我消灭。红军缴获敌机枪 1 挺、步枪 30 余支、俘敌 30 余名，并乘胜摧垮了笔架山和大墓山的敌人防线。

敌指挥所见红军势不可挡，一面传令加强兵力固守富家防线，一面派部队抢占富家左右两侧的制高点，阻击红军进攻，同时将设在太平庙内印溪小学的指挥部撤至塘清坞、三角塘一带。

这时，担任正面进攻的红军已逼近富家村口防线，敌负隅顽抗，战斗异常激烈。一个胸挂望远镜的敌指挥官亲临督阵，当场被一枪打死。左翼红军也越过余家畈向富家左侧包抄过去，但已抢占了太子山一带高地的敌人，以猛烈的机枪火力封锁了红军前进的道路，当即有三四个红军战士牺牲在余家畈土坟边。右翼红军因道路不熟而耽误了时间，当部队赶到老坞村时，前山制高点已被敌军占领，因山崖陡峭，难以强攻。这样，红军以金紫山、笔架山、大墓山、老坞村为一线相逼，敌人以太子山、铁帽山、富家防线和老坞前山为据点死守，双方形成对峙。

战斗持续到深夜，红军因敌情变化而不宜久战，便开始转移，只留下小股部队以断断续续的枪声牵制和迷惑敌人。当红军全部撤出战斗后，敌指挥所还不断打出信号弹，要各个山头的敌人坚守阵地，敌人轻重机枪彻夜不停地扫射，消耗了大量弹药。

12月1日上午，天气晴朗，两架敌机飞临百岁坊、合村上空，配合王耀武部向红军进攻。这时红军已经合村，进入与昌化交界的天子岙、桥坑和青坑口一带。这里两边都是高山峻岭，敌机找不到目标，最后向合村、百岁坊等村附近的旷野里盲目投下七八枚炸弹，仅炸毁红军设在后坞山岗的一座空指挥棚。

分水之战，红军第十九师保卫局长周群同志右脚负伤，谢良贵等15名干部战士献出了宝贵生命。

12月10日，红军第十九师进入皖南汤口地区与红十军团主力会合。这时，国民党军2个旅的兵力，分南北两路向汤口进逼。14 日，红十军团利用乌泥关至谭家桥段公路两侧有利地形进行伏击，战斗失利，第十九师师长寻淮洲负伤后牺牲。随后，国民党 1 个师又 2 个旅及一些地方团防部队约 20 个团的兵力蜂拥追来。12 月下旬至次年 1 月上旬，红十军团为摆脱敌军，艰苦转战于皖南地区，进行大小战斗 10 余次，损失严重。1935 年 1 月中旬，部队向闽浙赣苏区转移，进至德兴县港头村时，遭国民党军绝对优势兵力袭击，部队被截成两段，主力约 2000 余人被合围于怀玉山地区，经过 7 昼夜顽强战斗，指战员大部牺牲，方志敏、刘畴西在突围中被俘，后在南昌英勇就义。先头部队 1000 余人在参谋长粟裕、政治部主任刘英率领下，突破封锁线进入闽浙赣苏区，经过整编，组成 500 余人的红军挺进师。此后，挺进师在师长粟裕、政委刘英率领下，转战至浙南、开辟了浙南游击根据地，坚持游击战争。

红军在分水虽只停留了短短的 3 天，但对穷人亲如一家的阶级感情、对地方秋毫无犯的严明纪律和英勇顽强的战斗作风、奋不顾身的革命精神在人民群众中留下了难忘的印象。

附：红军张贴在分水一带的宣传布告

我们是中国工农红军抗日先遣队

我们反对日本帝国主义侵吞我们的东北三省，侵占我们的热河内蒙古，夺取我们的华北，与我们华南的福建省。我们反对日本帝国主义的盗匪们屠杀我们的同胞，奸淫我们的母妻姊妹，抢掠我们的财产，把我们当做奴隶牛马！

我们反对国民党军阀蒋介石、张学良等投降日本帝国主义，出卖东北三省、热河、内蒙古、华北与福建省。我们反对这些汉奸卖国贼，帮助日本帝国主义盗匪们，镇压中国民众的反日运动，屠杀反日的民众与反日的领袖，进攻中国唯一反帝的中国民众自己的苏维埃政府、民众自己的工农红军。

我们主张：全中国民众的总动员　武装全中国民众来同日本帝国主义直接作战，开展民族革命战争，收复中国的失地，把日本帝国主义的盗匪们驱逐出中国去，打倒日本帝国主义。

我们主张：立刻宣布对日绝交。宣布塘沽协定与一切中日密约的无效。动员全中国海陆空军对日作战。立刻停止进攻苏区与封锁苏区，使中国工农红军能够全部用来反对日本帝国主义的侵掠，保护中国领土的完整。

我们主张：号召全国民众将国民党军火库中、兵工厂中所有武装以及一切人口武器来武装自己，组织民众的反日义勇军与游击队，直接参加反日战争与游击战争。积极援助东北义勇军与中国工农红军北上抗日先遣队！

我们主张：没收日本帝国主义者及卖国贼汉奸的一切企业与财产，停止支付一切中国债款本息，设施累进税，并将国民党全部军费拿来作为抗日的战费。

我们主张：普遍组织民众的反日团体，如反日会，抵制日货委员会，募捐援助义勇军与红军委员会，以及各种反日的纠察队、破坏队、交通队、宣传队、运输队等。吸收广大群众、不分男女老幼，宗教信仰，政治派别，到反日团体中来。利用罢工、罢课、罢市、罢岗与示威来反对日本帝国主义的侵略与国民党政府的卖国投降。

一切反日的民众，反日的团体，反日的武装，都是中国工农红军抗日先遣队的朋友，我们一致团结起来，为我们的反日主张而奋斗。

一切禁止与压迫我们抗日的个人团体与武装队伍都是汉奸卖国贼，我们要一致起来，打倒他们，消灭他们！

我们是中国工农红军抗日先遣队！一切反日民众，应团结在我们的周围，加入我们的队伍，帮助我们去共同进行反日的民族革命战争，打倒日本帝国主义及一切日本帝国主义的走狗，争取中华民族的独立解放，与领土完整。

时机紧迫，亡国奴的痛苦在每一个中国人的头上，一分钟不要犹豫，不要惧怕一切牺牲，到我们这边来，投身于光荣的反对日本帝国主义的民族革命战争中！胜利是我们的！

中国工农红军北上抗日先遣队
一九三四年七月十五日

周恩来抗战时期二到分水

　　1939年，在国共两党第二次合作基础上，抗日战争已进入第3个年头。面对日军的大举进攻，国民党推行消极抗战、积极反共的政策，丢弃了华北、华中和华南大片国土，广大人民在日军铁蹄的蹂躏和国民党反动派的残酷统治下，处于水深火热之中。为力挽民族之危亡，拯救人民于水火，2月中旬，中共中央革命军事委员会副主席周恩来代表党中央，以国民政府军委会政治部副部长的公开身份，从重庆来到东南抗日前哨，先到皖南新四军军部，传达党的六届六中全会精神，敦促项英贯彻向敌后发展的指示，确定新四军的战略方针，随后到浙江进行视察。因当时上海、杭州相继沦陷，周恩来只能从金华经淳安、分水、於潜至天目山之浙西行署，会晤国民党浙江省主席兼第五战区司令黄绍竑。黄绍竑是一个拥护抗日而受到蒋介石排挤的国民党将领，1937年底由湖南调到浙江，在我党的影响下先后在全省各县成立了战时政治工作队，并颁发了浙江省战时政治工作十大纲领。他的抗日主张和行动使蒋介石深感不安，除派出特务秘密监视外，还对有些事件借题发挥。在蒋的压力下，黄的抗日信心有所动摇。周恩来同志此行，就是根据党中央的指示，一是做黄绍竑的统战工作，组织广泛的抗日民族统一战线，以巩固天目山防区，保卫抗日成果。二是秘密会见我地下党领导人，传达党中央有关抗日政策和指示，指导我党的地下革命斗争。

3月17日，周恩来同志自皖南抵金华，19日启程前往天目山浙西行署。20日上午，周恩来一行自淳安方向到达原分水县属的小京口。小京口，两山夹一谷，峰峦叠嶂，是战时淳、分两县往来必经之隘口，国民党分水县县长钟诗杰在此建造了一幢六开间幽雅别致的淳分招待所，以接待过往宾客。平时，钟诗杰为躲避日机轰炸，也常来这里居住。周恩来一行在淳分招待所小憩并进午餐，下午到达分水县城武盛镇。为避免日机空袭，分水县政府将周恩来住宿安排于东溪乡乡长陈伯顺的宅院。

陈伯顺家位于东溪乡陈家边，隔天目溪相望，宅园占地面积500平方米，单门独户，3幢三开间的楼房错落有致地排列在院内，主屋坐北朝南，比左右对衬的两幢多了两个搭厢，显得略大些，中间是天井；院外是一片开阔的空地，地旁一条傍溪小道，直通水路码头；院后是一片竹林。这里终年翠竹成荫，碧流不绝，幽静隐蔽，地理条件较好。当晚，周恩来一行就宿于此。据当时在学校念书的陈伯顺之子陈萍回忆说："那天，周恩来住在左边那幢楼房里，来时只带随从副官一人，身穿长衫，生活非常朴素，态度和蔼可亲，平易近人。钟诗杰为了周恩来的安全，决定派一个自卫分队做警卫工作，周恩来当面婉言谢绝，结果只派了一个人在门口站岗。"

翌日上午，周恩来一行在分水县自卫队分队长李国明的护送下去天目山。当时，天目溪西岸大路因国民党部队撤退而拥挤不堪，周恩来一行就选择了小路。小路傍山蜿蜒，没法坐轿，周恩来就和大家一起步行。一路上，他谈笑风生，时而问李国明家的生活情况，时而问自卫队员的生活状况。同时，还讲了许多团结抗日救国的道理。

周恩来在浙西行署会见了国民党浙江省主席兼战区长官黄绍竑，还向抗日军民发表演讲，做了大量的抗日统战工作，极大地鼓舞了民众抗日斗志。

3月25日，周恩来从天目山返回分水，晚上再宿陈伯顺家。据陈萍回忆，周恩来还写了一副对联作为纪念，上写：八韵先生雅正

同心协力伸正义

精诚团结扫横蛮

周恩来

26日凌晨，周恩来乘木船沿分水江而下，上午9时许抵达桐庐。9时半，周恩来在县府礼堂作了题为《桐庐为战时前进县》的演说。参加人员为县政工队员、妇女工作队队员及其他各机关团队共200余人。周恩来在演说中高度赞扬了桐庐人民的抗日斗志，他说："这次行踪所到，每嫌抗日阵容散漫，民气奢糜，及履浙土，不由不令人心折，尤其是接近战线各县，各种紧张情形，非但与后方各县有天壤之别，即与同一接近战线之皖南各县比较，亦觉远胜。桐庐密迩火线，隆隆炮声，明晰可闻，且遭敌机一再狂炸之下，而秩序安定如故……民众抗敌情绪紧张，有训练、有组织……桐庐确系战时前进之县，尚希再加努力前进，以造成战时模范县"。周恩来精辟分析了敌我形势后指出："浙江省有历史、地理、政治、经济、文化各种优越条件，实为阻敌进犯

之坚强壁垒。敌人阴谋，为造谣、挑拨、孤立……我只须精诚团结，敌自无所施其技……"同时，又深刻地揭露日本侵华新阴谋。他说："敌'速战速决'之阴谋失败，乃改变其侵略方法，军事、政治、经济、文化各种侵略，皆有改变。在军事上，强征我游击区壮丁，图以华制华……政治上采取怀柔政策，更思拉拢失意军阀，如吴佩孚等为傀儡，以资号召；在经济上，攫取我游击区资源；文化上施用奴化教育……妄想欺骗民众。此四种，皆为敌人侵略之新方法。"他提出："我国之对策，军事上游击队与正规军配合，加以打击；政治上采取攻势；文化上尽力推行游击区教育……"周恩来最后说："愿诸位努力前进，最后胜利之关键，即在诸位。"

演讲完毕后，周恩来在国民党桐庐县政府科长叶善菜的陪同下乘船前往窄溪。

窄溪位于富春江南岸，距桐庐县城15公里，北与富阳县接壤，水陆交通方便，是桐庐县东部的一大集镇。杭州沦陷后，这里便成为抗日前线。为防备日军汽艇侵袭，在离窄溪3公里的马浦筑起一道封锁线，在富春江里打下无数根木桩，并布下水雷，阻断了交通。上下的商船都停泊于此交接货物。一时间，窄溪一隅成为一个重要的货源集散地，码头上桅杆林立，人头济济，喧闹非凡，在战时经济萧条的背后呈现一派繁荣的景象。

周恩来到达窄溪后，不顾旅途的劳累，在中山纪念堂（当时的区署礼堂）对区署全体职员作了半小时的讲话，周恩来以通俗易懂的语言向大家宣传了抗日救国的道理，他最后指出："中国不会亡，抗战一定能胜利；但任务是艰苦的长期的，全国同胞必须团结一致，万众一心，军民协力，共赴国难，争取最后的胜利!"

傍晚,周恩来在有关人员的陪同下到马浦,乘船通过封锁线,转富阳、萧山,前往绍兴。

周恩来同志途经分水、桐庐,停留时间虽短暂,但艰苦朴素的作风、平易近人的态度、廉洁奉公的高贵品质却在桐庐人民心中留下了难以磨灭的印象,一直为人们所传颂。

附:民国二十八年四月一日《桐庐报》:

周恩来作《桐庐为战时前进县》演说

军委会政治部副部长周恩来氏,上月二十六日自於潜过桐,朱县长招待午餐。下午一时半,即请周氏在大礼堂演说,至县政府以下各机关二百余人。朱县长介绍后,即由周氏演说。周氏谓行踪所到,每嫌抗敌阵容散漫,民气奢糜,及履浙土,不由不令人心折,尤其是接近战线各县,各种紧张情形,非但与后方各县有天壤之别,即与同一接近战线之皖南各县比较,亦觉远胜。桐庐密迩火线,隆隆炮声,明晰可闻,且遭敌机一再狂炸之下,而秩序安定如故,攻势政治,有条不紊,民众抗敌情绪紧张,有训练、有组织。除已成立抗卫独立二中队外,正进行组织无给养之二十四中队,征发壮丁入伍,竟能超过政府所需之数。此固由党政当局领导得方,亦由民众之能自觉性,桐庐确系战时前进之县,尚希再加努力前进,以造成战时模范县。

周氏继论,浙江有历史、地理、政治、经济、文化各种优越条件,实为阻敌前犯之坚强堡垒。进论,敌人阴谋,为造谣、挑拨、孤立，造谣本为倭奴惯伎，近更屡作荒谬声明，如"建立东亚新秩序"等，希冀淆乱听闻，经委座痛驳，亦共知其荒谬。其次挑拨离间，往往捕风捉影，我只须精诚团结，敌自无所施其技。其次，为外交上谋使我孤立，惟敌多行不义，使自己陷于孤立之地。列强看透敌人侵略野心，咸援助我抗战。如英美贷我巨款，法力量薄弱，苏则济我，源源不绝，此皆极彰明之事实。敌速战速决之阴谋失败，乃改变其侵略方治，军事、政治、经济、文化各种侵略，皆有改变。在军事上，强征我游击区壮丁，图以华制华，或再将进犯，以巩固其已占领的据点。政治上，采取怀柔政策，更思拉失意军阀，如吴佩孚等为傀儡，以资号召；在经济上，攫取我游击区资源；文化上施用奴化教育，近且改纂我国民信仰之三民主义，妄想欺骗民众，此四种皆为敌人侵略中国之新方法。我国之对策，军事上游击队与正规军配合，加以打击；政治上采取攻势；文化上尽力推行游击区教育。周氏末说，"愿诸位努力前进，最后胜利之关键，即在诸位。"演说后，周氏即离桐，放舟西上。

分水简师 "庆云读书社"

1947 年 5 月，一场以青年学生为主体，声势浩大的反饥饿、反内战、反迫害的爱国民主运动席卷国民党统治区。这次运动以势不可挡的力量展现了国统区人民群众反抗国民党反动派的决心和勇气，沉重打击了国民党反动派，成功开辟了解放战争的第二战场。至 6 月，反内战、反饥饿、反迫害运动遍及全国 60 多个城市。处于浙西山区的分水县，早在 "五四" 运动时期就深受影响，广大群众特别是全县师生，爱国热情空前高涨，1947 年分水县立简易师范学校在校内开展了一场反贪污、争民主、要求学生自治的学生运动，在社会各界产生了深远的影响。

分水简易师范简称 "简师"，成立于民国三十二年，也就是1943 年，校址位于分水县城郊的五云山麓，设在分水中学之校内。当时的校长是毕业于浙江大学的柯秉铎，一位在当地颇有声望的艺术教育家，他先后起用了包括堂弟柯秉岩在内的很多优秀人员在这个学校任教。学校是知识分子集中的地方，也是接受新思想最敏感的地方。分水当时的简易师范，全校只有四个班级，180 多名学生，教职员工仅 15 人。办学经费紧缺，设施简陋，处境困难。师生餐餐吃的是糙米饭加白菜豆腐，住校生睡的是地铺。除了部分学生家住分水县城内，大部分学生来自乡下农村，家境大多贫寒。许多学生来简师读书，就是图师范读书可以不缴伙食费，毕业后还能在乡村当个小学教员。当时当教员的不但可以维持生计，还可以免抽壮丁。

1947年2月，中共党员吴定育（化名胡文），受分水简师校长柯秉铎的聘请，到学校任体育教师。吴定育老师经常组织学生和青年教师进行体育训练和其他一些竞赛活动，从中培养了一批积极分子，暗中开展革命形势的宣传。为了加强宣传和扩大影响，吸引更多的学员参加，3月，吴定育又名正言顺地成立了"庆云读书社"，社员有30多人。读书社成立大会上还通过了章程，选举了社长、副社长，聘请校长柯秉铎等人为指导员。社内设有壁报组、歌咏组等。为筹措经费，还成立了小型的"消费合作社"，向同学们销售文具和牙刷、毛巾等日常生活必需品，此举既方便了同学，又增加了读书社一定的收入。读书社利用合作社的盈利和同学们缴纳的会费，订阅了《文汇报》《民主》《文萃》《观察》《时代》《中学生》《苏联画报》等进步报纸杂志，组织大家阅读欣赏。社内还有巴金的一些作品和毛泽东的《新民主主义论》等著作。读书社还聘请了柯秉铎、杨启明、何鸿仁、章斐然、邵锦生、周润贤、柯秉越7位富有正义感、为人正直的老师为指导老师，每星期举办一次讲座，讲解时事，揭露国民党反动派在抗日战争胜利后，依靠美帝国主义向解放区发动全面进攻、反共反人民的内战黑幕。

这些活动对长期处在山区、信息较为闭塞分水简师，就像吹拂了一股春风，在平静的校园内激起了一轮又一轮的波澜。许多同学通过阅读进步书刊和听老师讲座，受到了很大的教育，思想觉悟得到了新的提升，许多学生纷纷拿起手中的笔，写心得体会，评天下时政，校内的壁报也不断更新，把好文章及时登在上面，还把一些观点新颖、文笔犀利的文章张贴在学校大门内通道旁的墙壁上，并配上精心设计的刊头和五颜六色的漫画，引人注目。这里成了学校最热闹的地方，成为师生最欢迎的地方。课余饭后，常常有大批的师生在这里围看，在这里品头论足。

歌咏组由邵锦生老师负责，他组织的活动也很受学生的欢迎。他先在读书社成员中教唱《古怪歌》《金圆券乌鸦叫》《兄妹开荒》《小放牛》等歌曲，歌声在校园内荡漾，同学们之间又相互传唱，越唱越广，越唱人越多。歌咏组还常常暗地里在社员中传唱《解放区的天》等新歌曲，新鲜的内容，优美的旋律，在校园里久久回响，激发了同学们追求光明的热情。

这年5月，国民党政府浙江省教育厅视导团一行人到分水县简易师范巡视，看到学校壁报上思想激进的文章，让他们感到很是吃惊。他们认为学校内一定有一批激进分子，其中很有可能有共产党员在暗中活动，没查到具体人员，便把板子打在校长柯秉铎身上。是年8月，这位为人正直、思想开明、治学严谨，深受师生爱戴的校长被迫辞职，吴定育老师也因此受到牵连，而后被迫离开学校。

同年9月初，又一个新学期就要开学了，上级组织又派一位教员，此人的公开身份为国民党员，而暗中真实身份则为共产党员，他叫王民，又名王家兴，他继续以"庆云读书社"为阵地，积极开展地下活动。他一来到学校，便有人对他的身份产生怀疑，但他常常在公开场合甚至给学生上课时说："我不是共产党员，是一位名副其实的国民党员，我关心国民党，关心国民政府，但对国民政府的黑暗、腐败、无能感到十分不满。"他常常宣传革命形势和苏联社会主义制度的优越，同学们都很喜欢听他讲课，都十分认真，对新生活都表示了深深的向往之情。由于王民的继续努力，读书社成员发展到83人，一批优秀社员脱颖而出，其中有喻其言、沈家骏、翁吉勋、章劲民、王家珍、洪根、何祖礼、刘文超、陈姚格、金鹤祥、华正忠、邹耀祖、黄关禄、方木明、童显禄、蒋鸿华、张书根、钱云仙、吴翠娴、何蔚文、吴志芳、钱非男和附小老师蔡震汉。

这时壁报的内容更为锋芒毕露，许多文章旗帜鲜明，多以争自由、反控制、反贪污为论点，语言犀利，观点新颖，整个校园内迅速形成了一个积极进步的氛围。反动的三青团想介入其中进行破坏，却无法插足。王民还经常与积极分子进行个别秘密交谈，介绍革命思想和推翻反动统治的主张，先后发展了十多位同学加入了中国共产党。此后有部分同学开始酝酿投奔革命队伍。

这些进步青年的革命活动，引起了反动当局的警觉和恐慌，县政府教育科的督学经常来校检查壁报，还委派政治教师、后任训导主任夏乃华等少数爪牙，暗中对一些进步学生进行秘密监视。1948年7月，王民和周润贤、邵锦生、柯秉越等一批优秀教师又被解聘。王民被解聘后，便立马投奔革命队伍，不料他早已被国民党特务暗中监视，在前往金萧支队的途中被捕，于次年1月，一家三人在衢州惨遭反动当局杀害。10月，分水简师100多名学生向校方提出要求成立"学生自治会"。遭训导主任蛮横拒绝。当时因给学生吃的粥稀薄，引发了学生们的绝食抗议。11月的一天，师生们正准备去印渚埠，参观抗日时浙西一中旧址靖胜寺，国民党浙江省第九戡乱团数十名全副武装的士兵，气势汹汹地突然包围了学校，当场逮捕了邹耀祖、喻其言、蒋鸿华、刘文超、董显禄等10名同学，而后又秘密将其押往省城杭州监狱关押。白色恐怖笼罩全校，"庆云读书社"随即被迫解散，被捕的还有小学教师蔡震汉。此事当时轰动整个分水县城，学生家长、乡亲父老纷纷指责反动当局迫害进步师生的罪恶行径。后经多方营救，被捕师生终于在1949年5月获释。

"庆云读书社"虽被迫解散，但是追求民主、自由、进步、解放的革命思想，已经在师生们心中深深地扎下了根。解放前夕，一批师生投奔了革命武装金萧支队或皖南支队。解放后，不少人参加了革命工作，为新中国建设事业贡献自己的青春和力量。

1947年，庆云读书社社员与指导老师留念

分水简师“庆云读书社”旧址

庆云读书社旧址位于分水五云山麓，建于1925年，建筑占地面积800平方米。是一幢二层楼的欧式建筑，现为分水中学校舍。

五云山早在唐代就建有“玉尺楼”等多处建筑，唐状元施肩吾曾求学深造于此。1929年新建分水县立玉华小学，1946年小学迁往圣庙，改为分水县立简易师范学校。解放后，改为分水县立初级中学，今为分水高级中学所在地。

庆云读书社旧址

浙西支队在分水

野火烧不尽，春风吹又生。浙西特委播下的火种，在十多年后的解放前夕，又重新在浙西一带燃烧了起来。当时中国人民解放军取得辽沈、平津、淮海三大战役的胜利，敌我双方的力量已发生了根本的变化，国民党反动统治政权已摇摇欲坠。在这大好形势下，分水县合村地区和毕浦地区部分向往革命的知识青年，在皖浙总队和金萧支队的支持下，成立了浙西支队以及后来成立的天目大队。

浙西支队成立

1949 年 3 月，在中国人民解放军皖浙总队的支持下，分水县合村地区部分青年自发组织成立了一支以农民为主体、知识分子为骨干的武装力量——浙西支队。

浙西支队的建立有其深刻的历史背景和原因。

合村地处浙江省西北边缘山区，是原分水县大琅乡所在地，东距分水县城 20 多公里，与淳安、於潜、昌化县交界。合村早先是一片没有人烟的荒野之地，后来或因战乱，或因逃荒，或因路过此地觉得此地不错就留了下来，随着人流逐年增多，在这一带开荒种地的人也日渐增多。来自四面八方的外地人，也许是因为生活生产的需要，他们自觉或不自觉地逐步聚合在一起生活、生产，后来人们就称这里为合村，解放前这一带属八管乡。村子沿碧水溪两侧呈块状分布，由于村庄比较密集，人口较多，当时大琅、岭霞两乡举办的"大琅仙霞完全小学"，简称"琅霞完小"，就设在此地。

1948 年 9 月，琅霞完小的部分教师，因看不惯校长罗瑞华无理扣压老师津贴和侵吞学生书杂费的丑恶行径，联合全校大部分师生，掀起了为时 3 天的罢课罢教活动，师生纷纷起来揭露罗瑞华的真实面目，并对此进行斗争。罗瑞华气急败坏，宣称这事件是分水简师"王民党"事件的余波，一定要严加处置，并紧急召开"琅霞完小"的校董事会议，讨论开除带头人唐国民等人的教籍，妄图压制这次合理合法的斗争。后经广大进步师生的努力，再加上社会舆论的压力，这个杀鸡儆猴的阴谋终以失败而告终。

1948 年冬，中国人民解放军在全国各个战场取得辉煌战果，国民党反动统治已摇摇欲坠，一些有识之士积极投身于革命洪流之中。当时合村地区的唐国民、郑汕、郑鑫（又名郑铨）、鲁伟（又名鲁文进）、唐国权、徐荣达，以及原在分水简师任教、后因反抗学校当局而被解聘在家的柯森等一批进步青年，经常聚在一起议论时政，发泄对国民党当局的不满，商讨如何组织起来有效地反抗国民党的反动统治。

1949 年 1 月，金萧支队主力第五次外线出击西征皖南，在安徽歙县上磻与皖浙总队胜利会师，打通了皖浙走廊。2 月，皖浙总队成立淳、分、昌工委和办事处，王成信任工委书记兼办事处主任；许家仲任办事处督导员，负责分水和昌化边区工作。此后，许家仲、王崇汉、许培林率两个排的兵力在分水县的八管、九管（现合村、岭源、怡合、印渚一带）和昌化县的洪岭等地区，秘密发展地下党员，扩大游击根据地。所有这些，对合村地区的进步青年来说，都是振奋人心的好消息，他们盼望能早日与革命队伍接上联系。

同年2月，在杭师任教的柯秉铎寒假返回家乡，他进一步鼓动唐国民、柯森、郑汕加入共产党，组织武装，配合解放军推翻国民党的反动统治。恰逢西征皖南的金萧支队在皖浙总队孙仲友连的护送下回金萧地区，路过合村时捣毁了国民党的一个警察所。合村的唐国民、鲁伟、郑鑫三人闻讯后，认为这是一个加入组织进入部队的好机会，三人急忙追至元川埠一带，因金萧支队走的不是这条路而未能如愿。

3月3日，金萧支队前往分水县城接应分水县长项作梁起义，并获成功。尔后，金萧支队回归江东根据地，随同来的皖浙总队孙仲友连则向西挺进，准备返回皖南。是日晚，孙仲友连途经合村留宿，柯秉铎、柯森、唐国民、郑汕等不失时机地找到皖浙总队，向孙仲友连长和许培林指导员汇报了当地进步青年要求组建一支自己的武装，与国民党反动派开展斗争的想法，请求部队给予援助。孙、许两位领导对此表示赞同，并交代了有关组织武装的具体事宜。最后，孙仲友还写了一封介绍信给当时在淳、分边区的吴绍海同志，请地方组织出面和皖浙总队司令部联络。翌日清晨，孙仲友连继续西行，向皖南进发。

根据皖浙总队孙仲友、许培林的意见，柯森等一批青年举行了秘密会议，经反复讨论最后决定：（1）由柯森、唐国民两人立即上皖南，请示上级领导组织建立一支地方武装，并予以援助；（2）暂定新成立的队伍名称为：中国人民解放军皖浙边区浙西游击支队；（3）初步拟定队伍的组织领导和人员分工；（4）关于武器装备：暂由郑汕从家里拿出两支短枪，待队伍成立后，收缴地方乡保长和殷富大户的民间枪支，以不断扩大队伍等具体事宜。

3月5日，柯森、唐国民在淳安八都找到了淳东地区负责人吴绍海。6日，吴绍海同志和皖浙总队司令部取得联系后，派通信员带领柯、唐两人直奔皖浙总队司令部的驻地——淳安岔口一带。3月10日，柯森、唐国民等顺利到达皖浙总队司令部。司令员唐辉、副司令员陈新（又名程灿）等人听了柯森、唐国民的汇报后，当即表示赞同他们的革命行为。后经司令部研究，同意柯、唐他们组织武装来对付国民党的地方力量，但鉴于总队对分水合村地区的情况不太熟悉，浙西支队组织人员成分又比较复杂，决定他们新成立的队伍暂不用"中国人民解放军皖浙总队"的番号，因番号大了目标也大，容易被国民党反动派镇压。决定用"分水人民抗丁抗税抗粮自卫队"的称号，这样，新成立的队伍就不太会被国民党反动派所关注。并进一步指出，队伍组织起来后要严格遵守解放军的纪律，不能危害穷苦百姓等。事后，皖浙总队司令部还发给唐、柯两人回归的路费，并派通信员护送他俩出皖浙总队游击根据地。

3月15日，唐国民、柯森一路辗转平安回到合村，向当地一批青年介绍了赴皖南寻找上级的具体情况，大家听了后，群情激昂。唐国民、柯森决定趁热打铁，于当日晚上，组织一批年轻人在瑶山秘密举行誓师大会。会议由唐国民、柯森两人主持，柯森宣布皖浙山区浙西游击支队正式成立。按上级指示，支队长由柯秉铎担任，但是日晚他人未到，暂由郑汕代理支队长，唐国民为参谋，柯森负责组织宣传，鲁伟、郑鑫为正副大队长，叶文信为中队长，情报员邱国权，军需供给由郑汕兼任，下有游击队员10余人。

会上大家按民俗喝了鸡血酒，以表示同心协力革命到底的决心。

队伍成立后，于当日晚就开始行动，鲁伟、郑鑫带领部分人员直奔昌化的一家大户——童家，缴获步枪4支，子弹数发。次日回到合村，公开打出浙西支队旗号，并以口头演讲、张贴标语等形式，向群众宣传只有推翻国民党的黑暗统治，穷苦百姓才能翻身得解放的道理；同时开展收缴地方武装、向殷富大户派取军粮、吸收青壮年入伍等工作。3月18日，浙西支队全体人员到岭霞乡小茆坞村进行整编，任李先发为班长，麻发为副班长。此时队伍已发展到20余人，共有长短枪9支。之后队伍又不断扩大，至3月25日，已发展到拥有枪支二十余支、人员近百人的队伍，活跃在分水县的岭霞、大琅、怡合、南华，昌化县的洪岭、太原，於潜县的青山殿、上沃等地，震慑了分水、昌化、於潜的国民党反动政权。

三槐塘战斗

3月26日下午，皖浙总队为扩大游击根据地，壮大武装队伍，支持浙西支队的新建立，皖浙总队陈新副司令员亲率队伍200余人从淳安来到合村。浙西支队闻讯后，立即从洪岭赶回，打开国民党的粮仓，迎接皖浙总队一行的到来。

副司令员陈新，原名程灿，1914年生，福建莆田县白沙村人。小时家贫，只上了几年私塾。程灿的父亲是一位拥护革命者，程灿受父亲的影响，从小就崇尚正义、向往革命。1935年他参加闽中工农红军游击队，成为一位年轻的红军战士，1937年3月加入中国共产党。1937年4月，他从武汉步行来到皖南，加入新四军，从此投身于抗击国民党反动派的斗争行列。1945年抗战胜利，程灿所在的新四军苏浙军区北撤，陈新留守苏南。一年后他奉命赴皖南与当时的胡明部会合，以皖南游击支队的名义开展与国民党反动势力斗争。1947年后，陈新全力支持唐辉创建"皖浙游击支队"，并出任副支队长。几个月后这支部队被纳入中国人民解放军编制，俗称"唐辉部队"，常驻地为安徽歙县。唐辉为司令员，陈新为副司令员。1948年唐辉部队向浙西挺进发展，开辟了淳（安）、分（水）、昌（化）边区。1949年1月浙东金萧支队派人来歙县联系合作事宜，联合建立"浙皖通道"。3月，陈新副司令员到淳安视察游击区工作，顺便来到分水一带开展武装活动。

皖浙总队陈新一行的到来，给刚成立的浙西支队以及合村人民以极大的鼓舞，许多青年踊跃报名参军，浙西支队进一步扩大。27日，陈新副司令员为与金萧支队取得联系，共同打击驻分水之敌，派员去江西县与丁有进联络。同日，陈新会见了在小苈坞活动的翁立成等二三十人，原则同意成立浙西第二支队。当晚，在合村祠堂召开军民联欢大会，陈新和郑汕分别在会上讲了话，皖浙总队文宣队还演出了几个节目，军民欢聚一堂，谈笑风生。

28 日，陈新副司令员详细了解了周围一带敌人的布防情况。经过研究认为，敌人虽有重兵防守在印渚埠，但有天目溪水相隔行进不便，便决定夜袭於潜上沃大户邵展成的保安队。是日晚，在夜色的掩护下，浙西支队和尾随的青年学生约 200 余人，紧跟皖浙总队主力悄悄地向上沃邵展成家进发。

邵展成是於潜的一个大地主，他家里有一个排的保安队。邵展成又叫邵开富，家住乐平上沃村，位于天目溪西岸，与印渚埠遥遥相对，无需过河。陈副司令想用突袭的战术，连夜把邵家武装一举歼灭，然后用缴获的枪来武装浙西支队。部队跑了一个多小时，抵达上沃村时，天还是黑的。杨新命令手上有枪支的人走在前面，其余人员跟在后面，伏在上沃村头。令人奇怪的是，当天晚上连狗叫的声音都没有，显得异常寂静。大家一直潜伏着等待天亮。

29 日拂晓，部队迅速包围了邵展成家。突然一阵军号声响起，先头部队已经把邵家大门撞开，呼啸着冲了进去。没想到院子里空无一人，只有几个仆佣在留守。

据说，邵展成祖上是上八府青田什么地方迁移过来的，早先以撑木排为业。民间传说邵家的祖辈里有人在放木排途中，意外地拾到一盒珠宝，凭着这一笔浮财，邵家开始置田置地，后来逐步家大业大起来，就把田地租给农民耕种，收取高额租谷，此后没几年便暴富了。到了邵展成的手上，他更有心计，鱼肉百姓，成了当地的一位"活阎王"。解放后有人根据真实材料编写了一本《"活阎王"邵展成》的书，足以说明邵展成家族的殷富和为富不仁。

部队冲进邵展成家后，奇怪的是他们要找的枪支一类的武器一样也没有。大家把庄园里里外外都搜寻过了，没有枪更没有人。只搜到满满的两大缸糖，白糖一大缸，红糖一大缸。当时大家在意的主要是枪支，以壮大队伍的武装力量，找来找去最后只搜出四支破枪和几颗手榴弹。原来，邵展成一听说解放军大部队到合村了，预感情况不妙，于是就裹走家中所有细软，带着家人于三天前就逃到杭州去了，后来又辗转逃到上海。邵家留守的人也很有心机，好像知道部队会找上门来似的，早早地备了酒席供大家吃喝。忙了一阵后，所有人都饿了，都想大饱一顿再走，不料陈新副司令员的部队纪律十分严明，下令任何人不得在此吃喝，立马撤走。

陈新率部队离开邵家大院，在分水管辖的一个村子里刚吃过饭，就接到哨兵的报告，说是前方铁帽山一带路上有一小股国民党的保安团，大家便马上准备战斗。

偶遇一股国民党武装保安团，是打？是避？陈副司令经过反复分析，觉得打掉保安团有一定风险，但根据敌人人手不多，但枪支齐备，最后还是决定迅速吃掉敌人，用缴获来的枪支武装浙西游击队，因为当时浙西支队许多年轻人手上还没有枪，他们太需要枪了。后来，在足智多谋的陈副司令亲自指挥下，以迅雷不及掩耳之势，一举消灭了这股偶遇的保安团，这就是铁帽山战斗，共俘获了十多个敌兵和一批枪支弹药。

陈副司令率领部队得胜回来，没走两里路，到了一个叫三槐塘的地方，就被浙江保安三团王之辉的部队挡住了去路。

在国民党统治的后期，分水出过一个大军官叫王云沛，分水印渚埠人，是浙江省保安司令部总司令，王之辉是他手下的一员干将。王云沛得知解放军皖南部队来到他的老家分水活动，甚是愤怒，便派王之辉率两个中队直奔合村进行"剿杀"。王之辉半路上听到枪声，就冲着枪声直扑了过来。

此时，驻扎在印渚埠的国民党保安三团刘莹部也听到枪声，便迅速乘木船悄悄地渡过天目溪，封锁了游击队往后撤回的退路。

当时王之辉部队加上刘莹的部队共有1000余人，而陈新的部队加上浙西支队总共不到三百人，且浙西支队很多人手中还没有枪。敌强我弱，实力相差悬殊，情况于我十分不利。好在陈副司令临危不乱，从容应对，他把整个部队临时分为几个小组，一边利用三槐塘的铁帽山和云头的麻栗山岗可攻可守的地势与敌人"拉锯"，声东击西，拖延时间；一边派人火速送信前往金萧支队的丁有进，请求火速支援。只要援兵一到，就里应外合，来个反包围。

与陈新相熟的丁有进，原名丁日增，1937年9月加入中华民族解放先锋队时改名丁复农，1942年9月栖居桐庐后更名为丁有进，表示他对革命有进无退的坚定意志。来桐庐之前，他先后担任海门街道党支部书记、黄岩路桥中心支部书记兼黄临工委委员和黄岩县委书记、台属特委工运部长等职。

1941年9月中旬，他路经江山、衢县、寿昌、建德等地，到达桐庐县上杭埠，决定以桐庐作为从事革命活动的立脚点。为了不暴露身份，他更名改籍，制作了"永康丁有进"的通行证，并从此忍痛断绝了与家里的一切联系，在老家的哥哥，还以为他在外已经亡故，在家里还为他立了灵牌。

1948年初，我浙东人民解放军金萧游击支队进入富春江两岸开展活动，丁有进为部队带路，于7月8日首次越过富春江，捣毁芝厦的国民党警察所，缴获全部枪支弹药，开创了富春江以西地区的军事新局面。以后，丁有进以"协茂"商店为据点，以商人身份为掩护，和金萧支队正式接上了关系，并接受秘密任务，策反驻扎在芦茨埠的国民党桐庐县自卫队陈标中队长。1948年12月7日参加凤岗战斗后，正式参加了金萧支队。

1949年1月中旬，丁有进和陈凤岗授命率领11位同志在淳安、建德、桐庐、分水四县边境开辟江西（富春江以西）游击区。3月1日，金萧工委正式成立由王伯达任书记，丁有进、陈凤岗为委员的江西工委，3月14日，成立以陈一文为挂名县长、丁有进为副县长的江西县政府。丁有进领导的江西县政府，在非常艰苦的条件下积极开展工作，得到当地群众大力支持，许多年轻人踊跃参加游击队，江西县迅速发展到拥有一支三百余人的武装队伍。

哪知道陈新副司令员派人向丁有进送去的求援信还没有送到，王之辉的部队就不断地发起猛烈冲锋。陈新副司令率队迅速占领了铁帽山等制高点，用猛烈的火力压住了敌人的三次冲锋。大约在这天的下午五时，敌人发起第四次冲锋，我游击队奋起反击，这时，一位机枪手不幸被乱弹射中，机枪顿时熄火。陈副司令员见状，冲上前去端起机枪一阵扫射，一批敌兵相继倒下。不久，敌人又发起疯狂反扑，突然一颗子弹射中了陈新的左胸。他"啊哟"了一声，低头一看，见军衣里涌出红色的鲜血，他来不及包扎，又端起机枪靠在一棵松树上继续向敌人扫射。这时，他的警卫员看见了，火速跑上来，二话没说夺下陈副司令手中的机枪，交给另外一位战士。立马背起陈副司令跑下山去，在一个山篷前，立马给他包扎了伤口。警卫员后来又找来一副竹子滑竿，叫两个士兵抬着，尽快撤离阵地。

听到陈副司令中弹负伤的消息，阵地上的游击队员感到十分吃惊，也激起了大家对敌人的愤恨。许培林参谋长、孙仲友连长、郑汕大队长三人立即举行火线会议，当即决定：（1）由孙连长负责突围，尽快把陈副司令送出阵地组织抢救。（2）由郑汕带浙西支队的两个当地队员，火速进入附近村子组织食品，所有战士从战斗打响后到现在还没有进食。（3）敌众我寡不可硬拼，由许培林参谋长指挥战斗，设法尽快撤出阵地，以保存实力。

话分三头。天一暗下来，孙连长护送陈副司令快速抄山路撤出了阵地。在山脚找到一位当地人作向导，向导说，如果翻山路出去要远一倍，如果穿过村子从弄堂出去，路是近了但怕有保安队狙击。孙连长觉得陈副司令命悬一线，出去越快越好，便决定走村子弄堂的线路。起初一路还算顺利，不一会就走出村子，没想到距村头三百多米的一幢民宅里藏有一支保安队的武装，敌人以民宅为据点，架设了一挺轻机枪，不时向外扫射。很明显，要想平安通过这里必须先把这一窝敌人解决掉。孙连长在皖南部队里是很出色的指战员，沉着冷静，智勇双全。他马上让担架队在一旁藏匿，自己带着八个战士快速地进入民宅四周观察地形，接着二人一组共四组，悄悄地把敌人包围了起来。然后一起鸣枪喊话，缴枪不杀，让保安队赶快投降。躲在屋里的保安队也不知道外面究竟有多少游击队员，一直在里面负隅抵抗，还通过窗户不时地对孙连长他们扫射一阵。但孙连长一行很有经验，知道里面的敌人不会很多，让战士们注意安全，屋里的敌人胡乱扫射却打不到人。这样僵持了大约半个钟头，屋内的敌人弹药也消耗得差不多了，但就是不投降，任孙连长他们怎么呼喊，他们就是不答应不开门。孙连长他们也不敢贸然过去，但觉得时间十分宝贵，陈副司令还等着抢救。这时他看到敌人占领的那幢房子，屋后有一株合抱粗的古柏。孙连长立马派一个会爬树的战士，带着两颗手榴弹，在战士们的喊声中悄悄地爬上大树，迅速朝屋里扔进了两颗手榴弹，只听"轰轰"两声响过后，敌人从窗户里挑出一件白衬衫，示意缴械投降。原来屋里共有保安队员 12 人，当场炸死三人。出来投降的 9 人中，其中有一名是班长，没想到的是他一出来，就扑通一声跪在地上，说是要反正，愿参加游击队，后来他成为皖南部队中的一员。

孙连长他们用两颗手榴弹解决了民宅里的顽敌，抬着负伤的陈副司令冲出敌人的包围，到了合村，再转道昌化，最后去了淳安九都。

再说郑汕这一头，为解决战士的吃饭问题，他带着邱国权、王金宝两个当地人，匆匆忙忙地从火线上撤下来。朝着中秋坞口的一个村子跑去。因为心里过于紧张，行动有点慌乱，被藏在村口的五六个保安队员逮住，扭送到一幢老式民房里，原来这里是浙江保安团刘莹部队的一个临时驻点。一个矮子长官出来审问他们三人，他先看看这三个人的打扮，不像是军人也没有枪。他又看了看郑汕，文质彬彬的像个读书人，便问他们是干什么的，郑汕等三人异口同声地说是种田的。

经一番审问，没问出什么东西，郑汕他们三人说的都是分水话。矮子军官似懂非懂的。郑汕心里知道，如果与敌人顶撞起来不会有好结果，便换口气说好话，说他们三人是闲散青年，听说这里打仗，便赶过来看热闹，还说他父亲郑竹青是不让他们来的。郑汕说的是方言，话又说得快，没想到矮子军官听错了，误以为他父亲是陈竹安。

陈竹安，就是陈凤，是合村最有名望的绅士，他与印渚埠上的王云沛结了亲家，大家都知道，王云沛当时是浙江省保安司令部总司令，陈竹安的大儿子陈昭华与省保安司令王云沛的女儿订了婚。陈昭华年纪轻，常喜欢闯荡江湖，王云沛一家都为他提心吊胆的，唯恐他在外面会惹事，王司令的太太在许多场合给省保安团的头头脑脑打过招呼，要大家对陈昭华这个乘龙快婿给予关照，即使做了犯规的事也不要太难为他。郑汕见这个矮子军官表情突然有变，估计是对方听错了，把自己误认为是陈昭华了，便索性来个将错就错，就说自己就是陈竹安的儿子，没有听父亲的话到这里来看热闹，真不知道会这么危险，回去还得向父亲赔罪等等。矮子军官又问其他两个同伙，两人一口咬定是的。矮子军官听了后，站起身来摆摆手不准他们再多说什么，便叫一个勤务兵过来，把郑汕押送到村口放了。矮子军官怕多事，郑汕就这样逃出了魔掌。另外二个被继续扣押着，到第二天，八管乡里托人来说情，也破费了一点，后来都被保释回了家。

再说许培林参谋长这一头，火线会议决定要组织全线撤退，以保存实力。他迅速把大部队分成几个小分队，坚守阵地，到了傍晚时分再火速突围。他得到消息，国民党的浙江保安司令王云沛已经直接指挥这场战斗了，他调兵遣将，把附近的好几支部队都"急令"增援，浙保三团的王之辉部占领枫树坞后，又强占了铁帽山；浙保一团刘莹部扼守中秋坞，接着又占据了砧山。於潜、印渚的地方武装部队又纷纷渡河过来占据狗爬岭等地，几乎所有有利的高地都被敌军控制，王云沛想来个合力"围剿"，一到天亮就开始"瓮中捉鳖"。当时的游击队员全部被围困在三槐堂、云头村一带。许培林参谋长的对策是，等天一黑下来，就设法分批撤离。

真是天无绝人之路，此时有一个在於潜做过挑工的分水老乡报告，他说后溪口还有一条小路可以绕过敌人的包围圈。许培林参谋长便立即安排部队分头准备，等到晚上八点钟后再一拨一拨地悄悄撤离。七点多时，趁着天黑，许培林参谋长命令大家把原先布置好的所有木柴全部一一点燃，让敌人以为我军要坚守阵地的假象；接着又命令士兵集中火力，分别朝已经被敌人占领的铁帽山和麻栗山两座山头上的敌军狠狠地扫射一通，然后乘黑迅速撤离。敌军不知是计，以为游击队要发起冲锋强占山头了，便拼命开枪还击。

当时因为天太黑，辨不清方向，几支国民党的部队事先也没有做好协同作战计划，一听枪声就拼命乱扫。王之辉部队见游击队所在地篝火明明灭灭，但枪声沉寂，以为是游击队已经枪弹殆尽，便组织力量发起冲锋。而驻扎在对山的刘莹部，见山顶人头攒动，还以为是游击队在行动，便集中火力进攻，一时间三槐堂、云头村一带火光冲天，喊声震地。一直打到快天亮，两支队伍越打越近，死伤甚多。后来才发觉不对，走近一看，原来是自己人在自相残杀。而所有的游击队员早在几个小时之前，乘夜黑沿后溪的一条小路逃跑了，气得王之辉直顿脚骂娘。

过了四五天，郑汕等人专程去淳安瑶山探望受伤的陈副司令。当时陈副司令伤势十分严重，依然惦念着三槐塘的战事。他问郑汕，那天安排送信的人是怎么回事？这次战斗我们输就输在没有把信及时送到，没有等到援兵。郑汕回告说，派去送信的人叫何庭，至今一直没有音信。陈副司令说，你好好查一查，郑汕点头承诺。为让首长早日康复，郑汕派人去於潜暗中请来名医"张一帖"，来给陈副司令医治。没想到军医出身的"张一帖"一见病人，便说情况不好，要求立即送大医院抢救。部队当即派人抬着陈副司令赶紧送出，没走多远便在途中不幸牺牲，陈新牺牲时年仅 30 岁。

陈副司令负伤的这场战斗，发生在分水江西岸一个地名叫"三槐塘"的地方，这一仗称之为三槐塘之战。

这次激战，历时近 20 个小时，除了陈新副司令员牺牲外，皖浙总队牺牲的还有程林贤、姚凡宣、李青山、吴茂水等 10 多位同志；浙西支队牺牲罗哑子 1 人，被捕 3 人。我军俘敌 10 余名，缴获敌机枪 3 挺，步枪三四十支，弹药若干，敌官兵伤亡数十人。中共皖浙工委机关报——《黄山报》称此战是对国民党反动派的一次"挖心战"。

三槐塘之战，虽然没有全歼来犯之敌，然而游击队员那种不怕牺牲勇敢作战的精神十分鼓舞人心。敌人因此而胆战心惊，分水县长陈觉文逃到九龙山后向上司报告："合村邻近几个乡镇年龄在 18 岁以上者全都是赤匪"，要求浙江省保安团派部队帮助"清剿"。

4 月上旬，浙江省保安团司令部派部队连同陈觉文部近千人，杀气腾腾地来到合村，在祠堂里召开民众大会，威逼老百姓交出游击队员，宣布老百姓从今以后不许和游击队有来往，否则以"共匪"论处等，但未到天黑便灰溜溜地窜回分水县城。次日，省保安团赶回杭州。

三槐塘之战后，浙西支队除部分人员回家没有归队外，多数队员经受了考验，得到了锻炼。他们深信这是黎明前的黑暗，胜利的曙光就在眼前。不久，为战士寻找粮食而被捕的郑汕等人，重新回到革命队伍，小茆坞的翁立成、何佩等也正式前来参加浙西支队，队伍又恢复到原有的规模，活动范围不断扩大。同时，宣传工作进一步加强，在活动区域的墙上随处可见标语："打倒土豪分田地，穷人翻身闹革命！"，"吹牛司令王云沛，可怜县长陈觉文！"

4月中旬，为迎接解放军南下，浙西支队在皖浙总队淳分昌办事处武工队同志的带领下，赶赴根据地集训，当队伍行至淳安齐坎头村时，指挥员发生意见分歧，鲁伟、叶文信等不愿离开家乡上皖南。支队长郑汕在不得已的情况下，先率柯森、翁立成等20多人上皖南，并正式受编于皖浙支队。浙西支队余部，分别由鲁伟和郑鑫带领，继续在合村和昌化洪岭一带活动。

4月下旬，南下的解放大军以摧枯拉朽之势追歼国民党南溃之敌。鲁伟率部至於潜县的麻车埠，痛击了张骏、罗应范等顽敌，缴获了他们准备上山为匪的冲锋枪2支，步枪112支，手榴弹4箱，子弹2000多发。此时，浙西支队自行编列为两个大队，其编制为：一大队长鲁伟，一中队长何壮、三中队长叶文信，二大队长郑鑫，二中队长何昌淳，四中队长张宏。中队下面设小队若干，共有队员300多人。

1949年4月30日，金萧支队第四大队一部在天目大队配合下，解放并接管了分水县城，项雷、李新分别任办事处正副主任。

5月上旬，浙西各县相继解放。中旬初，吴绍海奉命率区武工队和浙西支队的郑汕、柯森等30余人来接管分水县城，途经合村，鲁伟部也一起随同前往。当他们行至印渚埠时，被金萧支队岗哨挡住。吴绍海等说明情况后，金萧支队同意派若干代表到县城商谈，余部一律在印渚埠待命。次日，商谈继续进行，部分皖南武装游击队在分水城外文昌阁宿营。

数日后，根据上级指示，分水县由金萧支队接管，原在皖南入伍的浙西支队队员除郑汕外，其余都随吴绍海上皖南做接管工作，尔后转至淳安县安排工作。浙西支队一部分仍在原地活动。

5月23日晚，浙西支队二大队郑鑫部在昌化河桥一带联络了中国人民解放军浙西支队裘正的部队，偷袭敌河桥镇，因敌人有重武器封锁道口而失利，郑鑫部牺牲7人，受伤多人。26日晚，郑鑫又配合二野36师106团攻克河桥镇，全歼国民党192师一残营和昌化县保安大队。28日，郑鑫部随解放大军解放了昌化县城，团首长宋崇魁请示上级后，委任郑鑫为昌化县临时县长。6月初，南下干部到达昌化，同时宣告县人民政府正式成立，郑鑫任昌化县大队副大队长，所部编入县大队。

5月22日，分水县委、县人民政府成立。6月初，分水县委接到报告：合村附近有一支至今未改编的武装队伍尚在继续活动，要求县委给予解决。经过了解，原来这支武装队伍是浙西支队余部，后经研究决定了两个解决方案：一是请浙西支队余部上皖南接受整编；二是接受当地政府的领导，就地编入县大队。并明确此项工作由县大队副教导员李新具体负责。

6月中旬，李新根据县委的决定，接收了浙西支队余部。支队长郑汕亦于6月下旬到淳安县参加工作。

浙西支队从1949年3月成立至6月结束，在两个多月短暂的时间内，活跃于淳安、分水、昌化、於潜四县边区，收缴民间枪支，捣毁国民党基层政权，配合人民解放军作战，号召穷苦百姓起来与国民党进行斗争，从而震慑了当地的反动势力，极大地鼓舞了广大人民群众反抗国民党反动派的信心，为分水人民的解放事业作出了一定的贡献，在地方革命史上写下光辉一页。

附：

皖浙总队、浙西支队三槐塘（西华）战斗烈士墓

皖浙总队、浙西支队三槐塘（西华）战斗烈士墓位于分水江水利枢纽工程上游，西华自然村铁帽山，烈士墓坐西向东，环境优美。

1949 年 3 月 29 日，中国人民解放军皖浙总队、浙西支队与国民党分水县自卫队、省保安司令部突击第二大队王之辉部、国民党省保三团刘莹部在三槐塘自然村的铁帽山和云头自然村的麻栗山岗发生激烈战斗。战斗结束后，当地群众将皖浙总队 10 多名烈士遗体偷偷殓棺安葬。

皖浙总队三槐塘战斗烈士墓

解放后，三槐塘村群众自筹资金，在铁帽山修建了烈士墓、以供后人瞻仰和吊唁。2009年，三槐塘村又自筹资金对烈士墓进行修葺，烈士墓由基碑、祭堂组成，占地面积100名平方米。

天目大队

1949年4月，原分水县毕浦地区部分青年，在浙东人民解放军金萧游击支队的领导下，经过长期的酝酿准备，成立了一支名为"天目大队"的农民武装，这支农民武装在配合金萧支队解放分水县城以后，改编为金萧支队第四大队十一中队。这支改编后的武装队伍，在当时分水的防务、维持地方秩序、保护各地粮仓、支援大军南下和后来的剿匪斗争中，作出了重要的贡献。

位于分水江（天目溪）北岸的毕浦，是原分水县东部的一个小集镇，自古为水陆交通之要道。1930年在这里发生的我党领导下威震四方的毕浦农民武装暴动，在临近数县人们的心中播下了革命的种子。

1949年初，全国解放战争已取得决定性的伟大胜利，战斗在浙赣铁路以西的我浙东人民解放军金萧游击队，遵照浙东临委关于继续坚持与巩固提高路西、江东（富春江以东的浦江、桐庐、建德、兰溪交界地区）工作，一面分出重要力量大力发展浙西工作，建立浙西战略基地的指示，跨过富春江向"江西"和"江北"广大地区挺进，在分水天目溪两岸，先后建立了江西县政府和江北办事处，积极进行扩军建政、发动群众、组织武装等工作，为迎接解放大军南下做好准备。在革命力量迅速发展的大好形势下，一支以毕浦地区农民为主体、知识青年为骨干，接受浙东金萧支队领导的农民武装"天目大队"诞生了。

和所有的革命新生事物的出现一样，这支农民武装的诞生，有她的历史和政治的渊源。"天目大队"的主要领导人沈志鹏及一批知识青年，都是毕浦当地或附近人。沈出身于当地的一个大户家庭，本人曾任县参议员，20世纪40年代末，由于受当时控制分水的大土豪盛家势力的排挤，他在政治上、经济上日渐失意。蒋介石连年的穷兵黩武，国民经济的日益萧条凋敝，更使人心相背。沈志鹏在毕浦中心小学任校长时的学生何祖义、段如根、金振声等十几人，读完中学和师范后，有的失业在家，有的谋得了一个"穷教师"的工作，他们多数是贫苦农民的子弟，本来各自心里都充满了对国民党反动统治的不满，现在更是失望。沈与他们既有师生同事之谊，又有共同的政治见解，彼此感情融洽，交往密切。沈志鹏当时在经商，许多青年仍经常不约而同地来到他家中，以复习功课为名，针砭时弊，议论时政，抨击社会，这些青年们的心中早已向往着革命和进步。1948年暑假，原毕浦小学学生彭耀明、钱泽人从长兴返回毕浦。长兴县是我党革命活动活跃之地，他俩在那里执教时，受到我地下党的影响，接受了一些进步思想与革命理论。他们带回了《大众哲学》《新闻类编》等许多进步书刊，青年们看了后大开眼界，他们介绍的革命形势和中国人民解放军不断获胜的消息，更使青年们精神振奋，激动不已。以前的种种不满和几多失望，此刻已成为促使他们投身革命的行动。

这年冬天，沈志鹏接到他的表弟、原毕浦小学同学吴志芳（参加革命后改名沈人）从浦江寄来的一封信和一张身着戎装的照片，心中非常羡慕。吴志芳原为分水附小总务，1948年10月因参加分水简师进步学生活动，后遭到国民党分水县政府通缉，幸有同学及时报信才得以脱身出走，后来他参加了革命队伍——金萧支队。一封信和一张戎装的照片，让身处黑暗中的年轻人看到光明，一团烈火在他们心中点燃，从此他们要求参加革命的愿望更加强烈，决心更加坚定。这批年轻人便开始设法寻找党组织。他们秘密商定，先由何祖义去浦江方向寻找同学吴志芳，希望能找到他，再与金萧支队取得联系。因路线不熟，金萧支队又行踪不定，没有找到联络点和联络人，只得折回。他们很不甘心，又策划了第二次寻找党组织活动。1949 年 2 月，沈志鹏出面邀请方吴村早年参加过毕浦暴动、当时在家务农的江时若，请他带彭耀明、钱泽人等人以卖松柴作掩护，到杭州找地下党组织。他们获悉，浙江保安司令部刑事警官队副队长傅乃理与中共地下党有联系，便秘密找到了他。不知是因为地下党组织的严密纪律，还是对他们几个来自农村的青年不了解不信任，始终没有得到对方明确肯定的答复而告终。

1949 年 3 月 3 日，在分水县历史上发生了一起震惊国民党浙江省当局的事件——国民党分水县自卫总队全体官兵，在金萧支队的策应下起义。当天下午，当金萧支队政委张凡带领接应部队和起义官兵从分水出发返回根据地途经毕浦时，沈志鹏等人找到了张政委。这些盼望革命已久的青年，此刻欣喜之情难以言表。当即，沈志鹏就主动协助部队搜缴了毕浦警察局藏匿在民间的枪支，并把张政委请到自己家中，向他汇报了毕浦青年迫切要求参加革命的心情，并由衷希望由党来领导他们的愿望，还向张政委一一介绍了前来要求参军的盛再生、段如根、盛奕德等人。张政委对青年们要求参加革命的行动给予高度的肯定和热情的鼓励，面对这批年轻人，张政委不失时机地向他们宣传了全国革命形势，希望他们要抓紧时机，就地秘密建立一支农民武装，迎接解放大军渡江，迎接全国解放。在这次见面中，张政委将赵文光（后任江北办事处主任）介绍给沈志鹏他们，以后具体事情，让沈志鹏找赵文光联系。张政委还让沈转递一张名片给当地士绅袁修祖，要他到桐庐深澳会面商谈有关事宜，实际上是给沈志鹏等人分配了第一项任务。张凡等金萧支队领导人的这次接见，成为组织和建立天目大队这支农民武装的新起点。

得到张政委的支持后，沈志鹏等一批年轻人就立即开始着手筹备组织农民武装队伍，由主动前来联系的杨家村农民周裕华在群众中进行秘密串联，参加者很快超过 50 人，还弄到枪支 14 支。

到 4 月中旬，随着参加武装队伍人员的不断增加，如何尽快解决武装队伍给养的来源问题已迫在眉睫。在多次派人寻找赵文光联系不上后，沈志鹏、金振声带上江时若的信，再次赴杭找到地下党傅乃理，由傅引见到了一个姓赵的负责人，他立马写了一封密信交给沈志鹏，让他持信去桐、建、分三县交界处找金萧支队长蒋明达。回毕浦后，沈即派何杰、钱泽人两人带上密信去找金萧支队长蒋明达。

4 月 25、26 日，在送信人还没有消息的情况下，为防止毕浦盛氏反动武装势力的袭击，沈志鹏、周裕华等人在毕浦戎香泉的后楼举行会议。会议内容一是确定内部的临时分工，二是以村前"天目溪"为名暂定组织番号为"天目大队"，以利统一行动。会上，确定由沈志鹏领导全面工作，周裕华负责军事。戎香泉、何杰、钱泽人、盛再生、彭耀明、金振声、段如根等一批知识青年分别负责秘书、学运、民运、军运和宣传、联络等工作，成为

"天目大队"的主要骨干。

会议结束后，这支称为"天目大队"的农民武装队伍，立即开展武装活动，出其不意地袭击了当地的一个地主家庭和国民党毕浦乡乡政府，收缴了短枪1支、长枪6支、枪榴弹1箱、手榴弹10余个。

有了这批武器，"天目大队"这支农民武装就这样轰轰烈烈地建立起来了。

4月下旬，全国革命形势迅猛发展，我人民解放军百万雄师跨过长江天堑，以摧枯拉朽之势向江南广大地区挺进，金萧地区的革命斗争也进入了一个新的时期。4月26日，以项雷为首的金萧支队第四大队西渡富春江，向分水进军。项雷此行的任务是解放分水，打通浙皖通道，接应渡江大军；同时，收编分水毕浦一带以沈志鹏为首组织起来的，接受我党领导的地方农民武装力量归第四大队直接领导。当时，"天目大队"派出寻找蒋明达的钱、何俩人已在钟山大市一带见到了金萧支队江西县桐分区负责人，并带回了"就地待命"的意见。29日，沈志鹏接到项雷邀请商谈有关收编问题的通知，即派周裕华、盛再生等人前往东溪乡豪渚埠参加会议。周裕华等人向项雷汇报了他们遵照张凡政委的指示，自己组织起来搞武装斗争的经过，现有人员枪支的数量，以及未经上级命名自定为"天目大队"的情况。项雷向周裕华等宣布了支队关于毕浦的农民武装归第四大队领导收编的决定，并交代以后不再称"天目大队"。

豪渚埠会议后，"天目大队"由沈志鹏主持，连夜在浦何杰家举行第二次会议，参加人员有周裕华、戎香泉、何杰、钱泽人、段如根以及请求辅助军事的原国民党军官张大昭（当时被撤职闲住在家）。会上由周裕华传达了豪渚埠会议精神，大家就如何配合部队解放分水问题，作了详细研究和具体分工。

4月30日清晨，"天目大队"近百名农民在毕浦镇西广场集合，正式宣布武装起义。接着由沈志鹏、周裕华、张大昭带领到达逻浦场，与金萧四大队骆天带领的一个排会台。项雷作了简单的战斗动员，宣布了入城纪律后，部队向分水城进发，中途兵分两路："天目大队"从东门，四大队的一个班从西门，夹攻城隍庙后的敌军。东门枪响之后，国民党县长陈觉文就带了七八十个人从后山落荒而逃。我军未遇抵抗即一举解放了分水县城。

5月5日，"天目大队"编入金萧支队第四大队，其中有文化的青年编入四大队工作队，并以工作队为基础建立了金萧支队分水县办事处。后又把"天目大队"的武装人员正式编为第四大队十一中队，由周裕华、张大昭代理正副中队长。沈志鹏受分水办事处委派，带领有关人员接管毕浦。至此，这支以沈志鹏等人发起的毕浦地区的农民武装，正式成为我党领导下的人民军队的一部分。

分水起义

辽沈、淮海、平津三大战役之后，人民解放战争即将在全国范围内取得胜利。浙江的敌后游击烽火此时已成燎原之势，根据中共浙东临委的战略决策，金萧工委和金萧支队直接领导了1949年3月2日的分水起义，原国民党分水县自卫队官兵，在县长兼总队长项作梁的率领下宣布起义，并将该部改编为金萧支队第四大队。

分水起义，是国民党浙江省县级地方武装起义的导火索。这次起义的成功，影响十分深远，不仅扩大了人民武装力量，更重要的意义在于：一是从此打通了浙江皖南通道，为迎接解放军主力由皖南入浙创造了有利条件，并充分发挥了敌后游击队与主力军配合作战的作用。二是这次起义在国民党浙江地方武装中引起了连锁反应，动摇了国民党统治的地方政权。如后来的松阳、丽水县的起义，国民党浙江保安司令部九区独立营和临安县自卫总队放下武器，临安县和平解放……分水起义对瓦解国民党地方武装、摧毁国民党地方政权，起到了一个引爆的作用。

决策西征

分水虽是浙西山区的一个小县（今已并入桐庐县），但它的地理位置在革命战争中却占有重要的战略地位。从富春江渡江，经分水出昱岭关到皖南境内，全程仅 100 余公里，按部队急行军的速度，只有一天左右的路程。因此，分水是浙东通往皖南的一条捷径，被称为浙皖走廊。分水县治武盛镇，东至富春江渡口不到 40 公里，西至浙皖边界要隘的昱岭关约 60 公里，正处这条走廊的中心点，如要控制浙皖走廊，就必须先控制分水。

早在 1934 年，由寻淮洲率领的工农红军北上抗日先遣队红 19 师，从浙赣边缘地带突破敌军封锁到浙西，就是在分水县击溃王耀武的补充第一旅后，才乘胜进入皖南的。

解放战争时期，富春江以东是金萧支队的根据地，再向东过铁路直到东海边，是浙东纵队所控制的游击区；浙皖边界和昱岭关以西则是皖南，人民游击武装——皖浙总队的活动地区。自富春江渡江到昱岭关这 100 公里的浙皖走廊，正是这两个游击区和两个人民游击武装之间相联系的纽带。再如解放军主力若在安徽突破长江天堑，挥戈南下，过昱岭关进军浙西，必然要走这条浙皖走廊。因此为了沟通浙东和皖南两大游击区的联系，为了给由皖入浙的解故军清除路障，人民武装必须控制分水，打通浙皖走廊。

1948 年 4 月，中共浙东临委根据战略需要，指示金萧支队向浙西发展。派张凡同志前来担任金萧支队政委，并带来浙东临委马青同志的亲笔指示信，大意是华东野战军先遣纵队已在皖北南下，可能渡江到皖南，然后进军浙江，并指示金萧支队横渡富春江向浙西发展，打通浙皖通道，迎接先遣队进浙。

为贯彻上级的以上指示，同年12月，张凡同志率领金萧支队主力一部，渡富春江西征皖南。部队从浙西浦江出发，在桐庐渡江，于建德、淳安进入皖南境内，与皖浙总队会师；然后，会同皖浙总队的一个中队，复经淳安、昌化、於潜、分水、新登、富阳，在东梓关渡富春江，回师浙西。这次西征，历时20多天，转战10个县，当时称为千里长征。在进军途中声东击西，迂回穿插，使敌人感到变幻莫测。金肃支队所到之处惩办恶霸，捣毁敌政权，拔除敌据点。在於潜县境内的印渚埠（现属分水镇）击溃浙保某团，在新登境内的三溪口歼灭国民党九专区的一个连，又在该境岩石岭伏击新登县一个自卫中队，在渌渚（在新登境内）击毁敌军车40辆，在东梓关渡江时击伤浙保一艘军火轮。打得"顽保"突击队丧魂落魄，焦头烂额，吓得国民党地方政府手足无措。金萧支队的这次西征，显示了人民军队的无穷威力，是一次为打通浙皖通道的重要军事行动。

当机立断

1949年1月上旬，金萧支队在根据地浦江县马剑乡得到一个可喜的消息：马剑乡平阳陇人项作梁就任国民党分水县长，他儿子项雷也到了分水；接着，抗战时期当过国民党游击队大队长的廖伟也到了分水。这3个人到分水，为金萧支队开辟浙皖通道，提供了有利条件。

项作梁是在国民党警政界任职多年的旧官吏，自1933年到

1945 年的十几年里，他任过警官学校的教官和地方政府的科长、秘书、区长、省府视察等职。1947 年参加过国民党县长甄试，当年冬天被派到山东招远县当县长。而在上任前夕，招远县境已被解放军第三野战军解放，他只在龙口市接收了一个流亡政府和由宋中队长率领的自卫大队。当第三野战军进攻龙口时，他默许宋中队长率部起义参加解放军，本人则逃往青岛。当国民党掩耳盗铃演出伪国大选举的丑剧时，他没让山东省党部指定要当选的蒋经国的秘书张某"当选"为正式代表，故受到国民党山东省党部给予留党察看的处分。不久招远县自卫队起义这件事，又被蒋军驻龙口市某部汪师长揭发，加上"纵部叛变"的罪名，因而被"撤查究办"。为此，他潜逃浙江，找其父项飞在浙军里的老上司陈仪和老同学杜伟的庇护。恰巧，当时任国民党浙江省主席的陈仪和浙江省民政厅长杜伟心怀"异志"，思想上已倾向于共产党，而他被任命为分水县县长。项作梁早已意识到，蒋介石国民党政府黑暗腐败，迟早要被人民抛弃推翻，所以，当其子项雷要进解放区参加革命时，他不但不制止，反而派勤务兵护送项雷进入了解放区，当解收战争取得决定性胜利、蒋家王朝行将覆灭的前夕，他自己终于走上了弃暗投明的道路，这是他政治生涯发展的必然归宿，

金萧支队领导对项作梁的政治历史和政治态度不是十分清楚，但由于项作梁的家乡早已成为金萧支队的根据地，故对他在家乡干过的一些有益于人民的好事，留有深刻的印象。

金萧支队领导当时对项作梁的估计是，他不是国民党中的死硬派是无疑的。在蒋介石的国民党处于分崩离析的状态中，他将首先被分化出来，在国民党政府行将覆灭时，他有可能被争取

过来。

项作梁的儿子项雷，是金萧支队政治部主任杨光在小学补习班时的同班同学。当时，级任导师赵并欢是第一次国内革命战争时期在共青团中央工作过的老同志。杨光、项雷和他们同班的其他同学都一起受过赵并欢老师革命思想熏陶。项雷觉醒虽较迟，但后来在中学和大学里自学了一些马列主义基础知识逐步走上革命道路。他曾于1946年3月在英士大学为鼓动学潮被开除学籍。同年7月初又冒险闯过国民党军警的重重封锁，投奔苏皖解放区参加革命，并在这年11月被中共高邮（二分区）地委社会部（专区公安局）派往蒋管区南京一带做地下工作。后来，因地下组织遭破坏而失去领导，又在青岛、杭州多方寻找组织，不幸均告失败。他父亲被任命为国民党分水县长，为他开展秘密工作创造了有利条件，同时在他父亲的掩护下，他打进了国民党分水县政府和自卫总队部。他到分水后，先后通过他父亲，把抗战时期参加新四军的骆天安插在分水县政府当事务员，成为策动分水起义工作的助手；把在青岛曾争取教育过的国民党军官任善宝（十年内战时期当过红军班长）安插在分水县自卫总队部当政训员；把在青岛曾争取教育过的廖伟从松阳叫来，担任分水自卫队的独立分队长；把骆天的弟弟骆文三安插在独立分队当兵。同时，他对周围的青年褚利生、倪启源、项和祥以及自卫队中的同乡都进行了争取教育工作。

1949年1月，项雷趁分水县自卫总队副辞职回家的机会，通过他父亲，把任善宝提升为总队副，他自己任总队政训员。1月下旬，他被调到杭州国民党省保安司令部的保安干部训练班受训，临行前把争取廖伟的工作委托给骆天，叫骆天在半个月内争取让廖伟表态参加革命，等他从杭州回来就可以发动分水县自卫队起义。项雷和骆天的历史以及他俩在分水所进行的工作，当时金萧支队并不知道，但支队领导从所获取的各种消息中，断定项雷是个思想进步的革命青年，是可以信赖的。

廖伟是四川人，出身于贫苦农民家庭，在四川的杂牌军中当兵多年，抗战期间在浙江诸暨、浦江一带当过国民党的游击大队长。他的部队同新四军有过摩擦，但尚能不恣意祸害老百姓，在群众中的声誉比一般国民党的土匪要好。抗战胜利后，他的部队被改编，他在诸暨任自卫队中队长。1946 年 12 月，他骑着匹白马，耀武扬威地来到马剑乡沈家看望他的丈母娘，被金萧支队留守武装连带马俘虏过来。金萧支队领导对他以礼相待，晓以共产党的宗旨、政策等革命大义，他也对共产党为国为民的精神表示崇敬，谈得比较投机。后来根据廖伟重江湖义气的特点，金萧支队特派员马青、路西特派员蒋明达和廖伟 3 人，模仿桃园结义在黄土岭撮土为香，结为异姓兄弟。金萧支队领导表示愿放廖伟回国民党部队，他答应回国民党部队后"身在曹营心在汉"，在适当时期，哪怕是过五关斩六将，也要带着一批人、枪来参加革命队伍。接着，金萧支队就虚张声势给廖伟制造了乘机逃跑的假象，放他回诸暨自卫队去。眼下廖伟到了分水，该是他实践诺言、起义来归的时候了。

金萧工委和金萧支队敌工部（支队长蒋明达兼部长）根据对项作梁、项雷、廖伟 3 人政治态度的基本估计，分析了 3 人到分水后的形势，决定依靠项雷做工作，争取项作梁、廖伟投向革命，策动分水自卫总队起义，把这作为打通浙皖走廊的一个决定性步骤。

为此，金萧工委和金萧支队敌工部曾研究派谁为信使、去找项雷的问题。由于对分水的情况并不十分清楚，贸然派干部到分水去怕发生意外，若派一般战士或群众去，又怕不信任，最后选定了方永高同志。方永高是根据地马剑乡的民主乡长，虽不是中共党员，却具有下列条件：热爱共产党，热爱人民军队，是根据地的进步群众；能说会道，机智果断，能见机行事；与项作梁是老乡，且有远方亲戚瓜葛。于是，由政治部主任杨光出面给项作梁和项雷写了一封信，托付给方永高去分水面交。

不谋而合

　　1949 年 1 月下旬，方永高到了分水。因项雷正在杭州受训，只遇到了他父亲项作梁县长，方永高以亲戚的身份同项作梁聊天，从家常琐事谈到国家大事，还谈到家乡群众如何拥护共产党、支持金萧支队的情况，对项作梁的政治态度作了一番试探。等到项作梁也表白了自己对共产党的衷心崇敬之后，方永高才大胆宣称自己是金萧支队派来的信使，转告了金萧支队领导人对项作梁先生的钦佩和希望，同他合作的愿望，并取出杨光同志给他和项雷的信。项作梁看了信后，毅然写下"照信进行，先做准备，掌握时机，及时行动"16 个字，请方永高同志转致支队领导，以表明自己的态度，并对方永高说："你最好还是去杭州，找我儿子面商。"于是方永高就按照项作梁所给的地址，去杭州找项雷。

　　方永高在杭州找到了项雷，向项雷转达了金萧支队领导对他的信任和期望。项雷对方永高说："我不久就要回到分水，请你转报支队领导：一、分水策动起义工作早已开始准备；二、我回到分水后，就可以全面展开工作；三、请支队派干部到分水来。"

2月3日，项雷从杭州返回分水，他借口保干班受训时上司要求，向父亲项作梁提出三点建议：一是自卫总队政治工作要加强；二是中队要配备政治指导员；三是官兵要同甘共苦。这用的是"红萝卜上到蜡烛账上"的办法，项作梁都同意了。

项作梁对儿子谈到金萧支队派人来过分水的事时，表示他从不反对共产党，不反对金萧支队，希望今后要同金萧支队多联系。但是，他并没有表示要率部起义去参加金萧支队。因此，项雷也没有把策反工作的事情告诉他父亲，只是向父亲建议要把自卫总队这一武装力量牢固地控制在自己手里，项作梁同意了。显然，父子两人的思想上还存在着一定距离。

项雷始终认为，父亲迟早会同意起义的，只要把自己的总队官兵争取过来，到那时他就非参加起义不可了。于是项雷就先把主要精力用在控制争取自卫队的官兵上。他从杭州回来，骆天告诉他，不但廖伟已经坚决表态要起义参加金萧支队，而且总队副官褚忠武也积极要求参加革命。

2月5日，项雷召集了骆天、廖伟、褚忠武和褚利生5个人举行了策划分水起义的第一次会议。从此，形成了以项雷为首的策划分水起义的5人核心。这次会议商定：一、由项雷通过他父亲把"自己人"尽量都安插到自卫队去掌握部队；二、派褚忠武去找金萧支队领导汇报情况，取得领导批准。

会后项作梁根据项雷的建议，把原来由警察局统率的保警分队划给自卫总队统率，与另一个独立分队合编为自卫总队第二中队，提升廖伟为第二中队队长，调升褚利生为第二中队政治指导员；由项雷兼任第一中队政治指导员，褚忠武为第一中队第二分队队长。从此，项雷、褚忠武、褚利生和廖伟同士兵们同甘共苦，并立即开始对士兵进行争取教育工作。

接着，褚忠武到金萧支队部向支队领导汇报情况。支队领导认为，他们发动分水起义的愿望，正同浙东临委金萧支队要打通浙皖走廊、控制分水的看法不谋而合，于是选派当时支队的江北办事处主任赵文光、王一平和陈振随褚忠武到分水协助策动起义，由赵文光为敌工部代表。策动分水起义的工作，从此置于金萧支队敌工部的直接领导之下，有计划有步骤地加速进行。

向往光明

2月10日左右，赵文光等到达分水，与项雷等5人一起密商，对分水自卫队两个中队官兵的情况和武装起义的部署，作了周密的分析研究，取得了一致意见。计划2月25日左右宣布起义。因分水自卫总队还有两挺轻机枪和6支步枪在杭州军械所修理，到期才可提取，那样一来就无法赶上行动了，故必须慎重研究，力求有个既能取到这些枪支又不耽误起义时间的两全之策。后来商定，由王一平回金萧支队带几名战士到杭州去冒领，直接交给金萧支队部。

会后，陈振同志被安插到分水第一自卫队当军械士，对士兵们进行串联教育工作；赵文光同志回支队部汇报请示。

项雷等利用合法身份，对分水两个自卫中队士兵加紧了策反工作。

第一中队的中队长王兴元老家在山东，他出身于解放区被斗争的地主家庭，政治态度反动，难以争取。一中队的分队长中，除褚忠武外，另两个分队长都是兵痞出身，也不易争取。这三个人成为第一中队开展策反工作的主要障碍。一中队的起义工作由项雷、褚忠武和陈振同志负责，他们采取的是争取士兵大多数，孤立少数反动军官，等待时机成熟，就夺取指挥权的方针。一方面，由项雷兼任政治指导员的身份，每天给士兵上政治课，当那个中队长和两个分队长在场时，就插进一套国民党诬蔑共产党的陈词滥调；当这 3 个人不在场时，项雷就转弯抹角地宣传解放军强大无比、国民党军队必将覆灭的事实，宣传解放军来了穷苦百姓就会翻身等。士兵们心里渐渐产生了盼望解放军早日到来的愿望。褚忠武和陈振两位同志则在士兵中间进行秘密串联，争取大多数士兵倾向共产党，自觉自愿参加革命。

第二中队由骆天、廖伟、褚利生和骆天之弟骆文等同志负责。当廖伟用结拜兄弟的手段把另一个分队长曾勇争取过来之后，第二中队军官都成了"自己人"。他们在二中队实行了官兵平等的制度，官对兵态度和气，允许士兵轮流请假回家探亲，从事农耕。而且杜绝了伙食贪污舞弊，还向总队领到超支伙食经费，大大改善了士兵的伙食。二中队官兵之间、兵兵之间，出现了旧军队里从来没有过的亲密团结关系。在此基础上，他们从官到士，从士到兵，进行秘密串联，使大多数士兵自觉自愿参加革命。

赵文光回支队部汇报了上述情况，支队领导十分满意。经过敌工部的反复研究，支队领导作出如下决定：一、分水策反工作所采取的方针、步骤和方法都是正确的，切实可行的，可照原计划进行。但要小心谨慎，注意保密；二、分水县长兼总队长项作梁如能出面率部起义，工作阻力必将减少，而政治影响就会更大，据支队分析，项作梁是能够争取过来参加起义的，这争取工作责成项雷去完成；三、分水起义和到杭州取枪要同时分头进行。

2 月中旬，赵文光第二次去分水，传达了支队领导的指示，在一个寒冷的深夜里，项雷由褚利生陪同，同他父亲母亲围着火盆密谈。项雷对他父亲简略地讲述了国内形势，指出共产党领导的革命将要在全国范围内取得胜利，问他父亲该怎样选择自己的道路。项作梁答道："我对形势是看得清楚的，也愿意投奔共产党，只是不知道共产党对我这样的人究竟会怎样对待。"项雷知道，其父是对起义尚有疑虑，于是开门见山地说："只要你愿意站在人民一边，共产党是欢迎的，而且我们已同金萧支队联系好了，支队部已派人来指导，并且欢迎你率部起义。"项作梁见事已至此，遂下最后决心："如此，我当然愿意率部起义。"并提出要同支队部代表面谈。

第二天，赵文光同项作梁见面商谈。赵文光问他："有什么困难和要求？"项作梁说："只要共产党允许我参加革命，我什么工作都愿意做，只要求把家眷安置好了，就率部起义。"赵文光说"工作问题，会照你的地位适当安排的，一切生活问题可放心。"为了让项作梁有个安置家眷的时间，同时考虑到要从杭州取回修理的枪支，商定把起义的时间由原来定的 2 月 25 日推迟到 3 月初。

支队领导在听取了赵文光的再次汇报后，2 月下旬又第三次派他去分水，向项作梁传达了支队领导对他弃暗投明决心的欢迎和支持，并给他一笔安家费用。这时项作梁说，由于时间仓促，安置家眷来不及。赵文光把这问题提请项雷等同志讨论，项雷认为3月初的起义不能再推迟，否则就有失败的危险。后来确实因来不及安置家眷，项雷的母亲贾桂蓉在杭州被国民党省保安司令部逮捕，关入监狱。反动派多次威胁她，逼她写信给丈夫、儿子，但都被她严词拒绝了，所以直到杭州解放，反动派仓皇逃走，她才出狱。

赵文光和项雷等5人一起，具体制定了自卫总队在3月2日傍晚起义的计划，由赵文光带回支队部审查。金萧工委、支队领导批准了这份行动计划，决定派赵文光去分水传达支队指示，并具体指导起义工作，同时决定由王一平负责带领4个战士去杭州取枪。

起义归来

2月28日早晨，王一平带领蒋一飞、周行、赵樟校三位同志乔装成国民党分水县自卫总队官兵，连同原分水县自卫总队班长洪菊生一共5人，带着到杭州敌军械所取枪支的关防证件，在富阳场口登上了一艘汽轮。在航程中，在敌巢里，王一平等几经周折，机智果断地与敌周旋，巧妙地闯越重重难关，终于完成了这项艰巨的取枪任务。3月2日，王一平等在富阳横槎把深入敌巢取来的枪支交给金萧支队部，当场试枪，2挺机枪和6支步枪发出了欢快清脆的响声，仿佛在预祝起义的胜利。

就在王一平等人深入敌巢取枪的同时，分水起义正在进行。经过一个多月的准备，水到渠成，分水自卫总队官兵急切盼望的一天来到了。2月底，按照计划，支队政委张凡率领金萧支队两个大队、一个民运队，同皖南部队的一个中队，向分水进军，去分水接应国民党自卫总队的起义。3月1日，分水自卫总队得到情报，金萧支队主力已渡过富春江，正向分水方向移动。反动分子得此消息，惊慌失措，准备起义的自卫队官兵得此消息，暗自欣喜。

3月2日傍晚6时，项作梁以县长兼自卫总队长名义发出手令：命令警察局局长兼自卫队总队副总队长刘震、第一中队长王兴元、分队长储仁卿等人，到江西会馆第二中队队部参加紧急会议。这些人一到江西会馆，就被缴了械。后又逮捕了警察局督察长王某。

7时，第一中队在城隍庙，第二中队在江西会馆，同时宣布起义。第一中队由褚忠武指挥，选派可靠的人站岗放哨，封锁交通，切断分水对外的电讯联络。第二中队由廖伟指挥，派出一个分队由曾勇、朱正才率领，去收缴师管区新兵中队的十几支枪。新兵中队几十个人拒不缴枪，负隅顽抗，双方发生战斗。新兵中队中队长刘子丹和一名哨兵被当场击毙，俘虏排长1名、班长1名，新兵都放下了武器，接着就地解散。又派出一个分队由曾勇、朱正才包围警察局。8时许，分水县治武盛镇除警察局外，都被起义官兵控制。

约在午夜时分，张凡率领接应部队，由前来联络的褚利生、赖云龙同志带路，进人武盛镇。随即放出哨兵，把起义部队的岗哨接替过来，并协助曾勇率领的分队，缴获警察局的全部武器。

3日凌晨3时，张凡政委与项作梁县长会晤，并接见了起义骨干。

3日清晨，分水城乡群众纷纷拥向街头，并以茶水饭菜热情招待人民子弟兵，民运队打开了县府粮仓，周济附近的居民和农民，整个武盛镇沉浸在喜气洋洋的节日气氛中。

11 时许，部队秩序井然地离开分水，起义县长项作梁由赵文光陪同，行进在起义部队的最前列。起义部队与接应部队在张凡政委的率领下，向富春江以东的金萧支队根据地进发。

3 月 6 日，分水起义部队到达金萧支队根据地。分水县自卫总队所属两个中队，虽只有 5 个分队，却给金萧支队增添了 8 挺机枪、167 支步马枪、20 多支短枪、400 多枚手榴弹以及各式子弹，从而充实了人民游击队的武器装备。

7 日，金萧工委在浦江马剑栗树坪，召开金萧专署成立暨分水起义祝捷大会，支队部及地方工作人员，当地农民和壶江、兴仁、马剑三乡民兵其 3000 余人参加了大会。这是金萧地区首次盛大的军民大会。短训班同志代表支队部向分水起义的同志献了花，大会主席李子青作了报告，并向起义同志致敬。蒋明达支队长宣布分水起义部队改编为金萧支队第四大队，由廖伟任大队长，项雷任政治教导员。从此，本是反动派统治工具的分水县自卫总队，整编为一支革命军队。

分水起义部队改编为金萧支队第四大队后，在支队部的直接领导下，经过一个半月的整训，建立了党支部，配备了干部，部队在政治上和军事素质上都有很大提高。

4 月 21 日，解放大军百万雄师渡江南下。25 日，支队部命令第四大队为先锋，西渡富春江，进军分水，迎接大军。

27 日，项雷和骆天先带领了以赖云龙为排长的一个排到达毕浦附近，与分水毕浦起义农民会合。4 月 30 日上午，分水再次解放。国民党分水县末代县长陈觉文，带着重建的只有六七十人几十条枪的分水自卫队狼狈逃窜，上山当了土匪。

5月3日，四大队进驻分水，从而打通和控制了浙皖通道。

5月4日，成立了金萧支队分水办事处。接着四大队进山清剿了陈觉文匪部，把毕浦起义的农民整编为四大队的十一中队，在交通要道截击国民党败退下来的散兵游勇，保护了分水人民的安全。由项雷同志任主任的分水办事处，除接管分水县政府的工作外，不分昼夜筹备军粮，并在毕浦成立临时办事机构，以保护粮食不受损失，准备迎接解放大军的到来。

5月6日，四大队与南下解放军36师的一个团会师，分水办事处担负了南下大军的全部供应和支前工作。

5月下旬，与南下党政干部会合，根据中共浙江省委的指示精神，建立了中共分水县委和分水县人民政府，王文彬为县委书记，田振华为县长，项雷为副县长。金萧支队第四大队改编为分水县大队。

（蒋明达）

南北会师

1948 年冬，中国人民解放军取得了辽沈、淮海、平津三大战役歼敌 154 万的伟大胜利，国民党的主要军事力量已基本被歼灭，我军在数量上已超过蒋军，全国已处于革命胜利的前夜。1949 年元旦，新华社发表了中共中央主席毛泽东《将革命进行到底》的新年献词，向中外宣告我军将渡江南进，全国解放已成定局。

迎接解放的战略准备

为了迎接解放大军南下，作好战略准备，1949 年 1 月 25 日浙东武装及干部七八百人在新昌回山会师，中共浙东临委在此召开了扩大会议，通过了《关于浙东胜利前夜的形势与我们的任务》的决议，部署了浙东今后的工作。决议提出，要更有规模地大胆地向敌人开展军事上、政治上的进攻，大刀阔斧地发动群众，扩大与巩固浙东解放区；要更迅速地削弱浙东的反革命力量，壮大革命力量；要更积极地配合解放大军，争取浙东全部解放之早日到来，并为胜利后的工作进行必要的准备。会议决定成立浙东人民解放军第二游击纵队，下属六个支队，金萧支队被编为一支队。2月10日左右，华中工委指示浙东临委做好接管城市的准备。指示要求浙东临委广泛开展游击战争，扩大武装，向敌人的空隙地区发展，尽可能建立根据地，并建立反蒋反美统一战线；做好配合解放大军的准备，主要做好接管城市的准备，在干部中进行政策教育，吸收知识青年参加训练班，建立与加强对各地城市有计划的调研工作。2月，为了做好渡江后接管浙江的准备工作，根据中央指示，中共浙江省筹备委员会在安徽蚌埠成立，谭震林为书记、谭启龙为副书记。同时调集了一批准备南下浙江的干部，其中主要有鲁中南区党委调配的10个地委及30多个县区委和渤海区党委调配的3个地委及10个县区委的全套干部，加上财政干部和济南华东大学的学员，总计8000余人。3月29日，浙东临委在诸暨陈蔡召开排以上干部会议。顾德欢在会上作了《目前形势与整军工作》的报告。报告指出，1949年的3个月来，我军缴获（包括起义）轻重机枪70余挺和步枪200余支，解放了5个县城，诸北联防队主任寿乃康和分水、松阳、丽水三县县长先后起义，浙东已解放地区大大扩展。根据对形势的分析，报告指出浙东的任务仍然是贯彻临委第二次会议提出的总方针，在这一方针的指导下，具体解决从独立自主的分散发展转到加强统一领导的实际问题；解决继续发展与初步巩固力量的问题；解决配合大军渡江，接收城市，准备胜利的具体问题。报告着重谈了整军工作，对整军的重要性、要求、方法等作了具体阐述。

4月上旬，浙东临委又在诸暨陈蔡召开临委扩大会议，分析了胜利前夜的浙东形势，讨论了接管城市的准备工作。会议估计在浙东接管城市可能有两种方式：一种是北平式的和平接管，另一种是天津式的用军事方法解决。但不管用哪种接管方式，由于浙江是蒋介石的老家，是反动统治基础最强的地区之一，因此必须注意敌人的挣扎和破坏，克服麻痹思想。根据对浙东城市接管可能方式的分析，会议确定，一方面静待与大军会师后根据上级的通盘计划去接管；另一方面，在条件成熟或部分敌人先行撤走的城市进行个别接管。为了更好地配合解放大军解放浙东、接管城市，会议确定，培养干部和研究政策是工作的中心，要着重培养能参加接管城市的干部和留乡工作的干部，组织他们学习各项政策，确立对城市的新观点，确立为大军服务的观点，纠正认为一进城革命就成功的错误观点。要认真执行纪律，加强群众观点。

4 月 11 日，浙东临委发出《关于建立浙东人民解放军第二游击纵队部整理与加强各地部队的统一领导与建设的决定》。决定建立浙东人民解放军第二游击纵队部，司令员马青，政委顾德欢，参谋长张任伟，政治部主任诸敏。在大军到达浙东前，以二纵队司令部、政治部统一领导与指挥全浙东各地的主力与地方武装。14 日，第二游击纵队司令部、政治部发出《关于开展纵直整军工作的决定》。《决定》提出，整军的方针是以政治整军为原则，以思想改造为主；整军的任务是整思想、整作风、整纪律、整关系。《决定》要求在全军进行深入的动员，造成热烈的整军气氛，完成整军任务，迎接与配合大军，解放全浙东。

4 月 20 日，国民党南京政府拒绝在《国内和平协定（最后修正案）》上签字。4 月 21 日，毛泽东主席、朱德总司令发布向全国进军的命令。从 20 日子夜起，第二、第三野战军在东起江阴，西至九江东北的湖口，长达 500 余公里的战线上，强渡长江，彻底摧毁了国民党苦心经营了二个半月的长江防线。23 口，第二野战军占领南京，宣告国民党统治的灭亡。

4 月 25 日至 30 日，金萧支队根据浙东临委几次会议和指示精神，在富阳龙门、大章村一带举办整风整军学习班，提出了"庆祝大军渡江，抓紧整军整风"的口号，通过"大刀阔斧、雷厉风行加强纪律"、"坦白彻底的自我批评，尖锐严正的相互批评"、"撕破脸皮指鼻子，毫不留情肃歪风"、"艰苦时不动摇逃跑，胜利中不腐化堕落"的整风活动和《约法八章》《三大纪律八项注意》《入城须知》等政策学习，统一了认识，整顿了作风，增强了纪律，掌握了接管政策，进一步密切了上下级关系和军民关系，为解放金萧地区各县奠定了思想基础。

分水、桐庐的解放和南北会师

4 月 24 日，金萧四大队在支队部接受了进军分水、打通浙皖通道、接应大军渡江的任务。这支由分水起义部队改编的队伍，在支队部的直接领导下，经过一个半月的整训，选派了党员干部，建立了党支部（由副教导员李新任支书，共有党员 17 名，其中预备党员 2 名），在政治上和军事素质上有了很大提高。这次重回分水，除上述任务外，同时将代表支队部负责收编在分水毕浦一带活动，接受我党我部领导的地方农民武装——天目大队。25 日，第四大队第十、十二中队与江北大队、第五大队一部离开支队部向富春江边进发，当晚在小章村宿营。26 日，在青江口渡富春江，当晚宿小桐洲。27 日，沿江西进，四大队和江北大队各一部在下港一带伏击丁谷部拖驳，敌伤亡五六十人。当晚在新登汪家，江北办事处特派员赵文光、四大队长廖伟、政治教导员项雷根据支队领导指示，对在分水县境开辟新区问题作了具体研究，决定从四大队各中队抽调 18 名精干战士，组成一个排（排长赖云龙）的兵力，配备轻机枪 1 挺、步枪 10 余支，由教导员项雷率领，进入分水东北部开辟分东区，区长由四大一中队政治指导员骆天担任，同时收编天目大队扩大武装。四大队其他人员由大队长廖伟、副教导员李新带领，在新登西部的汪家、练头、广陵、三溪口一带配合江北办事处和江北大队开展工作。

28 日，项雷、骆天率 10 余人，经高翔、绕毕浦，进入分水东溪乡，当晚在柏山宿营。次日，项雷一面派战士化装进分水县城侦察敌情，一面派人送信给天目大队负责人，通知他们前来商谈收编问题。

29 日，项雷、骆天等人在豪渚埠召开会议，天目大队的周裕华、盛再生等人汇报了遵照支队政委张凡的原则指示，自己组织起来搞武装斗争的经过，现有人员、枪支数量，以及为了活动需要未经上级批准就自称"天目大队"的事实。项雷当即宣布：根据支队部决定，毕浦的农民武装由第四大队收编，此后不再称"天目大队"。会议进行中接到侦察员报告：分水自 3 月 3 日县长项作梁率自卫总队全体官兵起义后，国民党浙江省政府委派陈觉文接任县长，并重建了县自卫队，但总共只有六七十人，数十条枪，且没有轻机枪等重武器，听说金萧支队进入分水县境已惊慌失措。而当时我方兵力除四大队十二中队的一个班、十几支步枪、一挺轻机枪外，尚有"天目大队"的七八十人、十多支枪，且士气旺盛。于是决定第二天兵分两路夹攻陈觉文的自卫队。

4月30日清晨，周裕华等人率"天目大队"人员到达逻浦场，与四大队的一个排会合。项雷作简短的战斗动员后，就带领部队向分水进发。途中兵分两路，周裕华等人率"天目大队"进攻东门，骆天、赖云龙率四大一个班进攻西门，然后夹攻城隍庙后的敌军。结果陈觉文一听见东门响起枪声就带了队伍狼狈逃窜，上山为匪。我军未遇抵抗就一举解放分水。这是大军渡江后浙江省第一个获得解放的县城。5月3日，金萧四大队进驻分水。5月4日，金萧支队分水办事处正式成立，项雷、李新分别担任正、副主任。当天下午在江西会馆举行庆祝分水解放军民联欢大会。5月5日，"天目大队"武装（非全部人员）正式改编为金萧支队第四大队第十一中队。

桐庐方面，4月28日，金萧支队部下令由江西县政府、金萧五大二中队和江东县窄溪（桐南）区率部解放桐庐县城。次日又下达了解放桐庐的六条具体指示：一、召开有规模的军民大会，庆祝大军渡江，庆祝南京解放。二、设法与国民党县政府及军事机关等进行具体谈判，争取他们立功赎罪。三、抓紧时间进行五至十天的突击整军、整风，完成整理内部、学习政策、加强纪律性的突击教育。四、配备好进城工作和留农村工作的干部，同时组成进城核心机构。五、提高警惕，防止敌人的垂死挣扎。六、保护好通讯、铁路、公路等公共设施。根据指示精神，江西县政府发出《约法五章》，责令桐庐军政警各界，保护好财物、弹药、档案，静待接管，不得擅离逃避，违者从重论罪；对有违人民利益，有碍接管工作者，严惩不贷。5月3日，金萧工委又发出由丁有进、周挺、陈凤岗、徐益民、陈标五人组成接管桐庐核心机构的指示。

就在反动统治即将彻底崩溃的时刻，国民党浙江省政府鉴于桐庐县长傅关泉在人民解放军节节胜利，国民党内部分崩离析，对国民党政权丧失信心，离开县长"宝座"，躲进桐中研读《桐庐县志》，无心料理政事的实际情况，于4月28日召开第1606次会议，作出"桐庐县县长傅关泉免职，遗缺派戚裕德代理"的决议。戚领命于5月2日由杭启程，转由闻家堰乘轮船，5月4日晚到达桐庐，投宿惠宾旅馆。5日上午由前任县长傅关泉办理移交，慑于金萧支队兵临城下的态势，接交未毕，戚裕德即带领军政人员匆忙逃离县城，窜回旧县，上山为匪。

　　此时，桐庐县城已成真空状态，一直与我有联系的商会会长包可荣等一面向金萧支队报告情况，一面组织各界成立"接待委员会"，连夜研究各项接待工作。下午5时周挺率窄溪区政府工作人员和区武工队从下杭埠、上杭埠分两路渡江入城。

　　5月6日，中共浙江省委员会在杭州正式成立，谭震林任书记，谭启龙任副书记。是日晚8时，金萧支队张凡政委率二大队经新登到达桐庐，次日即召开协助接管桐庐的两次会议。7日，丁有进率江西县政府及桐分区、桐建区工作人员和五大队二中队由钟山进城，按照支队部关于接管桐庐的14条通令，开展接管工作；8日，金萧支队蒋明达支队长率支队部机关从富阳到达桐庐。

　　至此，分水、桐庐两县均已成为人民的天下。

　　5月9日，金萧支队下达训令，撤销金萧支队原有各县政府、办事处，成立浙东人民解放军金萧游击支队各办事处，委派丁有进为桐庐办事处主任，周挺为副主任。是日，我中国人民解放军第二野战军36师106团指战员在钟山吴宅战斗中全歼国民党192

师残部 900 余人。同日，36 师师部由分水到达桐庐和金萧支队胜利会师。晚间举行联欢晚会，欢庆桐庐解放，欢庆解放军和地方游击部队胜利会师。

5 月 10 日，桐庐办事处党总支成立，陈凤岗任书记，胡天为组织委员，王作为宣传委员，共有党员 18 人。

5 月 11 日，桐庐办事处召开成立大会，正式宣布开展各项接管工作。5 月 16 日，省委下文，决定建立中共浙江省第四地委和行政公署（建德），中共浙江省第八地委和行政公署（金华），中共浙江省委第九地委和行政公署（临安）。经省委提名并报华中局和中央批准，5 月 29 日，省委又下文，任命崔健为四地委书记、李荣村为专员、蒋明达为副书记、冯起为八地委书记、马青为专员、张凡为九地委书记、程鹏为专员。17 日，南下干部到达桐庐和分水。5 月 18 日，金萧支队与分配到四地委（建德）的南下干部在桐庐举行会师大会，崔健同志和蒋明达同志分别代表南下干部和本地坚持干部发表了热情洋溢、振奋人心的讲话。5 月 22 日，浙东行政公署第三行政督察专员公署，浙东人民解放军金萧游击支队部联合发布达字第玖伍号《布告》，宣布自"人民解放军胜利渡江，解放江南以来，本署、部所辖地区均已先后解放……为适应新情况，本省行政区已重新划分，各区即分别成立军分区、专员区，统一军政领导。本部、署奉令即办理结束，将衢州、龙游划入第三区；桐庐、建德、寿昌、分水划入第四区；金华、兰溪、义乌、浦江划入第八区；富阳、新登、临安划入第九区；萧山划入杭州市；原路西县大西、小西、南乡三区划入第二区诸暨县。本署、部所属一切部队，亦分别划归各军分区整编。除分别命令各县办事处，遵令赶办结束，准备移交外，本部、署亦于五月廿二日起停止办公，撤销番号……"同日，桐庐、分水两县分别召开南北干部会师大会，宣布两县县委、县人民政府正式成立。首届中共桐庐县委由董炳宇、张振峰、张慧心、王新三、高国璋、王明新六人组成，董炳宇任县委书记；首届分水县委由王文彬、谭洪洲、刘建新、刘活源、田振华5人组成，王文彬任县委书记；桐庐县县长王新三，副县长丁有进；分水县县长田振华，副县长项雷。

从此，桐庐、分水两县人民在中国共产党和人民政府的领导下，进入了历史新纪元。

解放初期分水剿匪

1949年4月，中国人民解放军百万雄师横渡长江天堑，一路势如破竹，国民党军队全面溃退。为解放全中国，解放大军继续南下追歼敌人。分水解放后，只留下一个排的解放军和一个武装工作组的兵力，以维护中华人民共和国成立后的分水地方治安和开展农村工作，领导广大人民群众进行减租减息斗争，同时动员老百姓积极征粮支援前线。

蛰伏在分水一带的国民党反动分子不甘心失败，组织一些残兵败将，以及地痞流氓上山为匪，他们恐吓当地百姓，敲诈勒索，杀人越货，无恶不作。一些地主、伪乡长、伪保长们，在自己末日即将到来的时候，暗中勾结土匪武装，作垂死的挣扎。当时危害分水一带百姓的主要有三股土匪武装，一股是以王之辉为匪首的、驻扎在乐明一带，有匪徒两百余人。王之辉早先在国民党浙江省保安司令部，是王云沛司令手下的一员得力干将。解放前夕，王云沛得知解放军皖南部队来到他的老家分水一带开展革命活动时，便派王之辉率兵两个保安团直奔分水，企图一举剿杀皖南游击队，不料后来被中国人民解放军击溃，他不甘心失败带领一伙散兵上山为匪。另一股土匪以赵君鄂为匪首，赵君鄂系苏浙皖民众救国军第三支队支队长，驻扎在百江六坑一带，有匪徒八十余人。还有一股土匪活跃在印渚一带，土匪头子叫张俊，自封乐平地区国民党反共忠义救国军司令。三股土匪十分嚣张，专与共产党领导的人民政府为敌，成为解放初期危害分水、於潜一带老百姓的主要匪患，而当时新成立的人民政府一时又无重兵可以进剿。

8月下旬的一天，匪首张俊的情报网探知，我解放军某连指导员周忠德带领八名战士从合村出发去分水，土匪便决定在南堡一带伏击。张俊急忙从乐平地区调集大队土匪布控印渚，待解放军过关帝庙凉亭后，即渡河截断共军退路；另一股土匪从法道村塘家孔涉水经溪边到高家，合围解放军。

周指导员行事一向机警谨慎，他们刚过南堡村口的油车塘边时，他见迎面走来的挑着箩筐到印渚办事的排坞口老乡邓石元，即向他打听去分水路上的情况。邓说，他刚从前面高家村过来，看见一批带枪的人从溪边方向匆匆走过来，估计现在已经到高家村了。周指导员一听，觉得情况不妙，估计这批带枪的人就是土匪，很有可能土匪已经埋伏在前面。他迅速环顾四周，身边是南堡村，进村可能会安全些，但如果一旦与土匪交战，很有可能会殃及百姓。而村东南是一片平地，被分水江包围着，不易突出去，唯有村南是连绵的群山，只要进了山就安全了。只是到山脚要通过一片四五百米的平地，缺少隐蔽物。他当机立断，命令战士们火速向南山脚冲去，抢占制高点。这时，东、西两股土匪已发现了解放军，边开枪边从两个方向包抄过来，有一股土匪则继续向南去抢占山头。于是双方在凤凰山山脚下与里沙畈一带田野上发生了激烈的枪战。解放军凭借里沙畈的一条排水沟作掩护，顽强地抗击着匪徒们的进攻。这条水沟当地人叫"直沟"，是东塘和西塘两口山塘的出水沟，有一米多深，两米多宽，向东南直通分水江，沟顶两边长满荆棘和杂树，易于隐蔽。土匪不敢贸然冲过这片开阔平地，双方处于对峙中。但土匪仗着人多，很快占领了凤凰山等制高点，居高临下，火力全开。周指导员见土匪人多又占据有利地形，形势对我军十分不利，为保全实力，他当即命令战士分成两组突围，然后迂回分水，他一个人留下掩护战友们撤退。他手持长、短枪各一支，不断调换射击点，吸引牵制土匪。在他的掩护下，有四个战士沿直沟迅速向下运动，过下青田、排坞口，最后顺利撤回分水。还有四个战士沿沟底向上行，直到东塘、山垅里，后来在村民郑荣福的帮助下换上便装上山，不久也安全地回到分水。只有周指导员一人独自奋战，坚守阵地狙击敌人。他估计战友们已经远离，连开数枪后迅速沿沟底向上跑。因地形不熟，他没有去左边的东塘，而是向右边的西塘冲出去。当他从西塘底小湾撤出，刚爬上北面的山梁时，不料北面的山脚就是关帝庙凉亭和印渚渡口，有大批土匪蹲守在那里。他一露身，就被埋伏在对岸制高点天方旅馆楼上的狙击手发现，一声冷枪响起，周指导员中枪倒下，后英勇牺牲。

另一起匪徒袭击事件发生在百江区政府。1949 年农历 6 月 26 日傍晚，当地一位姓陈的大地主看见区政府几个同志到了百江，就马上暗暗地叫土匪情报员去乐明通风报信，说区政府武装队员少，叫匪首赵君鄂派大队土匪速来围剿。幸亏有群众及时发现，提前报告给区政府，区政府所有同志连夜全部转移，土匪扑了个空。

匪首赵君鄂是个心狠手辣、诡计多端的人，他派人大量收集我解放区有关领导的信息情报。有一天，他得知百江区中队副队长刘老四的哥哥刘老大、弟弟刘老五住在小京坞，就派人到乐明与另一匪首王之辉密谋，两个匪首决定联合动手。匪首赵君鄂立即抓了刘老大，并让刘老五去通知在区政府工作的刘老四，要刘老四带枪来投降，否则就杀了刘老大。刘老四是个兵痞，原本就是一个立场不坚定的人，一听说哥哥被土匪抓走了，立场马上就动摇了，他马上赶到土匪的驻地六坑，跪倒在匪首赵君鄂面前求饶，让他们马上放了他哥哥。匪首赵君鄂当场答应了他，但要刘老四从此暗地里为他做事。就这样，一个我解放区中队的副队长与一股土匪达成了一桩肮脏的交易。成交后刘老四悄悄回到区政府。

与此同时，另一位匪首王之辉，派土匪抓走了区政府武装中队长宋建国的爱人，并叫其岳母转告宋建国，如果他能投靠他们，不仅可以保住他爱人的性命，还可以给他弄个中队长干干。

农历七月初三的一大早，宋建国中队长等一行人刚从分水虹桥坞回到横山头，就接到他岳母送来的急信。立场十分坚定的他看了信后，立马把信交给了区委书记张锋。张书记看了信后风趣地说："怎么样？小宋，人家请你去当官呢！"宋建国同志斩钉截铁地回答："我与土匪势不两立！"张书记接着说："目前的斗争形势非常尖锐复杂，我们必须提高警惕，要派人加强岗哨。"此时副中队长刘老四正在他俩身旁，马上接口说："站岗放哨是我们的任务，由我来安排吧。"

已投敌的刘老四马上叫来几个心腹，一边派人去站岗，一边又派人去给土匪送情报。并暗地里交待站岗的人："如碰上区里的人就说你在站岗，如碰上土匪就说是自己人。"匪首赵君鄂接到刘老四的情报后，喜出望外，马上组织土匪兵分两路：一路沿河向区政府迂回包抄；一路绕山脚向区政府靠近，对区政府进行合围。恰巧这时，副区长季周明出房巡查，发现河边有土匪向区政府迂回过来。离他已经很近了，情况十分紧急，他立即通知区里的同志赶快转移，然后自己跳入稻田突围。区长得悉后，想调集区中队的同志来堵截敌人时，才发现刘老四已叛变投敌，竟敢掏出枪来想打他，眼明手快的区长当即朝刘老四开了一枪，可惜没有击中。于是，就与通信员一起从稻田突围。区委书记张锋边撤边还击，突围到了儒桥后，马上把所发生的情况报告给了县委。此时，刚想从河边上岸的区干部龚元松，正面碰上了土匪，他与土匪展开面对面地射击，一下子就撂倒了好几个土匪。不久他子弹打完了，为了不让敌人得到他的枪支，他把自己的枪给砸了，然后壮烈牺牲。中队长宋建国听到枪声后他马上跑到河边，以桥作掩护，狠狠地打击敌人。由于土匪人多，火力十分猛烈，不久又向他包围了过来，紧急之中他不得不跳入河中，渡河撤退，可刚一上岸就被敌人一串子弹击中，不幸英勇牺牲。

再说县委接到张锋书记的电话报告后，马上决定由黄副营长带领一个加强排40名解放军战士，前往支援突围，伺机消灭残匪。

当时战士们正在吃中饭，接到县委命令后他们立即放下饭碗，在黄副营长的带领下，火速跑步前进。我军追到横山头，土匪感到情况不妙，就连忙开始撤退。解放军一路追击到冷水村，才赶上逃跑中的土匪。黄副营长一声令下，战士们向土匪展开猛烈地进攻。土匪见状，个个丧魂落魄四处逃窜。此时匪首赵君鄂，马上派人去乐明向王之辉求救。他把残匪分成两股，自己率

领部分残匪向赵家村方向逃窜，另一部分敌人向麂坞岭方向
逃窜。

黄副营长率领的部队，计划分批击垮土匪，集中力量先消灭
向麂坞岭方向逃窜的敌人，然后从百江方向抄袭赵君鄂残匪的后
路，以便在赵家村一带全歼残匪。

这时身在百江的大地主陈某也接到了线人报告，解放军的大
部队已经前来增援，一路追击着赵君鄂土匪，正向麂坞岭方向追
来，立即又派土匪丁德荣，火速前往乐明向匪首王之辉报告情
况。实际上，此前王之辉已经接到了赵君鄂求救的消息，正向百
江方向赶来，路上碰上前来送情报的丁德荣后，知道了我军追击
的具体方向。

土匪王之辉部在丁德荣的带领下，很快找到了溃逃的残匪赵
君鄂部，他马上将两百余名匪徒分成三路，立马占领有利地形，
封锁了我军到百江所必经的麂坞岭和金塘坞交界的路口。麂坞岭
口的前方有一片开阔地，对面是一座山坡，这是一处战略要地。
敌人早先就在这里筑有战壕和坑道。一部分敌人就埋伏在那里，
只要我军一出坞口，就会发起攻击。还有两股土匪，分别占领着
麂坞岭口的南北两侧的山坡。这样，整个路口都在敌人火力封锁
范围之内，整个麂坞岭成了一个大口袋，成为土匪布置好的伏
击圈。

黄副营长率领的部队对这一带地形一点不熟，但久经沙场的
他，不敢贸然行动，在路上请了一位当地向导，名叫郑其和，他
带领部队由东面向麂坞岭方向追击。此时战士们发现有一个匪徒
从麂坞岭向西面的岭下逃窜，解放军战士不知是计，边打边追，
由于地形不熟，加上剿匪心切，很快就进入了敌人的伏击圈。等

我军全部进入后，土匪向我军猛力开火，一时间机枪声、冲锋枪声和步枪声响成一片。

就在此时，走在向导郑其和后面的黄副营长，一把将他按倒，用身体护着他，并将他转移到安全地带。此时土匪十分嚣张，还向我军狂喊："缴枪投降，缴枪不杀！"敌人的疯狂激起了我军战士的愤怒，黄副营长临危不乱，指挥部队互相掩护向土匪发起有力的还击。

黄副营长深知这场战斗的重要性，如果此战失利，那么区政府甚至分水县政府都将受到严重威胁。为尽快扭转不利局面，作战经验丰富的黄副营长果断下令，迅速占领南面山头的制高点。可敌人早已占领了南面山头，还架着一挺机枪，正向南面山头发起冲锋的解放军战士不停地疯狂扫射，我军发起的几次冲锋都没有成功，而且已有多名战士伤亡。危急关头，黄副营长下令："给我炸掉这挺机枪！"这时有三位战士不约而同地叫道："我去！"黄副营长面对三位自告奋勇要求前去炸掉这挺机枪的战士，命令："火力掩护，出发！"三位战士像三支离弦的箭射了出去，只见他们跳下田埂，迅速钻进布满荆棘的水沟，彼此掩护着迂回到了土匪机枪的下方，然后突然向上投了两颗手榴弹，只听"轰轰"两声，敌人的机枪就哑了。这时我军向南面山头再次发起猛烈的冲锋，终于占领了南面山头的制高点。制高点一占领，形势立马发生了逆转。此时，天已渐黑，匪首王之辉见势不妙，就率一股土匪逃走了。解放军部队也于当晚撤回了分水。

麂坞岭一战之后，我军加大了剿匪的力度，几股危害分水百姓的土匪成为惊弓之鸟，他们已经没有了立足之地。解放区政府放手发动群众，大张旗鼓地宣传党的"首恶者必办、胁从者不问，立功者受奖"的政策。在强大的军事打击和政治攻势下，土匪队伍土崩瓦解，残匪们纷纷缴枪自首。10月13日，匪首赵君鄂在淳分交界处被我军击毙，其余残匪70余人投降。14日，匪首王之辉部眼看大势已去，在我军强大的攻势下，不得已率40余土匪在横村向我驻军投降。不久匪首张俊也被政府抓获，1950年经公审被枪决。至此，猖狂一时、祸害分水一带的匪患被彻底根除。

南堡精神

南堡村与南堡精神

南堡村地处分水江上游，位于原印渚乡东南部，南与分水镇西坞、东关村接壤，西边过鸟坞与砖山村相连，三面临水，与印渚、法道、周王坞诸村隔江相望。

南堡行政村由南堡、溪边、高家、排坞口、大坞等自然村组成。全村人口"七·五"洪灾前为1197人，其中南堡自然村人口约占整个行政村的一半，是全村的行政中心。分老公路（509县道）穿村而过，把全村一分为二。除溪边村和高家村的一半在公路东北以外，其余村落基本上都在公路以南。春夏雨水季节河水上涨，一般仅淹没河边的草滩低地，当地人称"过小泷"；如果河水继续上涨，直至与公路齐平，则称"过大泷"，全村有一半土地会被淹没，地势较低的溪边村就会成为汪洋中的一座孤岛。如果洪水漫过公路，则称"过老泷"，那南堡、溪边、高家这三个自然村就成了汪洋中的三座孤岛了。1969年的那场特大洪水就是如此。

南堡村又称汪家村，或上南堡。最早迁入该村的，相传为淳安人汪氏家族，清初来此建屋定居，繁衍后代。新中国成立时村中留下的最气派的古建筑就是汪家大宅，故而又称"汪家村"。

南堡当时有四个生产队。

1969年7月5日，一场特大洪水将南堡村冲成一片废墟，人民的生命财产损失惨重。在一无所有的困难面前，南堡人民依靠共产党的领导，依靠社会主义的优越制度，依靠全村村民，在各级政府和各地人民的关爱支持下，干部群众团结一心，自力更生，艰苦奋斗，用了不到三年的时间重建了新南堡，创造了人间奇迹。他们的英雄事迹感动了远近群众，这个英雄的战斗集体被誉为"江南大寨"，一时成了人们争相参观学习的榜样。他们这种面对灾难毫不畏惧、自力更生、艰苦奋斗的精神，被概括为"泰山压顶不弯腰"的南堡精神。

南堡精神实质上是中华民族优秀传统的体现，南堡人民就是中华民族优秀传统的传承践行者的代表。岁月荏苒，如今南堡人民为了支持分水江水利枢纽工程建设，舍小家、顾大家，全村移居各地，昔日的家园现在已经成了碧绿的"天溪湖"，南堡村也从地球上消失了，南堡这个名字也被人们日渐淡忘。但是，"泰山压顶不弯腰"的南堡精神永远不能淡忘！不仅在过去艰苦创业的年代，就是在今天万众创新，为实现中华民族伟大复兴的中国梦的征程中，依然具有蓬勃的生命力。她依然是一股无可替代的巨大的正能量，南堡精神必将永放光芒！

"七·五"特大洪灾

1969年的7月5日，分水江流域连降暴雨，山洪暴发，一起桐庐历史上百年不遇的特大洪灾，袭击了整个分水江流城。"七·五"洪灾给国家、集体和人民的生命财产造成了惨重的损失。

分水江上游为临安县昌化溪和天目溪。昌化溪源于浙皖边境云山岭，天目溪源于西天目山南麓，两溪相汇于临安县紫溪村，进入桐庐县境始于印渚镇贺洲村，以下河段称分水江（也称天目溪），流经印诸、分水、东溪、毕浦、至南、高翔、横村、方埠、旧县、桐君、桐庐等2镇9乡至桐庐镇出口，汇入富春江，全长62公里。分水江河道曲折，洪、枯期水位变幅甚大，具有典型的暴涨暴落的特点。

1969年7月4日，分水江流城普降暴雨，上游昌化水文站和浦村水文站降雨分别为129毫米和147.7毫米，其中3小时降雨量均在100毫米以上，5日继续降雨78.3毫米和183.2毫米；桐庐县内的小茆坞水文站和分水江水文站实测降雨量为148.8毫米和182.4毫米。连续的暴雨导致昌化溪和天目溪洪水泛滥，多处山洪暴发。上游临安境内冲塌山塘水库129座，桐庐县境内有15

座 1—10 万立方米水库决口，13 个山塘倒坝，几股洪水汇集，汹涌直下。7 月 5 日 9 时，印渚埠水位骤涨，11 时出现洪峰，14 时全县邮电、广播、交通全部中断。横村埠街道 15 时进水，18 时洪峰到达。当时分水五里亭水位达 39.58 米（黄海基准），超出平均水位 11.84 米，洪峰流量达 10100 立方米/秒，是常年平均流量 75.14 平方米/秒的 135 倍，为有记载以来分水江历史上最大洪水。

洪峰到达时，沿江两岸一片汪洋，百姓遭灾十分严重。印渚、分水、毕浦等 17 个公社 1 个林场，共 115 个村 13732 户 61173 人遭灾；房屋全部被冲毁的有 9995 间，部分被冲毁的 8108 间，财产被冲刷一空的有 2524 户，部分被冲走的 2512 户，被洪水卷入江中 1300 余人，被淹死 454 人，受重伤 76 人、轻伤 156 人。淹毙耕牛 7 头、猪 3175 头。受灾早稻田 73500 亩，其中被毁成卵石滩 14300 亩，颗粒无收 15000 亩。晚稻秧田被毁 8400 亩，旱地作物受灾 8000 亩，其中毁为卵石滩 4400 亩；桑园受灾 4254 亩，其中被毁 69 亩。冲毁或受损的山塘水库 34 座，减少蓄水量 110 万立方米。冲毁水利设施 345 处、抽水机埠 138 座、防洪堤 1100 余处、渠道 86 公里、变压器 46 台、电动机 328 台、低压线路 640 公里、邮电线路 641 公里和电话总机 5 台、电话 116 部、广播线路 290 公里、公路路基 4.7 公里和路面 8 公里、钢筋混凝土桥 2 座、冲走木材 5200 立方米、集体储备粮 58.615 万公斤。沿江 56 家工厂、粮店、供销社、税务所、信用社、邮电所、卫生院、广播站、水文站等均被洪水淹没。

地处分水江 S 型河段急转弯处的印诸公社南堡大队，全村 231 户全部被夷为平地，洪灾后仅存半间房架和一棵苦楝树，全大队 1200 多人，落水的有 800 余人，淹死 219 人，是"七·五"洪灾中的重灾区。

面对突如其来的特大洪灾，分水江两岸的广大干部群众合力谱写了一曲可歌可泣的全民抗灾曲。7 月 5 日 9 时 30 分左右，分水地区与市、县和临安、淳安等外界联系的邮电线路已经全部中断，各部门各公社只能开展各自独立抗洪抢险，以公社或大队为主体迅速组织力量投入抗洪抢险战斗。分水镇西坞水库告危，这个水库的安危关系到全镇的生命财产安全，分水区革命领导小组立即派一名领导会同其他干部群众一起日夜守卫，以防万一。区里另一名领导带领区人武部干部赶赴江边观察水情，组织力量，全力抢险。10 时，洪水继续肆虐，分水江大桥转眼之间就被淹没。他们马上组织分水运输社职工抢救物资。仅过 10 分钟，洪水就涨到运输社楼房楼板以上，虽然只抢出了会计账册等部分物资，但人员全部安全撤离。洪水在继续咆哮上涨，这时离运输社 100 米、刚竣工的钢筋水泥结构的森工站办公楼一楼已被淹没，分水森工站的 13 名干部职工以及家属站在阳台上高声呼救。就在人们的生命受到严重威胁之际，离岸 200 米的地方有一条装满国家物资的木帆船，为了抢救 13 条生命，他们果断地把装在船上的所有物资统统抛掉，区领导和老船工一起驾船，在波涛翻滚中奋力冲向森工站，把围困在楼上的 13 人从楼上一个个接到船上，与洪水搏斗十多分钟后终于靠岸。就在此时，运输社楼房和过江高压线电杆同时倒下，随之森工站新办公楼也轰然倒塌。区、公社领导预感到更大的洪峰即将来到，立即重组力量以最快的速度赶到江边抢险救人。此时，东关村后路已进水，路外住着

400 多名群众。区、公社领导会同部门和大队干部，强行动员群众空手转移到五云山。不到 20 分钟，该村后路就被齐腰深的洪水切断，来不及撤退的 110 多名群众被洪水围困在屋顶上，拼命地招手呼救。险情就是命令，面对着汹涌的洪水，船工周培江、吴荣华、女船工毛美香等纷纷表示："救人要紧，再危险我们也要把人救出来！"大家二话没说，立马把三条船上的物资全部搬空，并配上助手，与区干部一起先后冲进急浪往下漂流。离房屋只有 200 多米时，船工们用尽全力，冒着生命危险拼命前划，船终于靠拢房屋，受困群众被一个个从屋顶接到船上。当载着被救群众的船离开房屋 10 余米时，"哗啦啦"一声巨响，一片房屋全部倒塌。看着眼前这扣人心弦的危险场面，110 多名获救群众和岸上的干部群众和家属都激动得流下了热泪。

5 日下午，雨逐渐变小，但洪水仍在继续上涨，严重威胁着来不及逃离群众的生命安全。分水白沙村有 68 户 337 人，除 30 多人已在早上安全撤离外，还有 300 多人来不及逃离，被洪水围困在较高的屋顶上，房屋随时都有可能被洪水冲塌，时间就是生命！区、公社干部不顾疲劳又马上带领船工周培江、曾水源、吴荣华、吾金喜及三联大队陈水根、石水根等一起火速赶赴现场救人。经过与洪水搏斗，分六船次把 300 多名围困群众安全撤离到对岸的安全地带。同时，救起了从南堡大队冲下来爬在树上挣扎的 3 位村民。白沙村党支部书记陈德奎，为保护其在洪水中抢救出来的三头集体耕牛，被洪水围困在一个地势较高的坟墩上。村民见了反复劝他放弃耕牛逃命要紧，可任凭别人怎么劝说，他就是不肯放弃耕牛上船逃生。他一天一夜没进食，坚持到第二天洪水完全退掉，才牵着三头耕牛胜利回归。社员们感动得流泪说：

"这是我们的好当家，是经过火炼水冲考验的真正的共产党员。"

印渚公社所在地印渚埠，地处分水江边，是一个有供销社、粮站、医院、邮电所、学校、运输社和商店等企事业单位和1600多居民的集镇，也是"7·5"洪水首当其冲的地方。由于洪水来得凶猛而突然，5日上午10时30分，集镇上仍有900多人来不及撤离被洪水围困。公社革委会主任徐振华等同志坚守岗位，沉着冷静指挥抢险救人。他会同运输社党支部书记毛关法组织12条船只投入抗洪抢险救人，将700多群众安全转移上岸。到11时集镇上的房屋在一声声的巨响中，全部被洪水冲毁，来不及转移而逃到屋顶上的200多名群众纷纷落入水中。在刚竣工的公社办公楼坚持指挥工作的徐振华同志，与前一天来印渚看病的妻子、小儿女，以及工宣队队员虞定昌等人也一起被洪水卷走，英勇献身。

印渚公社的南堡大队与公社所在地隔江相望，在交通、通讯完全断绝的情况下，党支部副书记王金焕凭自己观察气象的经验，一早就冒雨沿最低处的溪边村到高家村动员群众尽快转移。在抢险中，他三过家门而不入，让两个儿子去搬运集体工厂的机器设备，而自己家的东西却被无情的洪水冲得一干二净。当他发现有20多名群众来不及转移而被洪水围困在屋顶时，就奋不顾身上屋救人，不料此时房屋被洪水冲垮，人群全部落水。在与洪水搏斗中，他拼命将捞到的木头一根根推给别人，最后终因水势太猛，被恶浪吞没了生命，时年56岁。1970年7月，中共杭州市委追认王金焕同志为模范共产党员。

地处分水江中游的至南、毕浦公社的干部群众，在革委会的带领下，齐心协力投入抗洪抢险。他们在全力保护水库、大桥安全的同时，组织力量抢救落水群众。毕浦公社方吴大队250名群众被洪水围困，情况万分危急。公社领导马上组织船只，亲自指挥，抢救出220多名群众。杨家大队的党员干部和群众，在抗洪抢险中主动组织力量，打捞上游落水群众30多人，并将获救群众一一妥善安置。老农民齐庶明，自己抱住一根木头被洪水围困在一个坟堆上，但当他见到上游漂来一名落水群众时，不顾自己的安危，迅速将木头推给落水者，救起了南堡大队党支部书记李金荣。刚建成的至南大桥，桥孔被上游冲下来的屋架、木料等杂物堵塞，如不及时排除，这桥随时都有可能被洪水冲垮。至南公社革委会的一位领导，带领干部群众，站在桥上，迎着洪峰，奋力排除堆积的杂物，抢救落水群众。一个大浪打来，将他卷入滚滚洪流中，幸好他抓住了一个屋架，当冲到元川村江岸时，被当地群众救起。皇甫大队大队长季有根，在桥上抢救落水群众、排除桥洞堆积物时，不幸被洪水卷走，献出了年轻的生命。

1969年7月5日，这是个使人终生难忘的日子，在那黄色茫茫、波浪滚滚的江面上，漂流着成片的屋架、连根拔起的树木、各种各样的农具、家具和杂物，还有嗷嗷乱叫的猪、牛、羊，尤其是落水群众那揪人心肺的呼救声，其情其景十分惨烈。在生死攸关的时刻，各级党组织、广大共产党员和干部，始终站在抗洪抢险第一线，为抢救落水群众置个人生死于度外。特别是分水江沿岸各运输社的船工们，不怕牺牲，不讲报酬，不辞辛劳，团结拼搏，生死与共抢救出大批被洪水围困和落水的群众。

"七·五"洪灾，给分水江流域的17个公社（镇）、一个林场的115个村带来惨重的损失和毁灭性的灾难。5日下午3时，县革委会针对分水江发生的特大洪水，立即召开紧急会议，抽调200多名干部组成工作组，由县领导郭善龄带队，背上行李、干粮，于7日徒步分赴各灾区指导抗洪救灾。县革委会在分水区成立了桐庐县抗灾建设指挥部，县革委会主任杨可仁任总指挥，胡如海任副总指挥，统一指挥全县抗洪救灾工作。省、市、县卫生医疗部门，分别组成医疗队，奔赴灾区消毒灭菌，治病扶伤，保护灾民身体健康。8日，省革委会由原副省长王起同志乘飞机在分水镇、东溪上空查勘灾情，散发慰问信和救灾物资。灾民见到党和人民对灾区人民的关心和支援，激动得热泪盈眶，高喊："共产党万岁！毛主席万岁！"

洪水退后，灾区一片惨景。为解决灾民的吃、住问题，县、区、公社组织干部，一方面动员食品厂日夜加工熟食品，一方面收集所有能吃的糕点食品，装上铁箱，抽调人员，带上手电筒，抬的抬，扛的扛，翻山越岭把干粮送到灾民手中。分水区把被洪水冲散的900多位灾民，全部接到分水镇大会堂暂作安置。同时组织人员，专门负责解决灾民的吃、住、穿等问题。各级领导的关心，极大地鼓舞了干部群众战胜灾害的信心和决心。

初步安置灾民后，各公社干部立即投入到灾后的恢复工作。当时重点工作是抓好两条：第一，重灾区当务之急是搜寻落水被救灾民返乡，从速安置无家可归的群众，解决吃、住、穿等问题，医治受伤者。第二，迅速抢修被冲毁的公路，修复电力、通讯等设施，抢运生活和生产资料，以解燃眉之急。经过全县上下10多天的努力，公路终于被修通，灾民也陆续回来了，抗洪救灾工作的进度大大加快。

都说"大灾之后必有大疫"，值得一提的是，灾后清理、打捞物资工作十分艰辛，一批工作人员为此作出巨大的奉献。当时正值炎夏季节，堆积在至南、毕浦沿江一带的数千吨漂流物堆积如山，主要有屋架、竹木、农家具，以及淹死的家畜家禽，还有来不及掩埋的死难者遗体等，如不及时清理，不仅影响生产，而且还有可能发生疫情。指挥部及时组织500人的清理队伍，在炎热、淤泥堆积、恶臭的环境中，奋战一个月，完成了清理任务，所有物资全部登记入册，然后组织灾区干部群众认领。完成这项工作后，不少干部群众回家后就病倒了，有的病得还很重，但他们毫无怨言。

　　在抗洪救灾中，自力更生、艰苦奋斗的精神和互助互济风格在全县干部群众中得到发扬光大。为了灾民，分水镇的干部职工，把能充饥的水果、食品全部奉献出来，还捐出了一批衣服、棉被。东溪公社臧家大队只有70多户群众，热情安置了分水公社白沙大队的200多名灾民，妥善解决了吃、住、穿的问题。毕浦中学把上游落水被救的灾民30多人安置在学校里，热情地为灾民烘烤衣服、烧水做饭。印渚公社老坞大队只有70多户农民。邻近的富家大队的600多名灾民接去安置，待灾民亲如一家。贺洲大队有124户664人，除靠山的19户农民没有被淹外，其余都是受灾户。当时公社拨给救济粮，却被大队干部婉拒："我们可以通过互助互济来解决，把救济粮让给生活更困难的兄弟队吧。"该村未受灾的19户农民，自觉把3000多公斤存粮和100多立方米木材，交给大队统一安排全村的灾后重建。分水江两岸受灾较轻的社队，看了灾区惨景，纷纷伸出援助之手，主动筹集粮食和其他物资送到灾民手中。保安公社革委会积极动员干部群众捐粮、捐物，主动安置250个灾民。当他们得知国家粮库稻谷被水淹，马上组织200辆独轮车车队，在干部的带领下，把18万多公斤被淹粮食运回保安公社，洗净晒干，交还国家。重灾村南堡大队，灾后已成一片废墟，但南堡人民坚持自力更生度灾荒。他们忍住失去亲人的悲痛，在党员干部的带领下，怀着"重建新南堡"的坚强决心，迅速返回南堡，搭建简易油毛毡房，以"泰山压顶不弯腰"的精神，开展生产自救。他们从田里、塘里、沟里、屋基地里，寻找出农用工具计五六百件，从沙石覆盖的稻田里，挖出粮食23万余公斤，争分夺秒赶种晚稻370余亩，在暂不能种水稻的600余亩农田里种上了旱地作物，取得了抗灾夺粮战斗的胜利。

灾后，省革委会拨给灾区救济款170万元，布票40万尺，棉花850担，以及元钉、铁丝、灯泡、毛巾、肥皂、火柴等日用品和一批电灌设备。江苏、安徽、上海、广东及本省兄弟县（市）90多个慰问团前来灾区慰问，送来了慰问品。本县各地捐赠现金16.97万元，布票1.76万尺、棉花0.25万公斤、农具1.1万件、生活用品16.2万件、文化用品0.3万件及一批药品。全县发动组织民工10余万工日，支援灾区建设，县粮食部门调运借给灾区群众口粮17.844万公斤、种子12.6984万公斤。一方有难，八方支援，大大缓解了灾区当时生活和生产上的困难，也大大鼓舞了灾民战胜自然灾害的勇气。

灾后正值夏收夏种季节，抓好早稻收割和晚稻种植，争取粮食丰收，解决灾民吃饭问题是头等大事。季节不等人，时间就是粮食。于是，在灾区进行了"双抢"大动员，本着先生产后生活（指建房）原则，集中劳力抢收抢种。秧苗不足，到外地求援、购买，或采取直播等方法，争取多种多收。经二十天奋战，在立秋后七天，基本完成收、种任务。市县及时增拨了农药、化肥，各地加强了田间培育管理。当年全县早稻及晚秋杂粮获得了丰收，粮食总产量达 10.61 万吨，比上年增加 2.71%，单产达 455公斤，全年农业总产值 5047 万元，比上年增长 5.1%。

　　灾后的另一个急迫任务是，恢复性的基本建设。既要抓好当前生产，安排好灾民生活；又要考虑来年生产，必须恢复、重建被洪水冲毁的水利设施和耕地，还要重建家园和集体仓库、晒场和猪牛舍及厕所等。8 月 17 日至 21 日，县革委会在分水召开抗灾建设代表大会，参加会议的有关公社、大队的主要干部和社会代表、有关部门代表等 463 人。会议总结了抗洪抢险和救灾工作的主要成绩，表彰了一大批抗洪斗争的先进集体和先进党员、干部和群众，介绍交流了一批自力更生、抗灾建设的典型经验，提出了恢复生产重建家园的任务和要求。号召大家以实际行动，作出新成绩，向国庆二十周年献礼。到会代表经过热烈讨论，提出了"一年自给、二年恢复、三年变样"的奋斗目标。各公社、大队都写出了决心书。会议最后一天（21 日），1000 多人聚集在分水大会堂，举行"七·五"洪灾死难者追悼大会，沉痛悼念死难者，并向死难者亲属表示慰问。同时宣布，对遇难者遗属中的孤寡老人、残疾人、孤儿，由所在公社、大队逐个安置落实供养。代表们决心化悲痛为力量，自力更生，艰苦奋斗，重建新农村。会后，灾区各社队都具体制订了冬种生产和恢复、重建水利设施计划。同时，选择洪水线以上的地块，开始重建集体厂房、仓库和社员住房；县有关部门及时供应急需的木材、钢材、水泥、元钉等建筑物资和水利设备。当年冬种结束后，灾区掀起了大搞农田水利基本建设和建房热潮。在建设施工中，缺少技工，青年农民踊跃报名学艺，以师带徒。自己动手建新房。经过灾区人民的努力，秋季粮食作物取得好收成，队队实现口粮自给，大部分社队完成或基本完成国家贷征购任务。受重灾的分水公社白沙大队，晚稻获得大丰收，完成了全年粮食征购任务，还归还了受灾时向国家借的 2750 公斤粮食。整个灾区，经过三年多的艰苦奋斗，粮食生产年年稳步增长，国家粮食征购任务不拖欠，群众手中有余粮。经过灾区广大干部群众的辛勤努力，被冲毁的粮田和水利设施得到逐步恢复，灾民都住进了自己的新房。

重建新南堡

　　1969 年 7 月 5 日，分水江流域发生了百年未遇的特大洪灾。这场罕见的灾难，给分水江两岸人民带来无比惨重的损失，而其中损失最为惨重的当数南堡村，该村 1500 亩耕地全部被冲毁，其中 400 多亩粮田完全变成了沙石滩。全大队 206 户人家除住在山坡上的 18 户外，所有房屋和地面设施全被冲毁，全村成为一片废墟，只剩下一棵苦楝树，一个破灶头和半间屋架子。800 余人被卷入滚滚激流之中，遇难者 218 人，其中绝户 7 家，仅剩 1 人的有 8 家。

　　这是一场南堡人民做梦也没想到的天大灾难。特大灾情，牵动着各级领导的心，四面八方的人民群众向南堡伸出了热情的双手，纷纷慷慨解囊，捐钱捐物、支援鼓励南堡人民化悲痛为力量，团结一心重建新家园。

　　南堡人民不会忘记，7 月 5 日下午，许多落水群众被汹涌的洪水冲到分水江里时，分水江两岸的群众以及全县人民冒着生命危险，将一个个落水群众救了起来；南堡人民也不会忘记，灾后又是分水江两岸的村民将一具具无法辨认的遗体予以妥善安葬，让这些受难者的灵魂得以安息；南堡人民更不会忘记，大灾之后，全县人民尽心尽力捐钱捐物，让深受灾难的南堡人感到无比的温暖，南堡人民永远感谢你们!

特大的洪水可以冲毁南堡人的房屋，但冲不毁南堡人民重建家园的信心和意志。面对眼前的一片惨景，南堡所有房屋全部倒塌成为一片废墟，所有粮田全被冲毁，许多粮田甚至成为一片沙石滩，这些现实困难犹如泰山压顶，实实在在地压在南堡人的头上。英雄的南堡人民没有被困难所吓到，他们坚信："有共产党的坚强领导，有四面八方人民群众的大力支援，有不怕任何困难的南堡人民，我们一定能够用自己的双手，重建一个新南堡!"

7月8日，县里在分水人民大会堂举行了重建南堡新家园的动员大会。号召大家要化悲痛为力量，加紧投入到抗灾自救的行动中去。

会后，所有南堡人立即投入到艰苦卓绝的抗灾自救之中。每天一大早就从分水出发到南堡，傍晚回分水，一天来回20里。在烈日酷暑下，每天劳动十几个小时，从沙石中收取早稻谷，开挖石板地，赶种蔬菜秋粮;在山坡边搭建油毛毡简易住房，在田野河边修复农田水利建设……南堡人用自己的实际行动向世人证明了，南堡人是特别能吃苦耐劳的人，是一群泰山压顶也不弯腰的硬汉。

灾后的南堡面貌一天天在变，它的每一点变化无不体现党和政府的关怀，无不反映出各地群众的无私支援。

南堡的灾情，惊动了省市领导，惊动了中央。7月8日，党中央派飞机向灾区人民空投了大批慰问信、食品和药品，省、市、县派来的慰问团和驻浙三军派来的医疗队也在交通受阻的情况下，爬山涉水陆续赶到灾区。面对这一切，南堡人激动得热泪盈眶。

上级的关怀，八方的支援，坚定了南堡人重建家园的决心和信心。干部群众纷纷表示：只要我们团结一致，艰苦奋斗，就没有克服不了的困难。

灾后，时任大队革命领导小组组长的李金荣，立即带领大队革命领导小组成员回到南堡勘察灾情。他们踏遍了南堡的每一块土地，从困难中看到了有利因素，从灾害中看到了南堡美好的未来。大家回忆了 1922 年受灾的情况，激动地说："旧社会小灾变大难，新社会有党的亲切关怀和广大人民的深情厚谊，我们灾后没饿过一餐，没有冻过一夜，面对困难，就是泰山压顶我们也不弯腰。"他们响亮地提出"一年自给，二年有余，三年建设新南堡"的战斗口号。10 日上午，南堡人民打着"学习大寨人，建设新南堡"的横幅标语，意气风发，斗志昂扬，浩浩荡荡地开进南堡村，在那棵唯一的苦楝树下召开了重建新南堡的誓师大会。

英雄的南堡人民，没有一个离开已经废墟一片的家乡而去，他们在党员干部的带领下，在灾后的第五天，就开始了轰轰烈烈的重建家园的工作。

党和政府对他们十分关怀，送来了一批批救济物资，周围的社队群众也纷纷前来支援。有人提出，趁现在要风得风，要雨得雨，应该抓住机会先造一批住房，让遭灾群众有家可回。

是依赖国家和外地的支援，还是自力更生战胜困难？是先生产后建房，还是先建房后生产？"国家现在也不富裕，等、靠、要也不是我们南堡人的性格，只有生产发展了，才能改善我们的生活，我们要依靠群众的力量，先把洪水未冲走的粮食重新夺回来。"南堡大队的党员干部统一了思想，作出了决定。社员们也一致表示，就是住在露天地里，也要先把生产搞上去。

这时，早稻已经黄熟，晚稻插秋季节也已临近。灾后的夏收夏种，困难重重。全大队1300多亩早稻田，残存的水稻大多被泥石压倒，其中300多亩早稻田堆积的沙石有一、二尺厚。镰刀使不上劲，打稻机丢在了一旁，这哪里是在收割早稻，简直是在沙石堆里捡稻谷。南堡大队的党员干部率领社员群众，头顶烈日，脚踏滚烫的鹅卵石，用手扒开一层层沙石，取出一穗穗稻头，许多社员为了从沙石滩中夺回粮食，指甲掀翻了，指头划破出血了，仍默默坚持。就这样，经过一个多月的日夜劳作，硬是从沙石堆里挖出了11.5万公斤粮食。

党和国家为了照顾遭受重灾的南堡群众，免去了他们当年的的粮食征购任务，而无私的南堡人把从沙石堆里一穗穗、一粒粒收起来的稻谷晒了又晒，扬了又扬，选了22000公斤最好的稻谷送到收购站。这一粒粒稻谷凝聚着南堡人的辛勤汗水，凝聚着南堡人热爱党热爱国家热爱社会主义的崇高精神。

夏收夏种一结束，南堡人才将主要精力集中在建房上。大队革命领导小组成员毛忠立带领11个社员，起早摸黑，上山抬来石头，割来芒草，建起了砖瓦厂。几个月时间，烧出17万块砖瓦。经过艰苦奋斗，很快建成了一批简易住房和加工厂、校舍以及猪棚牛舍。在国庆二十周年前夕，社员们喜气洋洋地搬进了新居。

在夺取抗灾夺粮第一个胜利以后，英雄的南堡人民再接再厉，制订了全面建设新南堡的宏伟规划，在大队党员干部的带领下又投入了改天换地的伟大斗争之中。

洪水把南堡的粮田冲成了砂石滩，有的变成了硬邦邦的"石板地"。这些"石板地"，大牯牛耕不动，35马力的拖拉机也只划破一层地皮。南堡人发扬愚公移山的精神，挥舞起开山锄、十字镐，打响了治理"石板地"的战斗。开山锄掘断了齿，十字镐震断了柄，手上磨起了血泡，手臂震肿了，没有人叫苦叫累。共产党员大队革命领导小组成员王根月，带领一支妇女突击队，以英雄为榜样，吃在工地，歇在工地，抡起七八斤重的大镐，挑起50多公斤的重担，和男社员一起干。就这样，披星戴月一连干了7天终于征服了"石板地"。

特大洪水冲走了南堡村的一道拦河堤坝，南堡人民决定重建一道更高更坚固的拦河防洪大坝。数九严寒，北风呼啸，而在防洪大坝的工地上你追我赶热气腾腾。共产党员革命领导小组副组长李文和，用的筐比别人大，挑的土比别人多，一连压断了三根扁担。最后，他索性把两根扁担绑在一起，在上面写上了"泰山压顶不弯腰"七个大字，挑起150公斤重的担子，光着脚板，踏着冰块满坡跑。共产党员和干部的模范带头行动，振奋起全体社员的精神，在家的老人也闲不住了，纷纷跑到工地来帮忙。经过一个冬天的苦战，一座高4米、宽20米、长700米的拦河防洪大坝，巍然屹立在南堡村的分水江边。

为了旱涝保丰收，实现稻田的自流灌溉，在筑大坝的同时，青年突击队的小伙子们打响了穿山引水工程的攻坚战。抡锤的肿了胳膊，扶钢钎的手震出了血，谁也不吭一声。十几个小伙子经过近三个月日夜奋战，打通了一条长114米、直径2.5米的穿山隧道，潺潺清泉流进了南堡大地，流进了人们的心田。

"七·五"特大洪灾，考验了南堡的干部，锻炼了南堡的群众，教育了南堡的后代，磨练了南堡人敢于斗争、敢于胜利的坚强意志，激发了南堡人艰苦奋斗顽强不屈的革命精神。灾后，南堡人用勤劳的双手在废墟上绘出了新南堡的美丽画图，他们这种"泰山压顶不弯腰"的精神，在大江南北广为传颂，被人们誉为"江南大寨"。

这年冬天，南堡人虽然特别辛苦，但是心里都感到十分温暖。就在"七·五"特大洪灾后的这年年底，南堡村里有六对青年喜结良缘。尽管有各级领导和四周群众的关心和支持，南堡人民重建家园也取得了一定的成绩，但实事求是地讲，灾后群众的住房还是十分紧缺的，家具和生活用品更是奇缺，每个家庭都十分困难。由于这六对青年男女结婚，是南堡灾后第一批结婚的青年。洪灾无情人有情，大队领导商量后决定，要为他们举行一个简朴而隆重的集体婚礼。

转眼到了1970年元旦，下午三四点钟，新南堡村的晒场上已经聚集着两三百群众，简陋的水泥台上挂着横幅，广播里播放着欢快的乐曲，人们的脸上洋溢着喜庆的笑容，在翘首等候着一对对新人的到来。由于新娘来自不同的地方，到来的时间也就不相同。当每一对新人来到会场时，都受到了在场群众的热烈欢迎。其中，王春法的新娘汪炳香的一身打扮特别引人注目：她腰系大圈巾，腿裹新山袜，脚穿新草鞋，肩挑一担簸箕，扁担头里还挂着一件新蓑衣。这分明是出工村妇的打扮，哪像是出嫁新娘的婚装？她的到来，受到了当地群众特别热烈的欢迎。大家感到这位新嫁娘到南堡不是来享清福的，她已准备好了要与丈夫和全村群众一起重建新家园。

集体婚礼由大队干部李金荣、何冬香同志主持。新郎代表王春法、新娘代表陈定娟先后在婚礼仪式上发言。他们感谢村干部和乡亲们的关爱，表示婚后夫妻要患难与共、相敬相爱，与乡亲们一起艰苦奋斗，重建新南堡。

仪式结束后送六对新人入洞房。六对新人的洞房都设在大队新造公房的楼上，每对夫妇分到一个房间，一张床，一张三斗桌。大家既没有办喜酒，也没有分发喜烟和喜糖。既简简单单，又隆重热烈，给他们留下了终生难忘的印象，这场特殊的婚礼在后来一直传为美谈。

幸存者说

沈法明：为了母亲的最后嘱托

1969年7月5日，这一天，我终生难忘！

记得这个月初，接连下着大雨。这天早上我一起床，看到外面又是"哗哗"下着大雨，天空一片灰蒙蒙的。心想，这大雨什么时候才会停啊，又联想到随着连日来的大雨，上游的洪水汇集而下，村边江里的水肯定又涨高了很多了吧，正是村民抲鱼捞物的好时机。

世代生活在分水江边的南堡村民，每年涨大水时，总有很多村民到江边去抲鱼，或打捞从上游冲下来的木材杂物。5号这天上午，我和许多村民与往年涨水的日子一样来到了江边，只见人还不少，抲鱼的抲鱼，捞东西的捞东西。不久，我发现江里的水与往日有点不一样，一是上涨的速度特别快，水位噌噌噌地往上涨，再是水的颜色也与往常的浑黄色不一样，江里的水都是黑乎乎的，而且越来越黑。心里顿时感到有点纳闷，只见不时冲下来的木头、家具和杂物越来越多，时而还有嗷嗷叫着的猪狗等家畜。许多人都感到情况不太妙，马上收起渔具等往家跑，还有人在大声叫喊着，要小孩赶快回家。此时，村里绝大部分群众因暴雨都待在家里，都在谈论着这么大的雨，什么时候才会停。就是村里的老人，谁也没见过这么大的雨，谁也没有经历过这方面的教训，错过了最好的逃生时间。哪知道，一场百年不遇的洪魔就在这时一步步地逼近了，死神就要进村了，村民还蒙在鼓里！转眼就到了中午时分，凶猛的洪水张开了血盆大口，迅速淹没村中公路，整个南堡村一下子就被肆虐的洪水四面包围了。我们南堡村的地势是，村中地势稍高，四周地势较低，当特大洪水来临时，村民逃往村南山上的通道被彻底隔断了！到了这时，惊慌失措的村民才感到灾难就要临头了，许多人在慌乱中拼命叫喊着，携老带幼地纷纷逃向村里地势较高的几幢砖石结构的古老大房子，逃到名叫"后堂"的这幢老房子的群众最多，大约有 300 余人。这幢房子是当时村里最大也是最气派的古建筑，俗称后堂。

我和母亲也逃到了后堂，眼巴巴地看着洪水像恶狗似的紧紧追来，却没有一点办法逃出去。好在当时人多，起初害怕感也不是很大，随大家一步步从一楼退到楼上。转眼功夫，洪水就进了一楼，很快又涨到大门上沿，洪水眼看就要与二楼的楼板相平了，所有的人这时都很紧张，你看看我，我看看你，不知道该怎么办。有的老人在祈祷，有的嘴里还嘀咕着什么，气氛显得极度不安。此时，我与母亲站在靠近天井的窗台旁，母亲可能已经意识到水灾的严重性了，她开始叮嘱我："阿明，今天的大水可能有危险。我们家里就你读过几年书，又当过兵，以后家里的大小事情，要靠你多挑担子了哦。"我听了点了点头，肩上感到沉甸甸的，心里有种说不出的味道。谁知道，这竟然是母亲对我的最后嘱托！母亲短短几句嘱托，至今已快过去五十年了，我无时无刻也不曾忘记。在后来的日子里，我一直牢记着母亲的话，为家里、为村里我尽量多挑重担。

就在母亲对我交待这些话的时候，我突然听到钟阿毛高声呼叫着钟根生、汪夏苟、李金林等人的名字，我也闻声紧凑过去。大家围拢在一起，好像是个临时指挥中心似的。钟阿毛心情十分沉重地说："看来今天的水势十分危险，估计这里有好几百群众。现在水位还在不停往上涨，我们要尽快想办法，让所有人都爬上屋顶去！"大家一听，都一致赞同。随即钟阿毛就与房主张如金说："老张，今天的大水不对头，十分危险，这里有好几百群众，我们几个人刚才碰头商量了一下，要把群众全部转移到屋顶上去。群众要上屋顶，只有把房子的椽子撬开。只要房子不倒，几百群众就没有生命危险。房子的所有损失以后由我负责向大队要求把它修好！"房主张如金是个识大体的人，本来就在想如何保住躲进自己屋里几百人的生命，听钟阿毛这么一说，正合他的心意，马上大声地说："阿毛，今天只要能保住大家的性命，我房子损失没关系的。你不用想得那么多，快带领群众上屋顶去！"张如金话音未落，王樟生第一个向房屋梠架爬了上去。我年轻力壮，紧随其后，用力将房顶的椽子撬开，我们在屋顶上很快将瓦片掀掉，下面的人一个个推送上来，我们在上面将群众一个个拉上屋顶。我心里一直想着母亲说的话，一直坚持着将所有的群众拉上屋顶为止，最后被我拉上屋顶的是我的父亲和嫂子、侄女。我看了一下屋顶，栋梁两侧都已坐满了人，只有最西侧还空着，在慌乱中我也来不及思考，就领着父亲和怀抱着九个月零五天的侄女，和嫂嫂一起走向最西侧，那是在楼梯弄的上方。我们掀掉瓦片刚坐下，身子还没坐稳，最西面的墙体在巨浪的冲击下

"哗"的一声倒塌了。因为我们坐着的这根短梁的一头就搁在墙体上的，墙体一倒，我们祖孙四个人就和短梁一起从高空掉进了滚滚的洪水中。后堂这幢房子屋顶上的几百名群众，我们是最先落水的。当时我怀抱着的小侄女国庆，是在我从高空坠落的瞬间脱手的，等我从水底浮出水面，发现已丢失了可爱的小侄女，顿时伤心至极。这时，江面上洪峰迭起，漂浮物也很多，我看见不远处有根房子的串梁，立即游过去一把抱住，随急流向下漂去。没多久我又发现不远处冲过来一大块楼板，我就立马推掉串梁迅速爬上大楼板坐在上面。此时看见江面上漂浮着的都是屋架、木箱、衣柜、桌椅、床铺、农具等，那时我坐在楼板上还能清楚地辨认出自己身处的大概位置。不久我转身看见身旁漂来一口棺材，此时我想："今天不知是死是活，就是死了，我也要进棺材。"想到这里，我就游向那口棺材。棺材已经没有了两头的板子，只有四壁。我试图爬进去，用双手紧握两侧边沿，身子一腾跃，可棺材一受力也迅速转了向，人就是进不去。我又重新尝试了一次，因棺材浮在水面单向受力容易滚动，我怎么也爬不进去。最后，我从棺材的小头爬了进去，爬进棺材后，我双手死死抓住棺材的两壁沿，心想，这样会稳当些。没想到不一会儿两手臂开始发麻，酸痛难受，不能再坚持了。发现刚才的那块楼板还在身边不远，我又马上从棺材里爬出来，游回到原来那块楼板上。当漂到高家村时，看见还有两幢房子没有倒塌，一幢是何兆山等户居住的何宅，另一幢是高树根、杨水木居住的楼房，发现里面还有人。当时我的位置离南面山坡不远，而且河面上的漂浮物都在村外侧主河道上，我决定游向对面山脚去逃生。我仗着年轻，从楼板上跃入洪水中，奋力向前游去。这洪水表面看上去并不怎么湍急，浪也不是很大，可一入水才知道暗中汹涌，水流特急，我从高家村卜方开始游，一直游到两里左右的洪家坞口才游到山边。我伸手去抓一根小竹子，不料想被反卷的大浪冲回。抓不到小竹子或其他柴草，上不了山我不甘心，稍作调整，再次向山边冲去。无奈大浪太猛，又一次被大浪冲回。这时，我的心情十分紧张，心想："今天可能没命了！"无奈之下，只得游回，还好身边有一根原木，便死死抱住，这时才真正体会到垂死挣扎的滋味。人到绝命处，求生的欲望更强烈："我还年轻，我一定要活着！"我又想到了母亲，想起了母亲的嘱托，决心拼搏到最后一口气！浪高水急，转眼间我被冲过五里亭，只见江中水轮坝与分水江公路桥上巨浪翻滚，一浪接着一浪，铺天盖地而来，我心里十分惊恐。凭着自己年轻水性好，我闯过一道又一道鬼门关，很快就漂到了分水东门外，这里江面开阔，水势平稳了许多。我发现身旁有一横串的木排，我马上推开原木爬上了木排，感觉稳当了许多，心里也放松了许多。这时发现旁边不远处还有一个陌生年轻人。一问才知道他是金芝根家里的客人，也是被洪水从南堡冲下来的。说起来他也是太不凑巧，他刚从部队回乡探亲，是金芝根妹妹金关娟的恋爱对象，是来南堡作客的，不幸遇上了这次的特大洪水。这时一个大浪打来，瞬间这个年轻人就不见了踪影。此时我坐在木排上，大雨倾盆，两眼也睁不开，我冷得浑身发抖，这时看见木排边漂来一只破旧水桶，我赶忙捞起来套在头上遮雨。由于先前水中的儿番拼搏，已感到精疲力尽，坐在这还算平稳的木排上，任由洪水漂流，也不敢轻易尝试新的逃生方法了，自己也不知漂到什么地方才是尽头。大雨拍打着水桶，"啪啪啪"响个不停，脑海里猛然想起 1964 年 10 月，我在舟山当潜水兵，在岑港海军快艇基地训练时，有一次海军战士们全副武装游泳，有一个战士不幸被旋涡卷入而遇难。我们潜水班奉命将他打捞上来后，发现他的苏式冲锋枪和手榴弹袋已被卸掉，唯独就是钢盔脱不掉，结果未能逃生。想到这里，我想如果遇到旋涡，我头套水桶也是十分危险的，于是马上甩掉水桶，任由大雨淋打，并警惕地注视着江面上的一切。大概因我是最先落水的，一路上我并未发现其他落难人员。很快，木排被冲到了至南大桥下，桥墩间的浪头特别大，我被掀下了木排。在洪水中我拼命挣扎，终于又爬上了原先的木排上。转眼间被冲到后浦，我发现山脚那边有两条小船，我大声呼喊向他们求救。只听船上人说："不是我不想救你，实在是江面上的漂浮物太多，水又太急，船无法撑过去。"我听后失望极了，只能任其冲下。到元川时已靠近公路，这时，从桐庐开往南堡关帝庙的班车，因道路已经被淹没，车头停在地势较高的公路上，车上下来的乘客纷纷到路边看洪水。有个叫皇甫勇的乘客及时发现了我，马上从江边打捞物资群众的手中拿过一根长竹竿伸向我，我拼尽全力一把抓住。就这样，我终于得救了！他们迅速将我拉上了岸。

这时我看见了时任印渚公社副书记的洪江山同志。他说："你怎么回事？"我说："洪书记，这洪水不得了！我是被洪水冲下来的，南堡的房屋已倒塌得差不多了。"洪问："印渚呢？"我说："我冲下来时，印渚还有部分房屋没有倒。"洪又问："那我们家呢？"我说："你们家我就不知道了。"短短几句话后，皇甫勇同志马上脱下外衣带我到车上更换，印渚的王美娟同志递给我糕点零食。而后，我就夹在人群中看被洪水冲下来的人和财物。我们村里的潘雪惠、王小根、何金富、何金宝等十几个人在元川先后被救上岸。当晚，我们就在元川的一农户家围坐了一晚。大家交谈着白天死里逃生与洪水搏斗的经过，挂念着家中亲人的安危，也想到今后的日子，一个个都很难过……人有心事，再疲劳，眼睛哪里还合得上？尽管我们当时都极度疲劳，可谁也合不上眼，就这样一直挨到天亮，然后就火急火燎地上路往南堡赶。

这一天，是我一生中最不幸的一天：我失去了父母、嫂嫂及两个侄女；这一天，也是我一生中最刻骨铭心的一天，我带着母亲对我的最后嘱托，经历了生与死的反复较量，在顽强的拼搏中，我终于战胜了惊涛骇浪而获得了新生。

（根据沈法明口述整理）

方长根：我的救命恩人是那棵苦楝树

五十一年前的那场特大洪水，把整个南堡村冲得只剩下半间屋架、一个破灶头和一棵苦楝树，而那棵苦楝树对于我来说，是我的救命恩人。

那天上午，天下着大雨，河水迅猛上涨，我像往常一样与一些村民一起，穿着蓑衣到天目溪江边捞木头和杂物，当发现江水涨得特别快，而且水又越来越发黑时，我感到情况不对头，便马上往家里跑。当我跑回村里时，见许多人已开始搬运自己家里的东西，纷纷搬到那些地势较高的砖瓦房里。我刚到家，妹妹也刚好跑到我家，她气喘吁吁地说，她家的东西没有抢出来，要我赶快去帮忙。我妹夫在部队，妹妹的孩子还很小，又住在泥墙屋里，洪水一来后果不堪设想。我马上赶了过去，还未到她家，就听到她的哭喊着，说是儿子找不到了。当然是寻儿子要紧，于是她家里的东西也不管了，急着到处找孩子去了。后来听别人说，她的儿子已被沈海林的女儿抱着逃到山上去了，她没见着人不太放心，就什么东西也不要地追去了。这时我与家人还没见过面，便又急着往家赶。一到家，得知母亲、妻子和两个孩子都已逃到后堂这座古老的砖墙屋里去了。我认为自家也是砖墙老屋，也是楼房，在家里还是比较安全的。此时村民钟关堂、钟贵元两人也匆匆逃到了我家。洪水涨得很快，我们三人赶忙上楼。这时我忽然想到，还有一封重要的外调信在楼下菜柜的抽屉里，这是在部队当兵的王柏荣的部队里写来的，不能丢失。我立即下楼，冒着危险趟水过去拿了过来。当我回到楼上时，洪水已经快与楼板相平了。他们两人与我商量，说是要破椽子掀瓦上屋顶，我当然同意。他们两人先上了屋顶，我正准备上屋顶时，前墙"哗"的一声倒塌了，只剩下凌空的屋架和楼板。我看情况不对头，马上从楼板上向前纵身一跳，跳进了滚滚的洪水里。这时水有一人多深，水流很急。我房子斜对面是沈关林家的菜园地，那里有棵梨树，三米来高，碗口那样粗，我迅速游过去抓住了那棵树。回头一看，我家整幢房子已倒塌了，房架也很快被冲走了，钟关堂、钟贵元两人也没了踪影。水越涨越大，眼看我爬在上面的这棵梨树，也要被大水冲走了。危急时刻，我看见离我 4 米多远的地方，王加金的菜园地里有一棵树，比这棵梨树要大一些，由于不远，我赶忙游了过去。可是这树干上长着刺，慌乱中一抱着就扎手。我朝洪水下方望去，离我 200 多米的地方有一棵苦楝树比较大，我知道那里是金朝圣家的菜园地。我决定抓紧时间尽快转移到那棵苦楝树上去，也许那里会安全些。雨越下越大，水也越涨越高，我顺着斜线方向拼命向那棵苦楝树游去。200多米游程里，幸运的是我水性还好，又是往下游方向游，没被大浪卷走，也没被漂来的树木杂物打着，急流也没能改变我奋力游去的方向，我终于游到了那棵苦楝树下一把抱住了树。这棵树上的枝丫曾被修剪过，树干上留着一些突出的节头，急忙中我的衣服被树的节头勾住了，一时怎么也上不了树。不巧的是就在这时一个浪头劈来，我被灌了两口水。情急之下，我用尽全身力气乘机往上一蹬，将衬衣下沿拉破，终于顺利地爬上了树。坐在树枝上，缓了一口气。回头望望，原先自己抓住上去过的那两棵梨树和杏树，早已不见了踪影。再看看周围的树，有的没入了水中，有的被拦腰折断，有的被连根拔起又被激流匆匆卷走。心里不由担心，这棵苦楝树能不能挡住这滔滔洪水？为了减轻苦楝树的负荷，我迅速将身旁的树枝一一折断抛进水中。再看了看远处，村里的房屋一幢接一幢地纷纷倒塌，随后漂起的是一片房架和农具杂物。我又回头看了看身旁，那些菜地里的罗汉竹，正被洪水一根接一根地连根拔起而漂走……这时我想起了逃到后堂老屋里的老婆孩子，不知道他们情况怎么样。后堂老屋在我的东北面，离我也不远，大约300来米。放眼望去，此时那幢老房子还在水中挺立着，屋顶上坐满了人，密密麻麻的，总有好几百吧。我知道我的老婆孩子都在那里，危急之中多么希望能看到他们。仔细一找，果然看见我的爱人李阿毛，还有我的两个孩子都坐在屋顶的中间，那里是堂前间的正上方。我还看到叶柏生从屋顶东头向他们走过去，将我三岁的儿子抱过去坐在他原来坐的地方，感觉那里更安全些。这时，我心里十分感动！在这危难时刻，柏生还想到我儿子的安全，我该怎样感谢他呀！当柏生他们刚刚坐好，让人没想到的事情发生了！后堂这幢古老大屋，突然"轰"的一声倒塌了，屋顶上的好几百人瞬间都掉进汹涌的洪水之中！老屋倒塌，在我心里犹如一颗原子弹爆炸，我的心也被彻底炸碎了！那响声特别大，特别刺耳，那腾起的烟雾如蘑菇云，总有十几丈高。一眼望去，那水里都是落难挣扎的人头和浮起的其他杂物……我坐在苦楝树上亲眼目睹发生的这一切，眼睁睁地看着自己的亲人一个个都落入洪水之中，转眼之间又被洪水吞噬，心如刀割却又一点办法也没有，世界上还有比这更痛苦的事情吗？我含着泪水，悲痛欲绝。我失魂落魄，久久地在树上发呆。过了好一会，我又清醒过来，大雨还在下，洪水还在涨，心想不知什么时候这棵苦楝树也会被连根拔起，也会被洪水冲走。要是真的被冲走，那也好，那就一了百了，就和亲人们一起去吧！我作好了最坏的心理准备。看看四周，整个南堡村已是汪洋一片，漂流在水面上的东西渐渐少去了。只有我抱着的这棵苦楝树，还顽强地坚持着、抵抗着激流的冲击和恶浪的拍打。心里又在想，南堡村里的大树小树有那么多，都被这特大的洪水一一摧毁冲走了，唯有这棵苦楝树没有被摧毁被冲走，想到这里顿时又恢复了信心，我的命和这棵苦楝树紧紧相连，也许是我命大运气好，也许是这棵树比其他树的根扎得更深，有更坚韧的力量，我要和这棵树一起顶住洪水的反复冲击，我一定要活着下树，走在南堡这块土地上。

洪水来得快去得也快，我一直在树上煎熬着，洪水也不知是在什么时候终于退去了，次日一早我从苦楝树上慢慢下来，觉得自己是从死亡线上回来的，恍如做了一场噩梦。看到眼前的一切，真是感慨万千，万念俱灰。回到自己曾经的那个家，眼前是一片废墟，空留一个乱七八糟的屋基，我忍住泪水默默地将一些没有被冲走的农具收拾起来，堆成一堆。这时，从村南山上走过来两个人，原来是村民应关富和郑金水。他们说水退去后，在山上远远看见村里还有一个人，他们就马上过来接我。看见他俩，一向坚强的我忍不住热泪盈眶，突然人也站立不住了。他俩立马将我扶住夹在中间，往村南山边慢慢走去，这时水还没有完全退尽，途中低洼处水最深的地方能到脖子。他俩把我送到了马山，与那里等我的岳父母和妻兄荣林会合，到山垅里吃了点粥，后来就被砖山村何宅坞的老表们接去过夜了。

第二天早上，我到了分水，在分水大桥头碰到了从东溪方向过来的叶柏生。他哭着说："长根，我对不起你，没有把你的儿子带出来！"我也流泪了，说："柏生，这一切我都亲眼看到了，我怎么会怪你呢？我亲眼看见你抱着我的儿子！你的这份恩情我永远也不会忘记的！"

"七·五"洪灾，我受尽了生死离别的煎熬，一家五口只剩下我一人！谁能想到，救我一命的是那棵坚韧不拔的苦楝树！

（根据方长根口述整理）

徐荣钗："宝像"伴我战洪魔

记得 1969 年 7 月 5 号的那天早上一直下大雨，本来就涨了大水的天目溪，水位更高了，从南堡到印渚的关帝庙渡口的渡船也停开了。那年，我正在印渚中学上初中二年级，由于渡船不通，我们所有要去读书的学生只好待在家里。

中饭刚吃完，在我们还没注意到危险的时候，洪水已经迅速地把整个南堡村包围了，很快，我们家也开始进水了。我们家住的房子叫"七间头"，在村里算得上是好房子，解放初大多数人住的都是泥墙屋，能住上砖木结构的楼房，那是算好房子了。真的很感谢共产党毛主席，土改时把好房子分给了我们这些贫雇农住。洪水进村后，附近群众也纷纷向我们这边涌来躲避，一下子挤满了上百人。水一进屋，大家就急忙从楼下向楼上转移。可洪水涨得很快，眼看水就要上楼，大家又全部爬上了屋顶。匆忙逃生的我，什么也顾不得拿，只是紧紧地抓住了一枚我最喜爱的毛主席像章。这像章，我把它看作宝贝，连忙把它塞进衣袋里，随父母匆匆上了屋顶。这像章是姐姐送给我的，平日里我十分喜欢，常常拿出来看看，毛主席的光辉形象十分慈祥，和蔼可亲。我知道，我们家解放前很穷，常常吃不饱饭，穿不上衣，共产党毛主席是我们家的救命大恩人，我们家全靠毛主席领导中国革命得解放，才分到了田地和住房，生活才一天天好起来。姐姐当上了公社的半脱产干部，我也上了学，在读初中二年级，一家人过上了幸福生活，这一切都是恩人毛主席给的。我从内心感激毛主席，对毛主席怀着无限热爱和崇敬！同时，这枚像章是荧光的，在黑暗中仍能熠熠发光，仍能看到毛主席的光辉形象。在我心中，这真的是一尊宝像，我放在房间的书桌上，在做作业时还会时不时地停下笔端详一会儿。

当我们爬上屋顶后，雨继续下个不停，而且还很大，房屋四周的洪水很快上升，浪头也大，从上游冲下来的木头杂物也很多。我有点害怕，和爸爸妈妈紧紧地靠在一起。不一会儿，令人害怕的事情还是发生了，房屋在洪水的猛烈冲击下倒塌了，我们全部都掉进了洪水中。当我浮出水面时，很幸运地抓住了一个房屋的屋架，更幸运的是爸爸妈妈也一起爬上了木头屋架坐在一起，有了父母，我感觉安全多了。一家人随洪水向下游迅速漂去，转眼之间我们被大水冲到五里亭下面的水轮坝那里，这里落差很大，水势也特别急。眼看着被一下子冲了下去，卷入了水底，就这样，我和爸妈被冲散了。我被呛了几口水，浮出水面后，恰巧身边有根木头，被我一把抓住了。很想看一下父母在什么地方，可什么也没看到就和木头一起被湍急的洪水冲走了。我扑在木头上，双手死死地抱住，过了一会，心想再看看毛主席像章，也许他老人家会保佑我呢。我一只手从衣袋里掏出像章，看了看后紧紧搂在怀里，然后又放回口袋，又用手抓住口袋，生怕会掉了。看了宝像，心里头似乎安定了一些，紧咬牙关坚持着，漂流着……很快就被冲到分水镇的东门头，这里水面开阔了不少，水势也平稳了许多。我的体力也开始有些支撑不住了，我把头伏在木头上任其向下游冲去。到白沙村时，我刚好从一棵大柏子树旁冲过。这时，大树上已有好几个同村人爬在树上，他们见我冲下来，马上进行救援。我十分幸运地被李相金大哥一把抓住，他一把把我拽上了树。一上树，我连忙又摸了摸口袋里的毛主席像章，让我十分惊喜的是，还在！不久，分水区委的董木根等同志不顾生命危险，驾船将我们几位从树上救到船上，然后送到了分水镇里。

我终于得救了，我当然终生不忘李相金大哥的救命之恩，但我时常又会暗想，是不是冥冥之中有宝像在保佑着我，让我在生死关头能一次又一次地抓住木头，一次又一次地死里逃生。最为关键的是，当我在被洪水冲到白沙村时，刚好往那棵大柏子树旁冲去，刚好那里又有李相金大哥的及时救援，这些难道都是巧合吗？

（根据徐荣钗口述整理）

叶美青：儿子的名字叫"党救"

1969 年 7 月 5 日那天上午，雨越下越大，江水越涨越高，不知不觉间整个南堡村就被洪水四面包围了，当我们想到要尽快逃到村南面的山上时却已经迟了，所有逃生的路已经被洪水封死了。

我那时已怀有 8 个月的身孕，走路也不太方便。为了逃命，我在老公志根的搀扶下，跌跌撞撞地奔向村里地势较高的老房子"后堂"，当我们到"后堂"时，那里已经挤满了逃难的人，屋里乱堆了许多人搬来的家什，洪水就像恶狗一样紧紧地追着我们。我们到达后堂时，洪水很快也跟着漫进了石条门槛，天井里一下子全是水。慌乱中我一不小心，一脚踩进阴沟里，人也翻倒了。这时幸亏赤脚医生李菊仙就在我身边，她眼明手快地一把将我拉了起来。这时我看到了工根月、沈法明、李小根等许多人都在屋里。因为水涨得太快，大家被迫先后上了楼，人刚刚上楼水也紧紧跟着追上来了，男人们只好把瓦片、橼子掀掉，让大家往屋顶逃，我也被拉上了屋顶。我上屋顶时上面已经坐满了人，总有几百人吧。我和老公紧紧靠在一起，小姑关娟也在身边。看看周围的人，身上脸上都是灰尘，逃生的人，也不在乎这些了。大雨还在下个不停，每个人早已全身湿透。四周浪高水急，一浪接一浪地向我们所在的房子扑过来。我心里很害怕，觉得自己身负两条人命，这次在劫难逃了。真是越害怕就越不走运，不久，整个房子"哗"的一声倒塌了，屋顶上的人全都掉进了水里。不幸中万幸，我与老公志根同时抓住了一个窗框架，志根还抓住了一根竹竿。我们随着洪水向偏南的山边冲去，我那时多么希望能被大水冲到山脚边爬上岸。志根这时一只手穿过窗框，双手紧握住竹竿向下戳，希望能着地掌控窗框漂流的方向，争取往岸边靠。哪里知道水很深，竹竿太短戳不到底。这时一排大浪打过来，立即把我们冲向洪流的中间。当我们漂到五里亭下面的水轮坝时，水流突然向下一挫，我们一下子被卷到水底，很快又被抛向水面，这时我被呛喝了不少水，我们原来死死抓住的窗子框架也没了，我的老公志根也不见了。我挣扎着浮在水面上，双手乱抓着，也是运气好，乱抓中我一手抓住一根木头，便紧紧地抱着不放，不久一个大浪打来，木头又被冲掉。好在水面上到处都是漂浮的东西，我一手又抓住一个漂到身边的树墩，但树墩不时在洪水中翻滚着，很难抓牢。后来，我又抓住了漂浮在身边的一个房梁，任由洪水冲击我此后就死死抓住不放。在洪水中挣扎时，我先后看到从旁边冲过的阿惠（潘雪惠）、王林荣等许多村里人。我被冲到横村地带时，看见岸边有船，便大声喊"救命"，不知道是离得太远，船上的人没听到，还是洪水太大他们也没办法，一下子我就被冲走了，冲到了尖山脚。一路冲下来，我头脑始终是清醒的，一路被冲到桐庐浮桥埠时，看到分水江大桥上站满了人，江水离桥面已经很近了，好像听到他们在向我大声呼喊："加油！""坚持！"我看到有好几个救生圈向我抛来，但水流太急太快，加上当时我已是精疲力尽了，我一个也没能接住。很快我又被冲到了桐君山山脚，这里的水特别冷，幸运的是这里是回水角，而且停着许多木排，我被木排上的一个人一把拉上了木排。

我终于得教了！这时，整个人瘫倒在木排上，浑身没有一点点力气，只记得脚上的凉鞋还在。不一会儿，一艘轮船开过来了，我被急送到县第一人民医院。我换上了军大衣，医生马上给我做了检查，说肚子里的孩子没有大问题，听了后我激动得泪流满面，心想这次大难不死，保住了两条人命，真的从内心里很感谢党和政府，感谢许多认识的、不认识的人对我无微不至的关心和照顾。后来又传来消息，桐庐还在涨水，位于富春江边上的县人民医院也不是很安全，当晚我又被转移到县展览馆安置。这时闻讯赶来的同村人李相荣，抱来了自己家里的棉被给我盖，问我村里及他家里人的情况。我明明看到他的妈妈、妹妹、哥哥都一起爬上了后堂的屋顶，肯定也落水了，肯定也是凶多吉少，但我还是宽慰他说："你们家的人可能都逃出去了！"没过几日，水完全退了，我又转回到县第一人民医院，在那里我又住了19天，医生天天为我挂盐水、检查胎儿，许多领导和不少好心人陆续前来看望我，安慰我，我心里真的很感谢共产党，感谢富有爱心的人民群众。此时我心里一直牵挂着我的丈夫，很想知道他的下落。不久就传来好消息，这时我才知道，我老公志根和我被浪头打散后，被冲到二十里外的林场，他有幸爬到一棵大树上才逃过一难。他获救后认定我一个身怀8个月的孕妇，平时连走路都不太方便，面对如此凶猛的滔天洪水，一定爬不上来了，那个晚上他不停地哭喊着我的名字，那凄惨的呼唤声，旁边的人听了无不默默流泪。现在一想起，我还感到十分心酸。

后经多方打听，我得知在桐庐木排头救起我的人名叫吴炳文，江苏人，是钱塘江航运公司的一位职工。为了感谢他，后来我请一位同在钱航公司工作的同村人王根根，给他捎去一只鸡，以表谢意。没想到的是，他说鸡他收下了，心意也领了，却叫王根根给我带回了五元钱。大恩不言谢，我们一家人要永远记住吴炳文这位救命恩人。

那年农历 7 月 18 日，我顺利地生下了死里逃生的儿子。为了给孩子起个有纪念意义的名字，一家人很是商量了一段时间。在部队的小叔来信，建议取名叫"洪燕"或"洪彪"，而当老师的大嫂汤桂玉则脱口而出说，应取名叫"党救"，因为我们母子俩的命，都是共产党领导的好干部好群众救的。我们全家都觉得还是"党救"这个名字好，叫起来响亮，听起来明白。我的儿子"党救"如今也 50 岁了，他在钓台旅游区开轮船，他的儿子也去部队当海军了。

（根据叶美青口述整理）

沈玉定：这是我们兄弟俩应该做的

1969 年 7 月 5 日，那是个黑色的日子。这天上午，天色灰暗，大雨不停，分水江水位迅速上涨。当时我在江边看水情，越看心里越怕，顿时产生了一种不祥的预感。当时我们家负责看管放养生产队里的一头水牛，为安全起见，我立马把牛赶到山上。

这时已到中午时分，我到江边寻找在那里捕鱼打捞东西的大哥，江边没人，立马回头走到麻栎塘边，见王奥林十来岁的女儿王彩琴在雨中大哭，她管的三头队里的黄牛，被暴雨淋得尾巴翘天，四脚狂踢，牛发怒不听使唤，小女孩一点办法也没有。我立即跑过去，一手拉起彩琴，一边劝她不要怕，一边帮她牵着三头黄牛走过自家门口，然后将牛赶到了山上。

安置好生产队里的几头牛，我又火急火燎地赶回家中，大哥这时已经到家，来不及吃午饭，我和大哥连忙背着两个小孩往安全地带转移，把孩子和嫂子一起安全地送到马山脚才松了一口气。接着我们兄弟俩马上转身又往回赶，准备下一步将父母等亲人也转移到山上。我们刚走到台沟边，见孟樟根夫妇、王春法妈妈、王根根妈妈、沈素珍等十多个老人和几个小孩正急着向山上转移，可这些人正为过不了台沟而着急。这条台沟宽将近1米，深1.8米，平时有三根木头并铺着当桥板，这时台沟里的水位早已满过顶，桥板早已被冲走，十多个老人小孩全被挡住了。洪水越来越大，台沟水位越来越高，危险性也越来越大。如不能及时过去，后果不堪设想。我们见状，毫不犹豫地停下匆匆返家的脚步，兄弟俩一人一边相对站在台沟的两侧的激流中，各自伸出一只手，抓住一个人的手臂，合力一推一拉，将人一个个拽过台沟。这样，十多个老人小孩平安地跨过了台沟，急匆匆逃到山上，他们都幸运地得救了。

可是，这一耽搁，也就是十五六分钟左右，却错过了回家救父母和亲人的最佳时间。这时洪水已从上游直冲而下，地势较低的山脚已是一片汪洋，切断了南堡村与南面山脚的逃生的唯一通道，地势稍高的南堡村被洪水完全包围了，成了一座孤岛。当我们兄弟俩趟水跑回家时，洪水已经进了门。父母、叔叔婶婶和其他群众等 20 多人被逼得一步步往楼上逃。我们兄弟俩冲上楼，把父母等 20 多人一个个先扶上梁，水位还在上升，我们又锯断房梁，再将他们一个个送上屋顶。瓢泼的大雨冻得我们发抖，我还把随身带的一瓶酒分给大家，每人喝几口御寒。洪水越来越大，大浪一个接一个，房屋没多久就被大水冲倒了，屋顶上的 20 多人全部落水。大哥沈樟鱼落水后被洪水一直冲到了 30 多里外的林场，他抓住了一棵树，在树上熬过了一夜后获救；我也被洪水冲到了更远的元川村，才死里逃生地上了岸。

这场特大的洪灾，我们的父母、叔叔婶婶、表哥表侄等 10 多个亲人被夺去了生命，我们兄弟俩一下子掉进了无尽悲痛之中。

事后，被我们兄弟俩安全扶过台沟而获救的人都十分感激："你们兄弟俩是我们的救命恩人！你们是因为救我们而耽误了抢救父母亲人的宝贵时间，实在对不起啊！"

时至今日，大哥沈樟鱼已去世，我对当年危难时刻的抉择无怨无悔："这是我们兄弟俩应该做的，遇到别人，同样也会这样做的！"

（根据沈玉定口述整理）

沈志龙：我爸爸和大伯是为抢救集体财产而献身的

我的爸爸叫沈兴叶，在那场"七·五"特大洪水中，因抢救集体财产而献身时才 46 岁。1969 年 7 月 5 日那天中午时分，大雨一直下个不停，我们全家正准备吃中饭。我刚刚捧起饭碗，爸爸站在站桶旁给我的小弟弟喂饭，这时大队干部李金荣急匆匆赶到我家，叫我爸爸赶快到江边金家塘抽水机埠头抢抬队里的电动机。爸爸一听，马上放下饭碗，穿上一件新蓑衣，戴了顶旧笠帽，与同时离家的大伯沈关叶一起，冒着倾盆大雨，急急忙忙地向村外的江边跑去。

事后，和我爸爸、大伯同去抢抬电动机的其他几个社员对我说，他们冒着大雨，齐心协力把电动机从河岸边抬到了机房内，见河水涨势太凶太快，都急着想赶快回家。这时有人又突然想起，还有一只补偿器没有拆上来。因为比较轻，于是他们就叫我爸爸和大伯下去拆运，他们几个便急急忙忙赶回家去了。我爸爸为人老实，还有一个说不出口的主要原因，因为我们家成分高，我家成分是地主，大伯家是富农，在1969年那个年代，正是文革的高峰时期，正是大讲特讲成分的年代，他们俩是一点也不敢违抗的。他俩赶忙将电动机的补偿器拆运到机房，耽搁的时间也就十多分钟，他俩放好东西后拼命往家里赶，但是没想到的是，人跑得再快也没有洪水来得快，当他们俩跑到黄泥塘，离村中公路已经很近时，滔滔大水已冲过了"大泷"，沿着公路汹涌而下，切断了他们回家的路，他们再也回不了家。无奈之下，他们只得往另一个方向跑，跑到了溪边自然村。这时的溪边村也被洪水四面包围。我爸爸开始帮住在这里的叔叔沈玉棠家抢运东西，因洪水来得太快，据说爸爸穿着蓑衣后来逃上了屋顶，最后屋倒落水，落水后又穿着蓑衣，一时又脱不掉，很快就被洪水卷走了。我大伯谁也不知道他是在哪里落水而被洪水卷走的。就这样，我爸爸和大伯永远离开了我们。

我爸爸和大伯去世已经整整 50 年了，我很怀念他们。到了今天，我要大声地将藏在心里的话说出来："我爸爸沈兴叶和我大伯沈关叶，他们都是为抢救集体财产而牺牲的！他们同样值得南堡人民永远尊敬和怀念！"

（根据沈志龙口述整理）

王小强：洪水无情人有情

1969 年 7 月 5 日，这是个多灾多难的日子，我终身难忘。"七·五"洪水夺走了我家四位亲人：我 75 岁的爷爷，年仅 38 岁的妈妈，正值花季的 17 岁的姐姐，还有 13 岁的哥哥，一个幸福的美好家庭一下子全毁了，我从一个幸福宝贝转眼之间成为一个丧母失亲的痛苦少年。

那年，我哥水强在印渚上高小，这天因为水太大，渡船停摆，没有去学校。我正上小学二年级，由于涨水，提前放学回了家。上午 10 点多钟，我和哥哥拿着畚箕等工具到公路外的黄泥塘边抓鱼，不一会儿，水漫过了大坝，从大泷口冲下来了，我们赶紧逃回家。此时，正值中饭时间，但一家人都没心思吃饭，忙着准备转移家里的东西。因为洪水来得太快，一下子就漫过了公路，并且仍在快速上涨。我家的房子是泥墙，如果水再上涨的话，我家的泥墙房就进水了，被水一浸泡房子就会马上倒塌，家中所有的东西就会被洪水冲走。为了保险起见，父母决定把家里的东西，都搬到相距不远的邻居张惠民老师家里，他们家是砖木结构的老房子。据村里的老辈人讲，民国某某年的洪水最大了，也只涨到了他家的门槛脚，这次的水也不会大到哪里去，不用逃到山上去。很多人听了半信半疑，加上不舍得放弃家里的东西，没有抓紧上山，失去了逃生的机会。

张老师是个心地善良的好人，他把自家堂前空出来让我们放东西，我家五个力气稍大一点的人来来回回忙着往他家搬东西：衣服、铺盖、粮食、家具……凡能搬的都搬，与洪水赛跑，争取尽量多抢一点东西出来。那年代老百姓家里都很苦，置办一点东西很不容易，粮食更是命根子，一粒也不肯轻易放弃。

我和弟弟还小，当时我10岁，弟弟才6岁，帮不上什么忙。张老师家不用搬东西，又正好有亲戚来玩，为了安全起见，准备马上到山上去避一避。我拉着弟弟，跟在他们后面也往山上跑。由于人小跑不快，不久跟丢了，走到了大洋沟的时候，犯难了，大洋沟近两米宽，水流很急，水面已经与两边的稻田连成了一片了。我们根本跨不过去，正在焦急的时候，文龙叔叔带着小舅子沈小定正好过来，他把我俩拉了过去。燕文龙，他是我爸爸的徒弟，怡合竹源坞人，当时跟我爸学木匠，还在南堡找了个对象，还未结婚，所以他在南堡。我们幸好遇上他，否则后果不堪设想。他这一搭手，我们兄弟俩逃过了一劫。

过了大洋沟，我拉着弟弟趟着过膝的水，深一脚浅一脚跌跌撞撞地逃到马山尾巴上，这里已聚集了好多逃出来的人。只听有人大声提醒大家，山里面西塘水库漫坝了，可能会塌，大家赶快往高处走一走。人群便开始迅速往上移动，许多人的眼睛却死死望着村子的方向。很快，洪水把南堡村子包围了，村庄就成了一座孤岛，想逃也不可能了。山上的许多人朝着村子方向哭着喊着，那嘶哑的声音在咆哮的洪水面前是那样的软弱无力。不久，我们亲眼看到第一幢房子轰然倒塌，那是我们生产队开会的孟樟根家的房子，接着，房子一幢接一幢地倒塌……很快，整个村子只剩下几幢老房子了，没有逃出来的人大多都被洪水逼着上了房顶。我们多么希望那几幢老房子坚持住不倒，然而，凶猛的洪水张开了血盆大口，很快就无情地吞没了整个南堡村……

眼巴巴看着村里的房子都倒塌了，家中的亲人都落水了，转眼之间我们兄弟俩成为无家可归的弃儿，晚上也不知道该去哪里落脚。世上总是好人多，这时，同小队的戴金财把我们两个带到山垅里他的家中，他母亲拿出几条干燥的裤子给我们换上。还腾出一张床，让我们俩在她家度过了灾后第一个难忘的夜晚。第二天早上，戴金财把我俩带到了分水大礼堂，南堡灾民都集中在这里。

父亲大难不死，他并不识水性，可能正值壮年，体力还好，被大水冲到了四十多里远的至南，因水势稍缓，他爬上一棵树捡回一条命，但他丝毫没有幸运感。他目睹家中亲人一个个没了，最让他难受的是，当时在落水中他眼睁睁地看到母亲与他相隔不远，也被冲到了至南，可她就没那么幸运，没能上来。回到分水，父亲得知两个小儿子还活着，他也高兴不起来。因为，他失去了妻子精神也崩溃了，感到以后生活的压力太大，没法养活我们。家中能干活的，会洗会补会烧饭的都没了。这天灾对他的打击太大了，不知今后的生活该怎么办，一直沉浸在悲痛中走不出来。一些亲戚闻讯赶来，看到我们被洪水冲得一无所有，都拿出家中为数不多的衣服给我们穿，有的亲戚看了后甚至当场脱下身上的衣服给我们穿，自己仅穿短裤内衣回家去。那年代大家都很困难，过日子都不容易，买布做衣服，不仅要钞票还要布票，一个人一年才分得几尺布票，钱就更加紧张了，所以哪怕送你一件旧衣服，都是很宝贵的。

我父亲原是木匠，一年到头出门做木工活，家中的大小事情，全由母亲操持，现在突然失去了当家的人，你说怎么办？爸爸从此一蹶不振，整天昏昏沉沉的，逢人便说"我家的栋梁倒了""我家篾箍散了"。栋梁倒了，房子怎能撑得住？篾箍散了，水桶怎能箍得牢？我妈没了，这家怎能维持下去？这些话他逢人就一遍一遍地说，就像鲁迅写的小说中的祥林嫂一样。旁人听多了，觉得他神经出了毛病了。也是的，一个好好的家，一下子变成了这样，谁受得了？爸爸当时确实崩溃了，几乎成了一位精神病人，我俩又还小，不懂事，既不知道安慰他，更不能帮他分担点什么。

我们家的一些至亲都在同村，都同样遭了殃，想照顾我们也是心有余而力不足。危难之时，我那并无血缘关系的姑妈赶来了，把我领到了她保安小源的家，我在她家住了两个来月，直到农历九月初四才回南堡读书。我那继拜的大妈也赶来了，把小弟弟领到了她的家里，弟弟在她家住了半年，后来又到大娘舅家住了近一年。在这些情深义重的亲戚们的帮助和照料下，我们兄弟俩渐渐长大，逐步走出了困境。

真是洪水无情人有情，危难之中搭把手，失去亲人的我们兄弟俩就不孤独，这些恩情，我们终生难忘。

（根据王小强口述整理）

泰山压顶不弯腰

——南堡大队用毛泽东思想战胜特大洪灾的英雄事迹

　　在党的九大团结、胜利旗帜指引下，天目山麓，分水江畔，出现了一个"泰山压顶不弯腰"的英雄集体——浙江省活学活用毛泽东思想先进单位，桐庐县印渚公社南堡大队。

　　这个大队的贫下中农、社员群众和革命干部，发扬一不怕苦、二不怕死的革命精神，在一九六九年夏天，战胜了一场罕见的特大洪水的突然袭击。灾后，他们坚持"自力更生""艰苦奋斗"的伟大方针，不向国家伸手，依靠自己的力量，克服重重困难，在一片废墟上迅速恢复生产，重建家园。受灾当年，就夺得粮食自给有余，并向国家出售了余粮。最近收获的夏粮又比去年增加一倍，超过历史最高水平。短短十个月的时间，南堡人民夺得了革命、生产和抗灾建设的巨大胜利，谱写了一曲毛泽东思想的胜利凯歌。

勇战洪水气壮山河

　　一九六九年七月初，浙西天目山区接连下了几场大雨。四日晚上，狂风骤起，乌云翻滚，在隆隆的雷声中，瓢泼大雨直泻而下，几天的降雨量多达三百二十毫米，达到常年降雨总量的百分之二十。顿时，洪水从四面陡峭的山崖上滚滚而来，经天目溪、昌化溪、岭源溪、保安溪同时夺路涌入分水江，立时水位急剧上涨，凶猛的洪峰裹着树木石块，像脱缰的野马，奔腾咆哮，闯出江面。地处三面环山、四条溪水汇合点的南堡大队，遭到了历史上前所未有的特大洪水的突然袭击。

就在洪水袭来前的这天晚上，共产党员、大队革命领导小组组长李金荣，冒着倾盆大雨到各处察看水情，一夜没有合眼。大队其他干部和许多社员也纷纷出村察看，只见天连水，水连天，眼看着一场特大的山洪即将暴发。大队革命领导小组立即在现场召开了紧急会议，决定迅速动员群众，投入抗洪斗争。他们发出共同誓言：哪里最危险，干部就冲向哪里，宁可牺牲自己，也要把群众和集体的财产转移上山。

洪水就是敌人。险情就是命令。一支支抢险突击队在共产党员们的带领下，顶着狂风暴雨，直奔险区。

李金荣和革命领导小组副组长李文和，领着群众首先冲向地势最低的溪边电灌站。这时汹涌的洪涛扑打着机房。墙上出现了一道道裂缝，房子就要倒坍。他们不顾生命危险，勇敢地冲进机房，以最快的速度抢拆电动机。当人们刚把机器搬到高地，机房就被巨浪卷走了。奔向半山腰水库险区的部分干部和社员，看到一股股洪水直涌水库，眼看库水即将越出堤坝，他们立即提起闸门，急水飞奔而出，避免了一场坍坝危险。他们在水库大坝上，看着自己家的房屋、家具被激流冲走，可是都像哨兵一样，挺立在急风暴雨之中，寸步不离战斗岗位。许多老贫农和红小兵也冒雨涉水，飞速赶到大队畜牧场，帮助饲养员把一头头耕牛赶往高山。

雨越下越大，水越涨越高。时隔不久，整个南堡大队洪流滚滚，汪洋一片，他们与洪水展开了英勇顽强的搏斗。部分干部和群众在抢救集体财产中，被卷进了激流。人们互相鼓励，互相爱护，把生的希望让给别人，把死的危险留给自己。革命领导小组副组长王金焕为转移群众，抢救集体财产，三过家门而不入。在激流中，他不顾个人安危，把抓到的木头，一根一根地推给落水的群众。鼓助大家团结战斗，而自己累得精疲力尽，浑身上下已被乱木杂物撞伤，洪水把他冲出十里以外，当他又一次被洪峰托起时，看见爬在树上的女杜员王秀秀，有半身还泡在激流里，这位五十七岁的共产党员，在力不能支的情况下，用尽全身力气高声叫道："爬高点，要下定决……"话音未落，一排巨浪迎面劈来，王金焕被卷进深深的浪窝，为人民献出了宝贵的生命。

在与洪水搏斗中，李金荣宁愿为"公"前进一步死，决不为"私"后退半步生。他一心为了人民，几次放弃上岸的机会，被冲到离南堡四十里外的地方。他发现一个小土墩上有几个阶级兄弟被洪水包围，眼看"孤岛"就要被吞没。他又奋不顾身地冲过激流，登上"孤岛"把阶级兄弟一个一个引到附近的一棵树上，翻滚的巨浪接二连三地猛扑过来。在树上的群众关切地招呼他说："快上来，下面有危险!"李金荣看看树身已在激流中摇晃，说什么也不肯上。他两眼直盯着汹涌的波涛，双手紧抱住树身，用身子挡住激流，两脚蹬开上游接踵而来的冲击物，捍卫着九位阶级兄弟的安全，一直搏斗到第二天黎明。

南堡大队的干部和群众，在与洪水搏斗中，用毛泽东思想统一指挥，统一行动，冒着生命危险，以最大的努力保护集体财产。大队的八十三头耕牛一头不少，六台电动机完好无损，五个水库一个也没有被冲毁。在下游各地革命群众的协助下，落水的社员纷纷脱险。

胸怀朝阳　人定胜天

凶恶的洪水，毁灭了南堡人民的家园，造成了巨大的灾难。一千五百亩耕地全部被冲毁，其中四百亩良田变成了沙石滩。全大队除在山坡上的十八户外，南堡、高家、溪边三个自然村的二百零六户人家，被冲得只剩下一棵苦楝树、一个破灶头和半间屋架子。洪水造成的灾难像泰山一样压在南堡人民的头上。今后怎么办？南堡人民面临着一场严峻的考验。

灾后，党和上级革委会把南堡人民暂时安置在离南堡十里外的分水镇上。他们的亲戚朋友也闻讯从四面八方赶来探望，要他们到自己那里去安家落户。李金荣的二哥也特地从二十里外赶来看望，叫李金荣搬到他那里去住。这时，一小撮阶级敌人乘机破坏，极力散布悲观情绪，妄图瓦解南堡人民重建家园的斗争意志，说什么："南堡再也不能蹲人了，吃没有粮，住没有房，回去比苦楝树还要苦。"在关键时刻，大队革命领导小组组长李金荣回想起半年前到大寨大队参观的情景。大寨大队党支部，带领群众，以顽强不屈的革命意志战胜各种自然灾害，灾害越大，他们志气越高，灾害越重，他们的骨头越硬。李金荣想：大寨大队能做到的事，我们也一定能做到！

八日晚上，李金荣首先召集了党员和干部会议。三十几个人一字一句地学习毛泽东的教导："只有社会主义能够救中国。"毛主席的教导像光芒万丈的灯塔，给大家指明了前进的方向。大队革命领导小组副组长李文和、沈高仁坚定地说：洪水冲得走家园，冲不掉我们的革命意志。先烈们为了解放南堡流尽了最后一滴血，难道我们就不能把这块地方建设好。只要我们团结一心，天大的困难也要把它踩在脚下。"对！"李金荣说："不怕困难，只怕志短，只要我们干部敢于挑重担，带领群众干，没有克服不了的困难！"会议一直开到后半夜才结束，大家共同的结论是："照毛主席的指示办事：下定决心，不怕牺牲，排除万难，去争取胜利！"

第二天，李金荣和大队革命领导小组成员回南堡勘察灾情。他们走遍了南堡的每一块土地，从困难中看到了有利因素，从灾害中看到了南堡美好的未来。他们回忆起中华人民共和国成立后靠毛泽东思想，用自己的双手改变南堡穷困落后的面貌，粮食年产量从中华人民共和国成立初期的三十万斤提高到一百二十万斤的情景，大家满怀信心地说："人在，社会主义的阵地就在！洪水把南堡冲成了一张白纸，我们有毛主席的领导，有二十年艰苦创业的实践，一定能在这张白纸上写最新最美的文字，画最新最美的画图。"

接着，大队革命领导小组广泛发动群众，大办毛泽东思想学习班，大讲毛主席、共产党的恩情，大讲社会主义制度的优越性，大讲集体抗灾的有利条件。七十三岁的老贫农何保友怀着对新社会的爱、对旧社会的恨，把中华人民共和国成立前后受灾的情况作了深刻的对比：一九二二年受了一次小灾害，水位比这次低一丈五，南堡村就有十户卖儿卖女，二十多户外出讨饭，四十多户被逼给地主当长工。而这次受了重灾，党和各级革委会以及驻浙人民解放军部队，给南堡人民送来了战无不胜的毛泽东思想，送来了党的亲切关怀和广大人民的深情厚谊。两个社会，两种灾年，两样结果，这一切使社员们受到深刻的教育。大家激动地说："旧社会小灾变大难，新社会在毛主席领导下，灾后没有饿过一餐，没有冻过一夜。千好万好不如社会主义好，有毛主席领导，泰山压顶我们不弯腰！"

阶级教育，极大地激发了贫下中农抗灾建设的信心和决心。大家豪迈地说："泰山压顶不弯腰，双手开创新南堡。"十日上午，南堡人民手捧红宝书，扛着"学习大寨人，重建新南堡"的横幅标语，意气风发，斗志昂扬，浩浩荡荡地回到南堡，在那棵唯一的苦楝树下开誓师大会。大家举起铁一般的拳头，提出一个响亮的口号："一年自给，二年有余，三年建设新南堡。"

英雄的南堡人民，灾后没有一个离乡外出，他们胸怀朝阳，树立人定胜天的思想，仅仅五天时间，就开始了轰轰烈烈的重建家园的斗争。

颗颗余粮　一片忠心

灾后的南堡，连遮阴烧水的地方也没有。大伏天，他们每天从分水镇到南堡去劳动，来回要走二十多里路。党和各级革委会对他们十分关怀，送来了救济物资，周围社队也纷纷前来支援。这时，有的人说，现在是要风得风，要雨得雨，要抓住这个机会先造一批住房。多数人却主张先抓住季节，抢收抢种一批粮食，然后再盖房。是依赖国家和外地的支援，还是自力更生战胜困难？是把恢复和发展生产放在第一位，还是丢掉生产先去建房？干部们反复学习毛主席关于"自力更生""艰苦奋斗"的教导，异口同声地说："我们只有为国家做出贡献的义务，没有向国家伸手的权利。要学习大寨精神，依靠群众的力量，把洪水冲走的粮食重新夺回来。"他们把这些道理在大会上讲，小会上说，讲得社员心明眼亮，斗志昂扬。老贫农们说：手中有粮心不慌。如果先建房，误了季节丢了粮食，靠国家供应口粮，就是住上三层楼也不光彩。李金荣听后高兴地说："讲得对！我们不能顾了眼前利益，丢了长远利益。只有搞好生产，才能站稳脚跟。"李金荣和老贫农的话，说到了大家的心坎上，社员们一致表示：就是住在露天地里，也要先把生产搞上去！

这时，残存的早稻已经黄熟，晚稻插秧季节也临近了。灾后的夏收夏种，困难重重。但是，在南堡人民看来，困难不过是纸老虎，你强它就弱。当时，南堡大队的一千三百多亩早稻田，残存的水稻大都被泥石压倒了，他们就搬开石块一株一株扶着收割。其中三百多亩早稻田堆积的沙石有一二尺厚，稀稀拉拉的稻头夹在石缝里，镰刀使不上，他们就用双手扒开石块挖，许多社员手指磨出了血，他们豪迈地说："宁可手断指甲翻，也不能让粮食白白丢掉。"

南堡大队的干部在夺粮战斗中，个个抢挑重担。溪边有一片早稻田，被洪水冲刷后，只见石头，不见稻头，挖粮十分困难。干部们率领大家顽强战斗，他们头顶烈日，脚踏滚烫的鹅卵石，扒开一层层沙石，取出一穗穗稻头。李金荣白天同社员一起劳动，晚上东奔西走做群众工作，几十天没有吃过一顿定心饭，没有睡过一夜安稳觉，眼睛熬红了，人变瘦了。贫下中农心疼地说："金荣啊，你把心血都熬干了。"李金荣笑笑说："为了社会主义创大业，就是掉几斤肉也心甘情愿。"南堡大队的干部和群众，凭着一颗无限忠于毛主席的红心和一双勤劳的手，在一个多月的时间里，硬是从沙石堆里挖出了二十三万斤稻谷。

他们在抢收的同时，又见缝插针，争分夺秒地赶种了三百七十多亩晚稻，暂时不能种稻的近六百亩农田，也适时种上了玉米和荞麦。他们还在村庄废墟上种了大量的蔬菜。南堡的农田被洪水冲过，土质瘠薄。信用社的工作人员三次主动上门贷款，叫他们去买化肥。社员们坚持自力更生，不要国家贷款，他们说："让国家的钱用到更需要的地方去，我们的困难自己能解决。"他们动员起来拾粪，挖塘泥，烧土灰，积杂肥，终于自己解决了夏种肥料问题。

遭受重灾的南堡大队，党和国家免去了他们当年的粮食征购任务。但是南堡人民怀着对伟大领袖毛主席无限深厚的无产阶级感情，把从沙石堆里一穗穗、一粒粒收获起来的早稻，晒了又晒，扬了又扬，选了四万四千斤最好的稻谷送到了收购站。粮站的收购员执意不肯收。后来，经李金荣和南堡贫下中农的再三说服，才收了下来。这一粒粒谷，凝结着南堡人民对毛主席的一片忠心，凝结着南堡人民支援社会主义建设和世界革命的崇高精神。

毛主席教导说："自己动手""丰衣足食"。南堡人民把每做一件事都放在自己力量的基点上。他们在夏收复种解决粮食自给的同时，有计划地建造住房。建房没有砖瓦，大队革命领导小组成员毛忠立带领十一个社员，靠十一本红宝书和十一双勤劳的手，起早摸黑，上山抬来石块，割来芒草，建起了砖瓦厂。几个月时间，烧出十七万块砖瓦。经过艰苦奋斗，很快建成了一批简易住房和加工厂、校舍以及猪棚牛舍。在国庆二十周年前夕，社员们喜气洋洋地搬进了新居。

一张白纸重绘新图

英雄的南堡人民在取得抗灾夺粮战斗第一个胜利以后，再接再厉，乘胜前进。大队革命领导小组决定长期打算，全面规划，依靠群众的力量，把南堡建设得比灾前更新更美。他们制定了宏伟的建设规划，鼓舞全体共产党员、革命干部和社员群众投入改天换地的伟大斗争。

洪水把南堡的"大寨田"冲成了沙石滩，有的变成硬邦邦的"石板地"。治理"石板地"，困难重重，大牯牛耕不动，三十五马力的大拖拉机也只划破一层地皮。过路的人看到后议论纷纷："这种'石板地'还能种粮食？就是长草也得等三年哩！"

但是，困难吓不倒用毛泽东思想武装起来的英雄汉。李金荣领着大家读起了光辉的《愚公移山》，人们摩拳擦掌地说："'石板地'硬，硬不过用毛泽东思想武装起来的人。老愚公能用锄头挖去两座大山，我们还拿不下这块'石板地'？就是'铁板地'也要把它一口口啃碎！"说着，大家一起涌向"石板地"，挥舞起开山锄、十字镐，一鼓作气往下掘。开山锄掘断了齿，震断了柄，许多人手上磨起了血泡，手臂震肿了，可是没有人叫苦喊累。共产党员、大队革命领导小组成员王根月，带领一支妇女突击队，以英雄刘胡兰为榜样，他们拿起七八斤重的大镐，和男社员一起战斗。王根月虎口震出了血，继续干，就这样，他们披星戴月，吃在工地，歇在工地，一连干了七天，终于征服了"石板地"。

这场特大洪水冲走了南堡的一道堤坝，南堡人民决定重新建一道更高、更坚固的拦河防洪大坝。数九寒天，北风呼啸，接连下了几场鹅毛大雪。可是，工地上你追我赶，一片热气腾腾。共产党员、革命领导小组副组长李文和，用的土筐比别人大，挑的土比人家多，一连压断了三根新扁担，他索性把两根扁担绑在一起，用他粗壮有力的手，在上面写着"泰山压顶不弯腰"七个大字，挑起三百二十斤重的担子，光着脚板，踏着冰块满坡跑。大家齐声赞叹："文和，你哪来的这股牛劲!"李文和爽朗地笑着说："干革命，就得挑重担!"共产党员和干部的模范行为，振奋起全体社员的革命精神。许多青年社员脱掉棉衣穿单长，单衣湿了赤膊干。一些上了年纪的老人在家里也闲不住了，五十七岁的贫农老妈妈沈爱莲，来到工地挑起满满两筐土，一口气往坝上跑，坝高路滑，跌倒了，爬起来又继续挑。别人要她休息，她乐呵呵地说："我也要为革命出把力啊!"

南堡人民经过一个冬天的苦战，一道四米高，二十米宽，七百米长的拦河防洪大坝，巍然屹立在天目溪边。

有了大坝不怕涝，大旱怎么办? 南堡人民从毛主席的"备战、备荒、为人民"的伟大战略思想出发，决心实现稻田自流灌溉，做到百天无雨保丰收。在筑大坝的同时，又开工兴建穿山引水工程，青年突击队的小伙子们，抢着打这场攻坚战。抢铁锤的肿了胳膊，扶钢钎的手震出了血，谁也不吭一声。有一次，一位抢铁锤的人手一软，八磅重的大铁锤偏了一下，碰在扶钢钎的钟才才肩膀上，钟才才跌倒了，别人忙把他扶起来，他却鼓励战友说："大胆地敲吧，为革命，先烈们流血牺牲，我们今天为建设新南堡，挨上三锤五锤也光荣。"

为了争取工程早日完工，十几个小伙子日夜奋战，一支支三尺长的钢钎磨得只留下短短一截，硬是靠十几双铁手，在近三个月时间里，打通了一条长一百一十四米，直径二点五米的穿山隧道，给南堡大地增添了新的色彩。

步步紧跟毛主席　胜利面前不停步

特大灾害这个坏事变成了好事。它考验了干部，锻炼了群众，教育了后代，磨炼了南堡人民敢于斗争、敢于胜利的钢铁意志，激发了他们艰苦奋斗、顽强不屈的革命精神。短短的十个月时间，南堡人民以"泰山压顶不弯腰"的英雄气概，在灾后的废墟上，用勤劳的双手绘出了一幅最新最美的画图：二百四十五间社员住房一排排耸立在苍郁的山坡上，家家户户安上了电灯，村上竖起了广播喇叭，新建的加工厂、锯木场机声隆隆。新村里，设立了新华书店和商店，办起了公共食堂和卫生站。新建起来的大型畜牧场里，饲养着四百多头毛猪、二十多只羊和近百头耕牛。天目溪边拦河大坝巍巍挺立，保护着五百亩低洼农田免受洪水袭击。星罗棋布的水库、塘坝、电灌站，通过蜿蜒伸展的条条渠道，把丰富的水源，引向千亩良田。他们在遭受特大灾害的当年，就夺得了五十四万斤粮食，创造了灾后粮食自给有余的奇迹。

南堡人民这种"秦山压顶不弯腰"的革命精神，在浙江城乡广为传颂，人们齐声赞扬这个英雄集体是"江南大寨"。

"全省学南堡，南堡怎么办?"在战斗中诞生的大队党支部面临着一场新的考验。党支部在全大队办起了各种类型的毛泽东思想学习班，组织党员、干部和贫下中农认真学习党的九大文献，学习毛泽东关于在无产阶级专政下继续革命的伟大学说和"中国应当对于人类有较大贡献"的伟大教导。大家仰望着伟大领袖毛主席的光辉画像，激动地说："南堡取得的每一个成绩，都是毛泽东思想的胜利！我们要把过去的成绩作为继续革命的新起点，步步紧跟毛主席，困难面前不低头，胜利面前不停步，一分为二看自己，谦虚谨慎永向前。"大家在赞扬声中找差距，成绩面前找问题，虚心向兄弟单位学习。他们决心在大队党支部领导下，高举毛泽东思想伟大红旗，把南堡建设成为洪水冲不垮，困难压不倒，战争打不烂的社会主义坚强阵地，为伟大领袖毛主席争光，为伟大的社会主义祖国争光！

（原载 1970 年 6 月 3 日《人民日报》）

沧海横流再显本色

——记 "6·30" 特大洪灾中的南堡人

暴雨如注，浊浪翻滚，墙倒房塌，汪洋一片。

27 年前桐庐县印渚镇南堡村发生了一场冲毁所有房屋和吞噬218 条生命的 "七·五" 洪水。南堡人发扬 "泰山压顶不弯腰"的精神，名扬全国。洪水过后，南堡人在只剩下一棵苦楝树、一个破灶头、半间空屋架的废墟上，自力更生，重建家园，一时成为家喻户晓的话题。

27 年后，当特大洪水再一次洗劫这个分水江边的村庄时，虽然防洪大堤决口，700 多亩良田被淹，295 间房屋倒塌，直接经济损失远远超过上一次洪灾，但南堡村党支部一班人依然像他们的前辈一样，惊涛急流中再显英雄本色。全村人在洪灾中全部安全转移，无一伤亡；在洪灾后人心不散，迅速投入抗洪救灾、重建家园的工作。

"泰山压顶不弯腰，困难面前不低头" 的口号再一次在南堡叫响……

赴汤蹈火也要进村！

1996 年 6 月 30 日，从早晨起浙北地区就普降暴雨。天上像捅了个窟窿似的，雨越下越猛。分水江上，排山倒海般涌来的洪水翻腾着浑浊的浪花和漩涡冲向下游。

水面不算太宽的分水江平日温顺平静，但自从 27 年前那场洪灾后，南堡人领教了这条大江在每年汛期到来时狂放不羁的野性，在大灾第二年沿江筑起了全长 1480 米的防洪大堤。

雨还在不停地下，江水一个劲地往上涨。

村党支部委员、村委会主任钟才明担心村里三个机埠进水会淹了电动机，一早就推出摩托车冲进雨雾中。机埠是全村农业生产的命脉。当钟才明赶到上南堡机埠时，管机埠的村民正在将电动机抬到地势较高的地方。赶到下南堡时，机埠已进水……

钟才明眼看水势越来越猛，就嘱咐妻子李林妹继续打电话找村党支部书记何玉林，自己便一头扑进雨中，去察看地势较低的农户家有没有进水。

在分水镇办事的何玉林接到李林妹的电话，掉头就骑上摩托车往回赶，洪水以比何玉林的摩托车更快的速度涨上来了。当何玉林的摩托车驶至离村仅 2 公里的水文站附近时，积水已没膝深。何玉林心急如焚地绕道分水大桥沿桐千公路回村，印渚镇附近路遇安徽宁国的一辆卡车，司机对他说，前面水很大，过不去了。

哪怕赴汤蹈火也要进村！

何玉林将摩托车推进了公路边一家小店，连车钥匙都来不及拔就撒开双腿，凭借自己对路的熟悉，翻山越岭走了两个小时摸进了村子。

南堡已成泽国。

机耕路上的水已齐腰深。何玉林知道靠路边的自己家里肯定已进水，但他匆匆经过家门，连与正在堂前收拾东西的父亲招呼都没打一个，就涉水来到大坝上。

此刻，咆哮的分水江水已超过大坝 50 厘米。据分水江水文站测算，水流量已超过 6000 立方米/秒，而且流量还在加快加大。

途中，何玉林听说钟才明已去挨户通知村民转移，就让钟才明的妻子转告，上南堡由钟才明负责，自己负责下南堡村民的转移。

救人竹排冲向漩涡。

临近下午 4 点，洪水在大坝内侧翻滚着浊浪，喧嚣的风雨声中爆出一记沉闷的轰响，大坝被激流冲开 400 多米的大缺口，肆虐的江水像一匹烈马疯狗般地涌进村子。

"哗啦啦"，随着一声声巨响，一根根水泥电杆拦腰折断，一棵棵大树连根拔起，一间间泥瓦房轰然倒塌……

南堡村再一次受到特大洪灾的空前劫难。

印渚镇驻该村干部王春根（27 年前的那次洪灾中为转移群众而献身的南堡大队党支部副书记王金焕的次子），猛然想起江边预制砖厂工棚里有一对湖北来这里打工的夫妇，拔腿就往屋外跑。两个女儿拉住父亲说："雨太大，别出去了。"王春根头也不回，叫上 4 组组长，预备党员王林林，蹚着齐胸的积水，将还在工棚里整理东西的这对夫妇叫出来，转移到安全的地方。

钟才明想到村里还有 10 多个孩子在印渚中学读书，赶紧打电话通知学校提前放学，并让孩子们绕道翻山进村，以免让洪水冲走。

何玉林、钟才明、杨冬根等支委和李金荣、李文和等老党员，一个个冒雨通知住在地势较低或泥墙屋的群众转移。

夜在雨幕的笼罩下开始降临，何玉林清点群众后，发现高家村还有几个村民被围困在洪水中，赶紧派人找来 3 条竹排，点名要弟弟何玉生和另一名叫汪金贤的青年前去抢救，41 岁的陈爱林不等支书点名便拿起竹竿跳上了竹排。

湍急的水流在竹排边溅着水花，暴雨倾盆，原先的村子在大水中已难辨东西南北，何玉生他们三个凭着感觉，撑着竹排沿着山脚溯洪水而上。在转过第三个山弯时，何玉生已经看到了百米远处，被围困的群众正在大声呼救。100米，平时步行只需1分钟。陈爱林把竹竿往山岩上一撑，竹排离开了山脚。洪水卷起了一个个大大小小的漩涡，竹排似断了线的风筝在水中打转。退，只要顺水一撑，竹排即刻就可以到原来出发的地方；进，就有随时被洪水冲翻的危险。何玉生、汪金贤、陈爱林不约而同地喊起了鼓舞士气、奋勇向前的号子。半个多小时后，竹排终于靠上去了，村民得救了。

全村346户人家、1000多个在村里的男女老少，终于全部平安地得到转移。虽然家园遭到了洪水毁灭性的破坏，但与27年前那次洪灾相比，人员无一伤亡。

党员群体形象巍然挺立

南堡村党支部在洪水中经受了严峻的考验，巍然挺立。何玉林发现高家村还有村民滞留在洪水中时，原本打算自己撑竹筏去救。可刚等他操起竹竿，不少村民就把他围住了。其中一位村民抢过他的竹竿，诚恳地说："现在，你是大家的主心骨，还有多少事要你定，还是让别人去吧！"

何玉林心底一阵巨大的震颤。危难时刻，群众齐刷刷地把眼睛盯在共产党员的身上，共产党员、党组织应该做些什么呢？

支委沈阿芬家的楼房盖在地势较高处，大水涨上来后，她让吴春林、邓永发等7户人家转移到自己家里。群众还在一个接一个地转移到她家里。有的群众快到她家门口了，却被洪水围在了围墙外。沈阿芬二话没说，拉起丈夫把屋前的围墙拆了一个大缺口。晚上，洪水还在涨，她让群众睡在二楼，自己坐在楼梯上，拿着从电视机架上拆下来的泡沫塑料条，刻上一条条标记，用"土法"计算着洪水的上升速度。后半夜，洪水浸过塑料条上一条条标记的时间大大缩短了。沈阿芬又拉起丈夫，把后院的围墙也捣了一个缺口，以便群众往更高的地方转移。

27 年前曾担任过支委、妇女主任的王根月抱起棉被，把还在整理东西的吴春生一家拉出泥墙屋，刚走出不远，身后的房子便在大雨中倒塌。

在全村群众都安全转移，进入梦乡后，两天两夜没合过眼的何玉林和钟才明带着一部分党员到东塘、西塘、倪家坞 3 个小水库等危险地段检查灾情。何玉林在倪家坞水库检查后，叫随后赶来的李金荣、李文和等在那里守候，李金荣、李文和这两位都担任过党支部书记的老党员将水库溢洪道口的杂草、树枝等清理干净。钟才明赶到西塘水库检查，直至后半夜两三点钟才由别人换下来回家睡一会儿。他让村民周普成买了鞭炮，约定一旦水库出现险情，立即放鞭炮通知水库周围的群众转移。

洪水将许多人家的农田冲得成了乱石滩，使 29 户人家无家可归。有的村民担心："灾后要没饭吃了。"党员听到后说："有我们吃的就有你们吃的！"

发扬"泰山压顶不弯腰"精神

洪水渐渐地退去，一些群众的疑问和困惑却像洪水一样涌了上来。

"700 多亩良田又成了沙砾地，这可如何是好？"

"过去塌的是集体的房，冲的是集体的田；如今单家独户，身单力薄，怎么去恢复？"

少数村民甚至说："玉林，你带我们去县里讨救济吧！"

何玉林的心里就像被一块大石头压着。

同样的悲观情绪在村支部委员、村老干部和生产队长参加的会议上蔓延了半个小时。何玉林称之为"黑色的半小时"。

老支书李金荣低着头，一支接一支地抽烟，他在酝酿着。终于，他重重地吸了口烟，发话了："我是'七·五'洪水的见证人。如今，时代变了，新的时代给我们的是更大的优势。"

"七·五"洪水后的村民无处可居，都被安置在分水镇上。在这次洪水中，大多数房子没被冲倒，村里基本能安置受灾群众。

60 年代末村里没有一家企业，要恢复元气，全靠大家在田地上张罗。如今，全村有 48 家大小企业，呈现出工农业协调发展的好势头，成为桐庐县印诸镇第一个小康村。

村民的生活水平比六七十年代大为提高，75 岁的张如金老汉说："现在是我有生以来生活水平最好的时候。再穷的人口袋里也有千把元的存款，盖间平房也不算太难的事儿。"

在村的主干道两侧、房前屋后，残垣断壁上，一张张的标语被张贴起来——"继续发扬泰山压顶不弯腰的精神""洪水再猛，冲不垮重建家园的决心；灾情再重，压不倒奔小康的信心"。

在印渚镇召开的抗灾救灾会上，村支书何玉林用并不太重、略带疲倦和沙哑的声音提出："我向大家转达南堡村 1000 多位村民的决心,南堡村将自强自立,实现一年自救,二年有余,三年冉夺小康的目标。"

不重的声音却如重槌击鼓。

用自己的双手重建新南堡

洪水过后的第一天,没有人招呼,就有村民开始扶苗、洗苗,在田里捡出沙砾石,补播了 12 亩秧苗。第二天又播上了近 100 亩。原村支书沈高仁花了整整一天时间,踏在木犁上,"嘀嘀"地赶着牛,把被洪水冲得高低不平的田,硬是犁得平平整整。高家自然村的村民请来了认识的外乡农户,把覆盖在良田上的沙砾石一畚箕一畚箕地挑走,挑净半亩就先种上半亩。李金荣望着渐渐铺开的绿色,感慨地说:"七·五洪水后补种的速度也没有现在快呀!"

先富帮后富——新时代所特有的精神在灾后得到了进一步弘扬,村办的小木厂厂长杨建荣家里的房子被冲毁了一间,但他看到村里受灾更重的五户人家,就毅然掏出 600 元钱为他们购置煤气灶等生活必需品。

村办企业和个体企业是改革开放的产物。桐庐水文站五金厂组织职工擦去产品上斑斑水锈,把机床的每个部分都仔仔细细地拆洗了一遍又一遍。有人骂厂长钟才明是"傻瓜":自己已经赚了些钱,前几年也为村里积累了资金,此时向村里伸手要点钱也不算太过分。钟才明牙缝里迸出个"不"字,转身又捣鼓起机床仪表,他心里自有他的打算:早一日生产就早一日为村里救灾分忧,早一日给全村经济的再次启动注入动力。

村党支部和村委会除了发动和引导群众积极抗灾自救，还应该做些什么呢？何玉林苦苦思索着。凡是村民单家独户解决不了的问题，由村里统一协调解决，这就是答案。

村民说，恢复生产先得有电啊！村支委杨冬根就把一大箩麻绳往肩上一扛，带领几位身强力壮的小伙子干开了。没有专业工具，硬是用绳索把200多根电线杆拉了起来。5日下午，南堡村3个自然村之一的上南堡自然村通电。

村民说，要种田就要有水，要水就缺不了机埠和沟渠。村里马上定出政策，每个群众必须义务投工20工，由村里统一调配。一些自己受灾后还没有完全收拾好的村民闻听此说，纷纷丢下手中的活，清沟排渠，整修机埠。到8日，全村义务投工800多工。

南堡村恢复生产、重建家园的活动，得到了县各有关部门的大力支持。

在被冲毁的大坝前，挖掘机和推土机隆隆作响。南堡近千名男女老少踩着被洪水掀得七零八落的混凝土块，参加灾后自救誓师大会。会后，他们扛起扁担、锄头、铁耙，挑起畚箕，开着拖拉机小三轮，奔向大坝修工地。前来动员的桐庐县委副书记王忠德看了此情此景，不无感慨地说："南堡人一定会比'七·五'洪水后更快更好地重建家园。"

"用我们的双手重建新南堡！"充满信心的声音从南堡人的心里呼喊出来，久久回荡在天目山麓、分水江畔。

（原载1996年7月11日《浙江日报》）

南堡精神永不褪色

"南堡精神不能忘、忘不得，走进新时代、开启新征程，更需要南堡精神。"日前，位于杭州桐庐县分水镇的南堡精神纪念馆修缮一新，不但吸引了来自各地的南堡人重回故土，一拨拨党员干部也纷至沓来。76 岁原南堡村老村支书沈法明特意带着 26 岁的孙子沈天正过来参观。灾难锻造出的南堡精神，早已成为沈法明做人做事的力量源泉。他常常教育后代，要靠勤劳的双手创造幸福生活。规规矩矩做人，认认真真办事，这是我对党的承诺!

桐庐南堡，南倚群山面朝江，良田百顷曲水旁。这个美丽的江南鱼米之乡，在 50 年前曾遭受灭顶之灾。1969 年 7 月 5 日，一场突如其来的特大洪水席卷了整个南堡村，1500 余亩良田被冲毁，地表建筑损毁殆尽。在困难面前，南堡人没有倒下。他们擦去眼泪，在党的领导下，靠自己的双手在受灾当年就实现了粮食自给有余。1970 年 6 月 3 日，《人民日报》头版头条刊登了以《泰山压顶不弯腰》为题的长篇通讯，报道了南堡人民的英雄事迹，南堡被誉为江南大寨。这种面对大灾大难毫不畏惧、自力更生、艰苦奋斗的精神，被概括为南堡精神，成为教育、激励人民战胜困难、创建业绩的强大精神力量。

自第二批主题教育开展以来，桐庐县把弘扬南堡精神与主题教育结合起来，深入领会南堡精神的时代意义、理论意义、实践意义，深刻理解其核心要义、精神实质、丰富内涵、实践要求，成为主题教育的一大特色亮点。

拒绝等靠要，坚持闯变创
敢为人先创新不止

当年，面对只剩下一个破灶头、半间屋架、一棵苦楝树的家园，南堡人民战天斗地，用了不到三年的时间就重建了新南堡，创造了人间奇迹。这种拒绝等靠要，坚持闯变创，敢教日月换新天的奋斗精神延续至今，成为桐庐开展主题教育中的鲜明品格。

10月10日，分水龙潭渡·妙笔神话小镇开工，这个投资21亿元的项目成为分水历史之最。这像是打开了一扇新的大门，成为分水制笔企业适应经济新常态、加快转型升级的重要引擎。"南堡精神一直在激励着我们前行，这种精神无一不体现在分水的发展上。譬如分水制笔，从原来的一支小小竹笔杆，现在做到了中国制笔之乡，产值达到了68亿元。从无到有、从有到优，实现了一个个首创和第一。"分水镇党委书记余哲华说，"如今分水镇早已打破单纯作为制笔加工地的概念，以产业带旅游，以旅游促产业，再加上国家级公共技术服务中心、知识产权快速维权中心、检测中心、电子商务中心等陆续入驻。在促进产业发展的同时，笔业带动分水镇2万多人口、周边农村20多万人口实现了家门口就业。南堡精神对党员干部来说，就是不忘想干事的初心、树立敢干事的雄心、坚定干成事的决心。"

"我就是分水镇人，从小就了解南堡的故事。南堡人民不等不靠不抱怨的精神，现在仍然值得学习。"杭州川川笔业有限公司总经理方莉说，"在创业过程中，我时刻提醒自己，不能耽于现状，要把事业做专做强。比如，现在我们加大科研投入，加强自主创新，立足国内市场，拓展一带一路市场，以自主品牌在市场中赢得了优势。"

在桐庐，从不缺少自强不息、实干争先的励志故事，几多豪情、几多启示，都源于南堡精神注入的持久力量。桐庐钟山，从原来踩着三轮车送货，发展出了三通一达，成就了中国快递之乡，成为中国快递业核心力量。

上海铁路局，上海——杭州，票价 31 元。这是一张 1995 年 10 月 1 日 7 点 28 分的火车票，它承载着中国快递的一段记忆。

当时中国快递刚刚起步，没有运输车辆，只能由送件员乘火车到外地给客户送件。拎着装有快件的蛇皮袋，挤在没有座位的车厢中，是快递人的常态。相比于西方快递起步时的飞机，这些从大山走出的农民只能依靠自己的双脚，就像《南征北战》中那句经典的台词：我们的双脚一定要跑过敌人的汽车轮子。他们的确跑赢了，根据国家邮政局统计结果，2018 年通达系快递企业配送快递 278. 9 亿件，占全国配送快递总量的 55%。

中通快递集团董事长赖梅松说："中国快递业，我认为它其实是一个农民的创业创新史，它有非常浓烈的乡情、亲情和友情，它带来了传统的勤劳、善良、肯吃苦，本质是信任的力量。"

在桐庐民营快递发展中心工作人员何旭萍看来，快递是新兴产业，同样也传承了南堡精神中敢为人先、勤奋务实、百折不挠的内涵。接下来，我们要把桐庐的快递人之乡变成快递产业之乡，打造高端快递产业链集群。

哪里有难点就往哪里冲
实业担当奉献不息

发展乡村旅游，重点是把游客留下来。我们有这么好的生态资源，红色资源，少的是策划。日前，杭州桐庐县百江镇党委书记濮樟平，每天都往百江镇联盟村跑，和联盟村党委书记臧社军碰头。联盟村如今工地遍布，这儿搭着脚手架网，那儿堆着石块板材，近处可见一大片荒地上，轰隆隆作业的推土机在平整土地。明年春天，这里将是一大片梯田油菜花。濮樟平说，这块地是旱地改水田项目。

为什么要改？濮樟平说，百江镇古有百江八景和罗溪八景，元代分水县令用"山风不动白云低，云在山门水在溪"形容百江山水。守着家门口的好风景出路何在？美丽乡村第二次转型迫在眉睫。困则思变。精神上的传承，带来的是行动上的突围。百江镇党委看到问题后，及时对症下药。优化乡村布局盘活民宿和旅游，让绿水青山变成金山银山。

在桐庐，广大党员干部在主题教育中，自觉把南堡精神融入血脉，化为基因，汲取力量。这种舍小家为大家的奉献精神，既是忠诚、信仰，又是实干、担当。

一排长桌、十余名工作人员、几十种代办。日前，桐庐县合村乡组织多个办公室开展联合移动办公主题服务活动。合村乡是典型的偏远山区乡镇，农户居住分散、交通条件滞后，许多群众到乡里办事，仅在路上都要花上大半天时间。第二批主题教育开展以来，桐庐县把联合移动办公作为打通联系服务群众最后一公里的途径。

作为基层干部，我们要时刻以南堡精神激励自己，不惧困难，哪里有难点就往哪里冲，沉下身子干、脚踏实地干，到群众中去，做到问题在一线解决、工作在一线推进。桐庐县行政服务中心副主任吴飞只要有空，就会来到办事大厅，像导购一样给办事群众解答问题。作为行政服务中心一名负责人、当地最多跑一次改革参与者，他常会被市民或企业家认出来。他也乐得跟他们交流，听听他们的意见建议。这种交流给予了他攻坚克难的灵感、砥砺前行的勇气。他说，群众才是最多跑一次改革的力量源泉。

调查研究如何走深走实？桐庐深化走亲连心三服务，桐庐梳理调研课题 24 个，研究确定优化营商环境、高起点推进教育事业高质量发展、乡镇赋能改革 3 个作为县级重点破难项目。让党员干部带着课题下基层，离开案头、走向田头、熟悉户头。截至目前，县四套班子领导干部已走访全县所有行政村，收集群众关心的问题 170 多个。一条条民意诉求的表达渠道畅通无阻，一趟趟服务基层群众的直通车高速运行。

不管是过去、现在、还是将来，我们都要传承好、弘扬好南堡精神。桐庐县委书记方毅说，与时俱进弘扬南堡精神，锤炼桐庐铁军，让主题教育更具桐庐味，为桐庐高质量发展提供强大的精神动力。

（原载 2019 年 10 月 14 日《杭州日报》）

那段催人奋进的历史

7月5日，是南堡精神50周年的日子。

碧水如镜，青山耸峙。当天，带着内心最深处的记忆，他们四方聚拢，共同纪念这个特殊的日子；踏上故土握手彼时故人，他们泪眼婆娑，有着深藏内心的隐痛，溢于言表的振奋。

那是一段令人铭记的历史，更是一段催人奋进的历史。南堡精神也一直陪伴与鼓舞着他们一生，斗志昂扬，扎实工作。他们，是这段历史的幸存者和亲历者。

陆安玉（时任南堡展览馆讲解员）

"今天是南堡精神50周年的重要日子，我的心情非常激动。"在当天的纪念"南堡精神"50周年暨"锻铸季"动员大会上，陆安玉带领现场上百人回味那段最深的记忆。

"'七·五'洪水过后，县政宣组及相关部门对南堡精神的总结和宣传是非常给力的，组织了南堡事迹写作组、南堡事迹宣讲团，并在南堡临时建起的5间土屋办起了南堡事迹展览馆，以接待来自本地和各地的参观者。"

当年10月，23岁的陆安玉被选上赴南堡村展览馆当讲解员。在真正了解到这块土地上发生的可歌可泣事迹后，她带着深深的感动，将自己全部的情感融入展览馆的讲解工作中。之后，她又与其他 10 多人抽调到设于杭州市工人文化宫内的南堡展览馆当讲解员，向各地纷至沓来的参观者介绍南堡人战天斗地的事迹。同时，另一支宣讲队伍背着图版到杭州厂矿、企业、部队去宣讲，将南堡人"泰山压顶不弯腰"的精神像种子一样传播到省市基层各个角落。

陆安玉说，在杭州南堡展览馆，一天要接待几十批参观者，讲解员们的嗓子都哑得说不出话，但没人喊过苦和累，仍旧激情满怀地一遍遍宣讲南堡事迹。

此后，即使换了岗位，但这段讲解员的经历，让她对南堡有种特殊的情感，南堡精神也陪伴了她一生，指引她战胜工作中的各种难题。

"不忘初心，牢记使命。我们要真正地把南堡精神融入'桐庐精神'，要组织我们的青少年了解、传承南堡精神，让南堡精神成为走进新时代的桐庐发展经济、建设家乡巨大的精神力量。"她的话语铿锵有力。

柴本义（时任印渚公社党委副书记）

南堡洪水发生的 7 天后，柴本义被任命为印渚公社党委副书记，一年后转正，一待便是 10 年。

救灾分工的碰头会议结束后，柴本义系上一块围身布就与大家同吃同住同劳动。当时几乎吃的都是榨菜用开水一泡进行拌饭，住得是与几十人一个通铺的临时住所油毛毡棚，一年中也就过年放三天假，其他全年无休，条件很是艰苦，但没人喊苦与累，每个人都斗志昂扬地进行灾后重建。

"宁可手断指甲翻，也不能让粮食白白丢掉！"社员们头顶烈日，踩着滚烫的石头，在一个多月的时间里，硬是从砂石堆里挖出了23万斤早稻谷，又争分夺秒地种下了300多亩的晚稻、600多亩玉米、荞麦等晚秋作物，抽水机埠、拦洪坝、台沟、水渠等基本水利设施基本恢复，南堡的胜天坝经过维修加固，又恢复了功能。

当时，基于灾区的实际，南堡大队当年的粮食征购任务被免去，但南堡人心怀感恩，将沙石堆下的"收获"晒干扬净，选了44000斤最好的稻谷送到收购站。同时，南堡大队还帮周边大队造田造地，印渚公社以"以南堡精神打动全公社，带动全公社搞农田基本建设"为口号，带动了印渚公社当时造田造地近2000亩。

章劲民（时任分水区委干部）

对于章劲民来说，50年前那场突如其来的洪水无疑是令人痛心的。

"那一年的梅雨下得格外'凶'，一直没停过。"89岁的章劲民回忆道，一晃50年过去了，那场天灾仿佛还发生在昨天。灾难发生后，章劲民立即组织工作人员将受灾群众转移至当时的临时安置点——分水大礼堂，并煮好粥分给大家喝。在巨大的灾难面前，南堡村民们并没有放弃，而是强忍着巨大悲痛，咬紧牙关，克服重重困难，重建家园。

"一方有难，八方支援，越来越多人加入到灾后重建队伍中，人们为南堡人民在灾难面前艰苦奋斗、自力更生的故事而动容。"章劲民说。如今，南堡精神为越来越多的人知晓，他们从四面八方赶来，走进南堡纪念馆，共同纪念这个特殊的日子，继承和弘扬"泰山压顶不弯腰"的南堡精神。

昔日的南堡虽然再也回不来了，但南堡精神却以另一种更生动的形式续写着南堡的故事……

王天瑞（时任南堡展览馆摄影师）

"多拍一点，把南堡精神宣传出去，将那个火红的历史年代多留下点影像记录。"耄耋之年的王天瑞忆起这段历史时，条理清晰，侃侃而谈。

"七·五"洪水后的翌日清晨，王天瑞冒着大雨，跟着由县领导带队的抗灾队伍走泥路、翻过山、坐小船，用了一整天的时间才抵达分水。其中，30余人留在中途的受灾区进行灾后清理、建设。

到达南堡村后，目之所及都是废墟一片，只剩下一棵苦楝树。来不及感慨，王天瑞迅速加入安抚受灾群众的队伍中，将饼干都分予他们。根据安排，王天瑞又马不停蹄返回桐庐取相机，一刻也未作休息，他手捧相机一路往西北方向赶，记录下了沿途，尤其是南堡的受灾情况，首批拍完又赶回县城冲片。如此短短几月，南堡桐庐来回几十趟，掌握了第一手资料。尔后，王天瑞驻扎在南堡进行从早至晚的跟踪拍摄，消耗了几十个胶卷，也积累了一大批珍贵的影像资料。

至1970年，浙江省杭州市革命委员会关于学习南堡大队的决定一出，全国各地的干群纷纷来到南堡参观学习，高峰时一天达上千人，南堡大队成为了全国农业学大寨典型。"规划筹建一个'南堡精神'展览馆已势在必行。"展现一批南堡先进事迹的同时，也让参观者在这里能更直观地看到南堡建设的整个过程。

王天瑞还邀请了当时在阳普办校的中国美院的老师，发挥特长，丰富展馆的表现形式与精神内涵。近一个月时间，王天瑞当好"后勤管家"，让美院近40位老师静心绘制了一批高质量的南堡故事作品，当然他拍摄的照片也为图片与雕塑的创造提供了素材，为宣传南堡精神，发挥出了巨大的作用。

很快，南堡精神在全县遍地开花，各地相互间进行支援建设。凤川、百江、新合等地都掀起改溪造田、大搞农田基本建设与水利建设的高潮。

方长根（原南堡村人）

南堡亭内，方长根老人坐在木凳上默不作声，看着即将揭开的石碑，他的双眼有些泛红。在50年前的那场洪水中，他失去了妻儿，眼看着他们被洪水卷走，自家和村民的房屋一幢幢被洪水冲垮。而他，靠着南堡村唯一剩下的那棵苦楝树，坚强存活，成为那场洪水中的幸存者之一。

今年已经75岁的方长根老人，居住在凤川街道新南堡村，有老伴相陪，有儿女绕膝，只是心中还是放不下那一段刻骨铭心的记忆，更忘不掉的是那自力更生的南堡精神。方长根说，南堡村在那场洪水中遭遇灭顶之灾，灾后一片废墟，只剩下一棵苦楝树。这棵苦楝树几乎成了顽强抗争的象征，激励南堡人在灾难面前百折不挠，努力重建家园。

洪水退去之后，方长根跟着当时的村干部很快就投入到自救中去，人们一边在废墟中哀嚎，一边迈开坚强的步伐，顶着"泰山"往前走，对冲毁良田进行复田，重建家园。"如果我们不能好好活下去，已经遇难的亲人也不会安心。"正是抱着这样的心态，方长根一行跟着村干部干，很快在悲痛中重燃对生活的希望与憧憬，要活下去，更要好好活下去。

陈勇豪（原南堡村人）

在陈勇豪的脑中，50年前那场百年一遇的特大洪水，让当时名声在外的"鱼米之乡"南堡村变成一片废墟，亲人遇难、哭声连片的场景，至今令人心痛不已，眼泛泪光。

在巨大的灾难面前，南堡村民强忍悲痛、团结一心、自力更生、艰苦奋斗、重建家园。他们跟时间赛跑，收种作物，搬沙石恢复农田，重建大坝、机埠、沟渠等水利设施；他们修窑制瓦建房，建隧道造学校，通过自己的艰苦奋斗，顽强拼搏，很快改变了南堡村灾后的面貌。几十年来，南堡人民始终坚持依靠自力更生、艰苦奋斗的精神，在改革开放的历史进程中，逐渐将南堡建成了一个百业兴旺繁荣幸福的小康村庄。2005年分水江水利枢纽工程建成，南堡人民继承和弘扬南堡精神，顾全大局，1300名村民离开自己的故土，到县内四乡六地安家再次重建家园。

如今，南堡亭在南堡村旧址建起，刻着遇难亲人姓名以及迁址重建家园芳名谱的石碑被揭开，印证着南堡精神生生不息。

童新生（原南堡村人）

望着南堡纪念碑上一个个熟悉的名字，童新生的内心久久不能平静。回忆将童新生的思绪重新拉回到50年前，那场让所有南堡人一生难忘的特大洪水。

"这一场洪水，将整个南堡夷为了平地，那么大的村子那么多人说没就没了。"今年已经84岁高龄的童新生惋惜道。那时候童新生是县农业局的一名工作人员，1969年6月30日，他出公差前往湖州德清。回到杭州后，由于雨势实在太大，从杭州通往桐庐的船只和车辆都已停运，童新生不得不被滞留在杭州，直到7月5日才得以回到家乡。匆匆忙忙赶回家后发现，那个曾经最熟悉的地方完全换了模样，房屋已被洪水冲走。妻子和孩子的下落成为童新生心头最惦记的事。几番找寻之后，令他长舒一口气的是，家人都幸存了下来，重建家园成为他脑海中最强烈的信念，也是每一个活下来的南堡人最大的心愿。

在那之后，工作单位和家里两头跑成为童新生的生活常态，于是他决定回到离家近的地方工作。1973年，童新生成为当时印渚人民公社的一员。工作之余，他不分昼夜，同南堡村民团结一心重建家园。如今的南堡虽然已不再是记忆中的样子，但南堡精神却始终深深烙印在每一个南堡人的心里，一代一代传下去。

（《今日桐庐》黄蓉萍　钱晶　裴佳欢　整理）

南堡，历史的丰碑

一

世界上，最柔性、最令人向往的品性物质莫过于水了。温柔如水，上善若水，行云如水，一清如水……水，世间的至善和至柔。然而，水，有时就像无情的猛兽，残暴地吞噬人畜生灵，给人世带来无尽的沧桑和伤痛。水，在至美与至恶之间转化，它有时让人赞美、膜拜，有时让人敬畏、害怕。历史上大禹治水，化害为利。秦国蜀郡太守李冰建都江堰，从而使"凝聚过智慧的汗珠与卓绝的远见，灌溉了历史，灌溉了民族，灌溉了古诗，灌溉了良田"。

我的家乡分水，有个叫南堡的小村庄，在 20 世纪 60 年代末，因遭遇一场百年一遇的洪水，最后化为历史星空中的一座永恒的丰碑。南堡村，后因于 21 世纪初建分水江水利枢纽工程，村民与印渚库区的移民一起搬迁到桐庐县的其他地区，村庄遂永远地从桐庐县行政地图上消失，成为一抹让人怀想、再也回不去的天溪湖里的景致。

有了分水江水利枢纽工程，分水江里的水更清更幽了，天溪湖畔的树更绿更高了，而曾经跟大寨村齐名、以"泰山压顶不弯腰"精神闻名于大江南北的南堡村，则离我们越来越远了。

为纪念这座历史的丰碑，分水人在分水文体中心建造了一座"南堡馆"。

南堡馆由原先的一幢平房改建，它低调地隐居在古树遮日的浓荫里。馆内进门正面的一座浮雕，逼真地再现了当时洪水汹涌而来的气势和灾难降临时南堡人战天斗地的精神面貌。

黄水滔滔的泥墙上，七个红色大字"泰山压顶不弯腰"赫然在目。一棵经洪水肆虐后歪掉了的苦楝树，洪灾后全村唯一幸存的树，伸展着凄楚的枝叶，似在无声地诉说它曾经历的那场噩梦，它甚至不愿去回忆那场噩梦来临时的情景。几位村民，有的捧着毛主席雕像，有的扛着劳动工具，跟随拿着"红宝书"、挥手向前的村支书迎战洪灾。面对突如其来的灾难，村民们脸上的表情是凝重的、刚毅的，透着不向自然低头和屈服的倔强以及重建家园的信念和力量。

绕纪念馆一周，对南堡村的具体地理特征、灾难降临的情况和灾后南堡人的精神风貌有了大致的印象和轮廓。

南堡村在分水镇沿分水江上行四公里处，分水江道在这个地方拐了一个急弯。以前，江水在这里冲出了一片江滩，南堡村就在这个江滩上。由于地处江湾，每当汛期，分水江上游的洪水往往会取直道漫滩而过。世世代代的南堡人便常常在与洪水的斗争中求生存、谋发展。

分水江，古名桐溪、学溪，别名天目溪、横港，是中国东海流入河流钱塘江干流富春江上最大的支流。干流全场 174 公里，总流域面积 3430 平方公里。其中安徽省境长 11.6 公里，浙江境内长 164.2 公里。多年平均年径流量 31.3 亿立方米，自然落差 1142 米。

各种小灾，南堡人已司空见惯，可是一场历史性的灾难于 1969 年 7 月 5 日降临。那时，天目山区连下了十多天暴雨，分水江上的洪水汹涌而下，直扑下游江滩的南堡村。起初，南堡人以为和往年一样，只要逃到地势较高的房屋上就能躲过去，谁知，这次洪水对南堡人竟是灭顶之灾。

这场灭顶之灾后来被命名为"七·五"洪灾。洪灾间，七天累计降雨量达 333.9 毫米，其中 7 月 5 日当天达 182.4 毫米，洪峰流量达每秒 12000 方，为百年一遇。洪水滔滔，滚滚而来，瞬间吞噬了整个南堡村。全村共 224 户，有 219 名村民被夺去生命。1500 亩良田，有的被泥沙淤没，有的被席卷一空，400 多亩良田变成卵石溪滩，全村只剩下半个灶头、半间屋架和一棵苦楝树。从此，这组数字勒石刻铭般定格在灾难深重的南堡历史上。215 名遇难的村民名单（还有 4 名无从考证）也在南堡馆里被刻在黑色庄重的大理石碑上，供后人怀念。

那场特大洪水暴发时，我还在母亲肚子里。当我懂事时，就常听奶奶和母亲回忆"七·五"洪水发生时的悲惨情景。那个天呀，就这么破了，漏了，天上的水呀就跟瓢泼一样往地上倒下来。村里的水库灌满了，决口急泻，洪水穿过田野向后溪奔去，直扑下游的分水江。

村干部冒雨在漆黑的夜里，敲起急促的锣鼓声，号召村民从家中撤离。全村老老少少，戴着笠帽，穿着蓑衣，披着尼龙布，扶老携幼的，在雨夜中急急忙忙往山上转移。怀着我的母亲挺着大肚子，淌着洪水往山上爬，踮着三寸金莲的奶奶也由父亲艰难地背上山。村里的老人都说从没见过这么大的雨这么大的水。

我家的老宅自然被洪水侵袭。后来我想，假如我家的老宅没经历那场洪水的摧残，可能不会这么早就推倒重建。那座老宅，可是我童年的乐园，它曾怀藏了我多少少女的梦想！几天后水退了，我的一位同村小伙伴于那时出生，他母亲就为他取名为"水平"，以示纪念。

后来据村里的老人说，那一夜，分水江沿岸的很多村民因来不及撤退和转移，连一个念想都没有，就被汹涌而至的洪水生吞。南堡村是当时受灾最严重的一个。

几十年后的一天，我看到一幅画叫《印象富家》，这幅画是桐庐画家吴根才先生，我的老乡大哥"猫友"的作品。《印象富家》还原了老富家村在"七·五"洪灾发生前的村景村貌。画面上，竹排河流、耕牛水田、古树老屋、茅棚小庙、山峦云雾、田塍秧苗……一幅灾前的田园诗画呈现在人们眼前，让熟悉老富家的人们禁不住怀想被洪水冲毁的家园和逝去的时光，充满了浓浓的乡愁。听根才说他的父亲也是死于那场洪水。洪水冲毁了他家的老宅，老宅坍塌，根才父亲被倒下来的屋柱压着，就再也没有起来。

虽然我没见过昔日富家的村容，但从《印象富家》里，我读到了何谓家。家，就是生你养你的那一方山水，就是在这方山水怀抱里呼吸、生存的各种生灵，就是让你禁不住要呕出一颗心来去画她、写她的地方。而那个美丽的家竟被洪水冲毁了。

二

无情的洪水吞噬着无辜的生灵和美丽的家园。南堡馆里，艺术家们用一幅幅连环画，为我们展示了当时南堡人面对灾难的举动和精神面貌。透过这些连环画，我看到了以下镜头：

——村支书李金荣和李文和领着群众首先冲向地势最低的溪边电灌站。这时汹涌的洪涛扑打着机房，墙上出现了一道道裂缝，房子就要倒坍。他们不顾生命危险，勇敢地冲进机房，以最快速度抢拆电动机。当他们刚把机器搬到高地，机房就被巨浪卷走了。

——山洪越来越猛，楼房剧烈地摇晃起来，随时都有倒坍的危险。在这个紧要关头，只听李金荣大喊一声："快，快上屋顶！"为了抢救群众，李金荣被倒坍的屋架压在水下，可是，他心里关心的还是群众，当看到有的群众被波涛卷得精疲力尽时，就高声鼓励："下定决心，不怕牺牲，排除万难，去争取胜利。"

——李金荣把群众一个一个地拉上一株苦楝树，双手紧抱树身，自己却没有上。

——王金焕同志为了抢救集体财产、抢救群众，他三过家门而不入，重新奔回村里，按门按户检查群众是否都已安全转移。

这些感人的镜头只是其中的几个而已，更多的则已深深地刻在南堡人的心头和记忆里。

洪水肆虐后的南堡村满目疮痍，被冲成一片废墟。南堡人在李金荣的带领下，深入开展"农业学大寨"群众运动，他们在苦楝树下学习，在废墟上召开重建家园的誓师大会。他们发扬"泰山压顶不弯腰，双手开创新南堡"的大无畏精神，克服"吃无粮、住无房、穿无裳、劳动无工具"的重重困难，开始艰难地生产自救。洪水过后，更是积极地向"石板"地进军，修复田地、重建家园，提出"英雄不吃靠天粮，战胜老天爷，气死海龙王"，"粮食生产一年自给，两年有余，三年建设新南堡"。第二年，南堡人民就向国家上缴了几十万公斤粮食。经过一个冬天的苦战，在分水江上游滩边筑起了一条 4 米高、700 迷长的"胜天坝"——这是南堡人不向自然屈服的宣言。

完成抢收抢种后，社员们开始有计划地翻盖新房。他们自力更生办起砖瓦厂，几个月就烧出 17 万块砖瓦。他们还利用山区木材优势，很快建成一批简易住房、加工厂、校舍、猪圈等。这年的国庆前夕，社员们都搬入新居。

南堡人勇敢面对灾情，大力开展生产自救的壮举，得到了各级领导的关怀和全国各地的支援。1970 年 6 月 3 日，人民日报头版发表了一篇长篇通讯《泰山压顶不弯腰》，报道南堡大队在"七·五"洪灾后恢复生产的事迹，高度评价他们艰苦奋斗、不屈不挠、"泰山压顶不弯腰"的精神，杭州和分水分别建起了"泰山压顶不弯腰"展览馆。一个月内，仅浙江省 59 个县就有 10 万人次参观南堡，提出了"向南堡人民学习！"的口号，使南堡成为全中国战胜自然灾害的一个样板，也让"泰山压顶不弯腰"成了当年最响亮的口号。"南堡精神"在中国大地广为流传，一度家喻户晓，深入人心。

三

20 世纪 80 年代中期，我到离家 10 公里的分水中学读书。每逢上学放学都必须经过南堡村，当然这是灾后十多年的南堡。"七·五"洪灾，已成为上一代人抹不去的阴影和噩梦，而对我们这一代和以后的人来说，则渐渐地成为了遥远的"传说"。

在我的记忆里，南堡村庄不大，一排排白墙黑瓦的平房，背山面水，家家房前屋后栽果树，育菜园。村前的机耕路旁两列笔直的水杉树，绵延成景，尤其是秋季，路边的稻田一片金黄，开阔的河滩上一丛丛茂密的芦苇花开，夕照下闪耀着迷人的光芒，俨然田园诗画。

分水江这条蛟龙于 21 世纪初被分水江水利枢纽工程彻底制服，南堡村和库区里的其他村庄一起，遂静静地永远地沉入了天溪湖底，化为记忆的彩蝶翩翩而飞。

以后每逢回老家，车过天溪湖畔的山腰，我都会减慢车速，深情地朝碧波荡漾的天溪湖凝望。

（孟红娟）

如
沐
春
风

春风化雨满园春

——习近平视察分水制笔工业园区

"好雨知时节，当春乃发生。"

2003年4月10日，时任中共浙江省委书记的习近平考察了分水制笔工业园区，由制笔协会会长杜宝琛等人陪同。在分水制笔工业园区，习近平走进了广众文具礼品有限公司，饶有兴趣地参观了制笔、套笔的过程，并了解了企业经营状况、销售区域、员工收入等。

当天下午，在听取桐庐县领导有关全县基本情况汇报后，习近平肯定了桐庐的块状经济，特别是分水制笔业的发展路子。他说，"一县一业、一乡一品"的块状特色，是我省经济的一大特点和优势，也是发展县域经济，增强整体实力和竞争力的重要抓手。他强调，发展块状经济必须在"做大做强、强化特色、拓展空间、城乡联动"上下工夫。

"做大做强、强化特色、拓展空间、城乡联动"的十六字方针，为桐庐今后工作的重心提供了根本遵循，也为分水制笔产业的进一步发展指明了方向。习近平的视察与指导如同一场"随风潜入夜"的春雨，悄无声息地润泽分水大地。分水制笔产业的春天悄然来临，前景可喜，令人欢心鼓舞。

一、分水，在"做大做强"的春风里，繁花似锦。

习近平视察时指出，"做大做强"，就是要从当地实际出发，采取切实有效的对策和措施，大力培育优势产业、优势企业和优势产品。"做大做强"，这是桐庐面对新的形势和新的任务，发展块状经济，进一步加快调整产业聚集和优化产业结构的前进方向。

按照这样的思路，分水人在企业产品结构调整、规范企业内部管理、培育企业文化、实施品牌战略、拓展市场等方面进行了探索。随后数年里，分水人凭着"自强不息、敢为人先"的创业精神，从小小的圆珠笔入手，写出了一篇强镇富民的大文章。

总面积3060亩的分水工业园区，现拥有制笔生产及配套企业1058家，其中制笔生产企业723家，分水区域685家，规模企业19家，占笔企的1.9%，500万以上企业108家，外贸企业及拥有自行出口权的企业73家，配套企业335家，其中模具加工208家，塑料拉丝14家，喷涂15家，塑料供应18家，笔芯生产38家，弹簧生产6家，笔头笔尖生产7家，印字印花等23家，运输6家，直接从业人员2万余人……在社会化分工的基础上，逐步形成了一个以分水镇为中心的集生产、加工、市场、技术、人才、信息为一体的特色经济区域。

分水，仅仅是浙江的一个乡镇，产销各类塑料笔65亿支，实现"世界人均一支笔"的生产目标，产值33亿元，占全镇工业生产总值的65%，工业税收的51.2%，制笔业成为分水镇的主导产业。

在"做大做强"的道路上，分水人正把着时代的脉搏，迎着十里春风阔步前行。妙笔之花植根分水大地，处处繁花似锦。

二、分水，在"强化特色"的春风里，花香四溢。

习近平视察时指出"强化特色"，就是要充分发挥各自的优势，着力形成自身的特点，努力做到人无我有，人有我优，始终先人一步，高人一筹，把握先机。"强化特色"，我们要坚持从浙江实际出发，着眼于建设先进制造业基地这一目标，进一步加快发展块状经济，不断取得新的成效。

按照这样的指导思想，分水人在着力打造"中国制笔之乡"的过程中，不断让制笔之乡的牌子"亮起来"。2009 年，镇党委书记邵卫华说："我们要围绕'做精一支笔'的目标，在注重量增加的同时，更加注重质的提高，加快转型升级，增强品牌意识，积极培育自主品牌，增加产品附加值，推动分水制笔传统产业向现代产业集群转变。"由此，分水制笔业由"世界人均一支笔"向"世界人均一支好笔"转变。

为了帮助企业构筑技术创新平台，分水镇与浙江大学联合成立了"浙江大学——桐庐分水制笔技术研究开发中心"，并开始在制笔企业内部进行电脑技术培训，以提高企业的设计水平；另一方面，又成立了圆珠笔质量检测中心，也是浙江省目前唯一的一家省级圆珠笔产品检测中心。

2013 年，分水制笔协会成立了一个产品创新中心，把它作为科技孵化器，进行模具、油墨等制笔技术研究，等到技术孵化成熟后再实现产业化经营。

2019 年第六届中国笔业博览会现场，分水人展示了紧跟时代的许多"新鲜玩意儿"。它们，突破了传统笔的概念。笔，不再是单纯用来记录文字的工具。比如专门用于训练手指灵活的转转笔，赋予计圈、计数、计时和速度显示等现代功能。有些企业将传统手工工艺融入其中，也有企业开拓创新，朝着饰品、玩具、卡通、动漫、智能等多元化方向发展，以全新的质感展现给用户。此外，分水人坚持品牌战略，与中国制笔协会达成合作战略，推出全新区域品牌"中国礼品笔之都"。

在"强化特色"的道路上，分水人正紧跟时代步伐，迎着十里春风坚定前行。妙笔之花开遍分水大地，花香四溢。

三、分水，在"拓展空间"的春风里，花开满天。

习近平视察时指出："拓展空间"，就是要结合自身特点，认真实施"引进来、走出去"相结合的大开放战略和市场细分战略，推动开放型经济加快发展，不断提高市场占有率。"拓展空间"，利于进一步提高我省对外开放水平，不断增强我省的综合实力和国际竞争力。

2009 年 4 月举行的广交会上租用了 6 个展销摊位，通过"抱团营销"的策略打响了分水制笔区域品牌。分水镇党委书记邵卫华说："我们现在要做的就是拓展分水笔的营销市场，集中分水的优势，包括企业的产品、技术及区位优势等，尽快让分水笔走出分水，走出国门。"接着，分水镇在义乌设立总经销站，搭建分水笔营销平台。同时，还将分水笔"仓库"设立到了国外。

分水制笔业开始一手抓"走出去"，一手打"内贸牌"。企业一方面在上海、宁波等地设立外贸公司，直接接订单开拓国际市场，同时也在全国 30 多个大中城市设立窗口，进一步扩大销售范围；另一方面则通过参加各种展会加强自身宣传，在广交会、上海国际文具展销会、香港亚太文化用品交易会上提升分水笔的知名度。同时，通过举办中国（分水）笔业零配件展、笔业博览会，组织企业参加法兰克福展、巴基斯坦展等方式，实现优秀企业"请进来"、分水制笔"走出去"。并将制笔产业与文创、旅游等产业融合发展，推出工业旅游等项目，不断提高分水制笔的知名度，进一步打响行业品牌。

为了更好地开拓市场，分水制笔企业还通过发展电子商务实现"营销入网"。据悉，继镇政府建立"中国制笔之乡"网站推销分水笔之后，到目前为止，分水镇涉足电子商务的制笔企业已达30%。据了解，浙江桐庐云山制笔有限公司自从开拓网上业务以后，企业市场竞争力迅速提升，年生产能力已从原来的24万支提高到如今的1亿支。网络资源的优势为分水制笔企业的发展增添了不可估量的生机与活力。目前，分水镇以省级笔业产业创新服务综合体为契机，加快企业招引入驻，引导企业实施工厂物联网项目，通过设计+、电商+、展会+等多种模式，推动分水制笔产业再创新辉煌。

在"拓展空间"道路上，分水人正牢牢抓紧发展机遇，迎着十里春风从容而行。妙笔之花在分水大地发出耀眼的光芒，吸引着世界的目光。

四、分水，在"城乡联动"的春风里，花团锦簇。

习近平视察时还指出："城乡联动"，就是要把发展块状经济与推进城市化结合起来，与推进区域经济协调发展结合起来，与加快农业农村现代化结合起来，通过块状特色经济的形成和带动，促进农村人口、生产要素向强镇、强村集聚，促进全省现代化建设。

分水制笔业是进入千家万户的老百姓经济，面广量大。在分水，制笔业分工相当细化，产业链长，农村中老年以及弱势群体都可以参与，且没有污染，是切实解决农民增收的朝阳产业。在分水，为制笔企业配套服务的小厂小店就达800余家。在分水镇，要原材料就有专业原材料供应的门市部，要开模具就有专业开模具的厂家，要油墨就有专业提供油墨的商店，就连一只塑料包装袋、一根牛皮筋都有了专业的供应小店。连周边的乡镇，也办起了100余家制笔企业，年销售额超过亿元。

单单装笔这道工序，分水的家庭装笔点包括偏僻的行政村装笔服务站就有1500多处，农村的富余劳动力和弱势群体有了致富的门路。可以说，农民堂屋或门前都成了装配笔杆的车间。专门来回运输笔杆的就有300多人，他们每天开着货车、三轮摩托车、拖拉机活跃在乡村道路上。"城乡联动"，最广泛地解决了农村劳动力就业问题，最广泛地实现了农民增收的目的。

桐庐分水镇，那种自下而上的不可遏止的发展愿望，那种"泰山压顶不弯腰"的坚定力量，那种"勇立潮头"敢为人先的精神，已经成为浙江"块状经济"最可宝贵的财富。

在"城乡联动"的道路上，分水人，迎着十里春风出发，正用手中的妙笔书写着一个又一个的传奇。

现任分水镇党委书记余哲华说："这些年来，分水人民一直牢记习近平提出的16字方针——'做大做强、强化特色、拓展空间、城乡联动'，全镇上下，团结一心，不负嘱托，奋力前行。"

春风十里，在分水；十里春风，迎世界。一支笔，是块状经济，更是富民经济；一支笔，定义了分水人的幸福生活，更吸引了全世界的目光。

（旷发丽）

变害为利谱新篇

——习近平视察分水江水利枢纽工程

"三月里的小雨，淅淅沥沥，淅淅沥沥下个不停，山谷里的小溪哗哗啦啦，哗哗啦啦流个不停……"2003年4月10日，也就是农历三月初九，一个春雨霏霏的日子，时任省委书记、省人大常委会主任习近平，在桐庐县有关领导的陪同下，撑着雨伞来到分水江水利枢纽工程，对工程建设进行了考察和调研。

分水江水利枢纽工程建设一直牵动着习近平书记的心，他十分关注着这项事关分水江两岸群众切身利益的水利工程，在认真听取有关负责人关于工程建设情况的汇报后，习近平同志还详细询问了工程进度、资金拼盘和库区移民安置等情况，并对工程建设者提出了十六字的要求："安全施工，加快进度，确保质量，如期竣工。"

自2001年10月30日分水江水利枢纽工程正式启动以来，还从来没有哪位领导，让枢纽工程建设者们如此期待。

这是因为分水江水利枢纽工程在施工期间，由于国家出台了一些新的政策、法规，土地补偿费大幅度提高，并且原材料涨价、货款利息增加等原因，原项目概算已经不能反映工程的实际建设和投资情况，工程建设单位必须对原概算进行投资调整。

那么，调整后的概算能不能批下来，投资增加 13800 万元的资金又从哪里来？一系列亟待解决的问题，已经摆在建设单位的面前，如果不及时解决，工程将面临停工的危险。因此，习近平书记的到来，犹如春天里的一场"及时雨"，让陷入资金困难的分水江水利枢纽工程的建设者们看到了希望。

蛟龙猖獗成千古

站在雄伟壮观的分水江大坝上，一弯逶迤的秀水从脚下缓缓流过；两岸青山迂回环抱，峰峦叠翠；上游的天溪湖犹如一面光滑明亮的镜子，镶嵌在群山之中，螺髻眉峰倒映其间，美不胜收。然而，就是这样一湾清澈而又宁静的分水江，在大坝建造之前，曾毁掉多少良田家园，溺死多少家畜人命。

分水江是富春江上一条最大的支流，上游为临安昌化溪和天目溪，一般以昌化溪为正源。民国《分水县志》记载：邑居万山中，溪泉百道水，山峻水急，苦无委宛停蓄之势，邑之水道，滩高水急，又水源短浅，骤雨则忧潦，久晴则忧旱。

新中国成立以来，桐庐县人民政府为分水江的治理，曾做过多次勘测和规划。但由于分水江源深流长，河床坡度大，加上政府财力匮乏等因素，始终未能得到很好的治理。因此，每逢春夏雨季，山洪暴发的时候，分水江就像一条脾气暴躁的蛟龙，在它所经过的流域恣意横行，不仅破坏周边的农作物，还冲毁农舍和农业设施，甚至造成人畜伤亡，经济损失极为严重。

分水江流域自明洪武八年（1375）以来，历史上有记载的水灾就有 98 次。其中：明洪武八年至清末有水灾 51 次，平均 10.5 年发生一次。如康熙二十一年（1682）五月十七日，分水大水，田禾庐墓漂没无算。同日夜，桐庐县城平地涨水两丈许，后街庐舍漂没，民自屋上出入。如 1922 年 7 月，分水大水，沿溪庐墓漂没无算，为清光绪十五年（1889）以后所仅见。

解放后的 1949 年至 2006 年有水灾 35 次，平均 1.6 年发生一次。尤其是 1969 年的"7·5"洪灾，雨量大至 183.2 毫米，致山洪猛泻，加上上游 15 座 1 万至 10 万立方米水库决口，13 座山塘倒坝，遂酿成特大洪灾。分水沿岸 115 个村镇受灾，房屋冲毁近万间，卷入江中的群众超过 1300 人，溺死人数 454 人，是有记载以来，桐庐历史上人口伤亡最为惨重的一次洪灾。

再如 1996 年的"6·30"洪灾，雨量大致 300 毫米以上，致分水江沿岸洪水迅猛高涨，受灾人口达 29 余万，冲倒民房 5381 间，溺死人数 14 人，直接经济损失 10.49 亿元，是有记载以来，桐庐历史上经济损失最为严重的一次洪灾。

面对如此严峻的洪灾情势，桐庐县人民政府向上级有关部门提出了在分水江五里亭一带建造水利枢纽工程的计划。

谁画蓝图慰九泉

建造五里亭水库，对于治理分水江水患，提高防洪能力，利用水资源发电，兼顾灌溉、供水、旅游和改善水环境等都有十分显著的经济和社会效益。

于是，1996 年 7 月 23 日，《杭州日报》总编办编发的《内部参考》第 16 期中，便有了一篇题为《如何让 6·30 洪水不重演，桐庐县干部群众建议造五里亭水库》的文章。时任省委书记的李泽民看到这篇文章后，在内参上作了如下批示："请锡荣、猛进同志阅，分水江的治理问题应作一认真研究。"

1998 年 5 月 7 日，杭州市委办公厅、市政府办公厅印发市委办〔1998〕45 号文《关于分水江流域综合治理有关问题的会议纪要》中写道：要把分水江流域综合治理作为全市水利建设和桐庐、临安两地社会经济发展的大事，列入重要议事日程，切实抓紧抓好，抓出成效。兴建必要的控制性防洪水利骨干工作，是整个流域治理的关键，应加快工作进度。

7 月 9 日，桐庐县委先后召开常委会议和县四套领导班子学习会，专题讨论分水江的治理方案，争取上分水江水利枢纽工程。同年 12 月 16 日下午召开省长办公会议，会议同意分水江水利枢纽工程立项，并开展项目前期工作。

1999 年 1 月 31 日，桐庐县第十二届人民代表大会第二次会议通过《关于兴建分水江水利枢纽工程的决议》。分水江水利枢纽工程是桐庐县有史以来投资规模最大的建设项目，是浙江省"十五"期间八大重点建设工程之一。中共桐庐县委、县政府在 1999 年 3 月成立了分水江水利枢纽工程建设指挥部。

2002 年 1 月，省发计委〔2002〕18 号文下发《关于浙江省分水江水利枢纽工程初步设计的批复》，审定工程初设概算，按 2001 年底价格水平，静态总投资 76972 万元，总投资 78700 万元，其中工程投资 30110 万元，水库淹没处理补偿投资 46862 万元。

资金来源：中央预算内资金 7500 万元；省专项资金补助 19000 万元，增补 2000 万元；杭州市专项资金 5000 万元；桐庐财政 39400 万元。2002 年 8 月 30 日，项目法人建设开发公司与施工单位中国水利水电第七工程局签订枢纽土建工程合同。枢纽土建工程 7900.22 万元，工期 1004 天。

齐心协力筑家园

2002 年 9 月 6 日，分水江水利枢纽工程正式开工，工程建设包括纵向围堰工程、大坝主体工程、机电设备安装、金属结构安装、启闭设备安装、库区公路的改建、"三线"（电力、电信、广电）设施的建设、电站接入系统设计等。

移民安置工作是枢纽工程建设的关键，内容繁多，有库区淹没实物调查、淹没房产评估，环境容量调查，移民政策拟定，移民安置点的规划建设和库区防护工程设计等等。为确保移民政策的公平、公正性，县四套班子会议专题听取了移民政策的汇报。从群众中来，到群众中去，多次修改稿件，充分体现了党和政府对库区广大人民切身利益的关心和爱护。

库区移民发扬"舍小家，顾大家"精神，积极配合政府的安置动迁工作，6835 名库区群众迁到分水、瑶琳、桐君等地安家落户，为分水江水利枢纽工程建设作出了自己的贡献。

分水江水利枢纽工程建设，结合杭州市旅游西进的战略，充分利用库区自然风光和人文景观，按区块归纳为：一个峡谷、两个中心、三个圈带、六个功能区。一个峡谷，即瑶溪大峡谷；两个中心，即印渚岛休闲度假中心和分水镇游客集散、购物中心。一个圈带，即湖边生态景观带、湖滨园林景观带、丘陵溪谷生态环境保护带。六个功能区，分别为大坝入口区、东北湖区、西南湖区、西北湖区、瑶溪峡谷区、分水镇商务区。

在自然生态的基础上，分水江水利枢纽工程建设，通过植树造林和合理的绿化艺术配置，使之形成景观。山林景观培育根据山地的立地条件、山林状况，因地制宜地成片成块状栽植不同植物，以形成具有个性、特色鲜明的彩色大林相。

沿湖绿化植物配置宜疏不宜密，宜透不宜屏，突出植物景观的整体效果和林冠线的韵律感，栽植大叶柳、枫杨为主景树，间以香樟作为基调树种，培植桂花、山樱等花木，打造朴素清丽的特色。

道路绿化主要树种为无患子、枫香、黄山栾树、柳杉和意大利杨等。景区、景点绿化根据其性质、特色和立地条件情况，以乔木为骨干树种，实行乔、灌、花卉及地被植物的合理多层次配置，突出各景点的植物特色。

变害为利谱新篇

习近平来到分水江水利枢纽工程视察和调研以后，工程建设者们本着"安全施工，加快进度，确保质量，如期竣工"十六字的要求，树立"建一个工程，树一座丰碑"的观念，从工程建设的各个环节、各个方面保证建设质量，还特别加强了工程监理工作。

他们在抓好工程建设的同时，以对党、对人民、对历史负责的态度，时刻绷紧反腐倡廉这根弦，强化防腐教育，加强监督管理，严格依法、按章办事，兢兢业业做好每一项工作，争取早日建成分水水利枢纽工程。

2004 年是分水江水利枢纽工程建设的关键之年，也是工程建设资金使用的高峰之年。为了确保工程的顺利推进，2004 年 1 月 10 日，省常务副省长章猛进代表省政府来到分水江水利枢纽工程，就工程建设资金问题进行了调研。

　　在了解资金到位情况后，他要求工程建设资金必须做到周密安排，资金拨付要跟上工程建设进度，决不能因为资金问题而影响工程建设的进度和质量。他还要求省财政 2004 年尽可能给分水江水利枢纽工程多安排一点补助资金，并按照工程进度进行拨付。倘若补助资金一时难以到位，工程指挥部要设法通过银行贷款予以解决，银行贷款的利息由省里贴息。

　　在这期间，时任杭州市市长孙忠焕、杭州市委副书记虞荣仁、副书记于辉达等领导，对分水江水利枢纽工程分工负责、协调工程建设的过程中，多次前往枢纽工程视察、检查。

　　分水江水利枢纽工程的建设者们在习近平"安全施工，加快进度，确保质量，如期竣工"十六字的要求下，风餐露宿，日夜奋战，于 2005 年 5 月 28 日下闸蓄水，试行发电。

　　拦截后的分水江上游，形成一个 14.5 平方公里的集防洪、灌溉、发电、供水、旅游为一体的水库，取名为天溪湖。下游 7 个乡镇 20 多万人口，10 多万亩耕地，从此摆脱了洪水的威胁。一条肆虐了上千年的蛟龙，终于被分水江水利枢纽工程的建设者们扼住喉咙，迎来了"眉峰云影，倒浸水晶宫"的新面貌。

（范敏）

分水江畔拂春风

——习近平视察分水江水文站

　　"三月暖时花竞发，两溪分处水争流"。这是桐庐人、唐朝进士章八元写家乡的诗句。诗中的"两溪"指的就是桐庐县内的两条水流：一为富春江，另一为分水江。分水江，古名桐溪、学溪，别名天目溪、横港，是富春江最大的支流。

　　分水江发源于安徽省绩溪县云山岭，流经安徽绩溪，浙江临安、桐庐。中途纳颊口溪、昌化溪、天目溪、后溪、前溪等，流至桐庐县桐君山脚下汇入富春江。

难忘的五月

　　2006 年 5 月 26 日，分水江水文站迎来了历史上最重要的时刻，也是分水人民十分难忘的一天。时任浙江省省委书记的习近平来视察小小的水文站了。

　　因分水江水利枢纽工程建设的需要，2003 年 1 月 1 日，位于五里亭的分水江水文站迁到新址毕浦。水文站很小，虽然是三层建筑，但与当地动辄几百平米的民居相比，显得很是小巧、迷你。小小水文站成了国家重点报汛站，是钱塘江流域错峰、缓解洪涝灾害的信使。

是日上午 9：30，习近平书记在省、市、县一干领导的陪同下，走进水文站，站长胡永成等水文站工作人员接待了习书记。胡永成此时的心里一半是激动，一半是忐忑。

习书记满面笑容，一边走一边问："水文站一共有多少工作人员？""远离城区，大家的生活方便吗？""职工一年收入多少？""上下班用什么交通工具？"

原来习书记问的首先是群众的生活小事，这让胡永成心里的石头放下了一大半，他不再忐忑。一边回答，一边想：习书记心里记挂着老百姓，操心着老百姓的生活小事。

多年以后，每每忆起那段历史，胡永成总是幸福满怀。"群众利益无小事，群众冷暖最要紧"，习总书记的思想显现在对群众一点一滴的真切关心。"一枝一叶总关情"，习总书记不忘初心的"人民观"，早已深入人心。

走上二楼操作区，习书记认真察看了水文缆道综合控制系统，问的每一句话都跟水文工作有关，就像是一位专业的水文工作者。了解了分水江流域的水文情况，习书记指出：水文监测工作至关重要，希望工作人员在汛期坚守岗位，全力以赴，认真做好水文监测工作，做好精准预报，科学测报。

而后，习书记听取了胡永成的简单工作汇报，还详细了解了南堡两次经历洪水的情况。他要求大家做好防汛减灾工作，一定要做到不死人，少伤人。最后，一行人在三楼露台上与习书记合影留念。

约莫 15 分钟后，习书记离开水文站，奔赴富春江电厂视察工作。

这 15 分钟，成了胡永成和站里 4 位工作人员永恒的记忆。

远去的噩梦

分水江平日里温柔谦和，灌溉溪流两岸谷地、盆地，养育两岸百姓。一旦发起脾气来，却是桀骜不驯、横冲直撞。

七月，江南梅雨季。一连下了几场暴雨，老天似乎是破了个大洞，大雨直泻而下，根本没有停歇的意思。

深夜，静谧的山村，瓢泼的大雨。

凌晨，人们还在熟睡，隆隆的雷声中，洪水从四面陡峭的山崖上滚滚而来，涌入分水江。江面水位立即疯狂上涨，凶猛的洪峰裹着树木石块，像脱缰的野马，奔腾咆哮，闯出江面，一窝蜂似地奔向山村。

值守的村干部大声呼叫，山村的人们惊醒了。他们像往常逃水一样扶老携幼向高处转移，他们太熟悉这条江的脾性了，水来得快，去得也快。可是，这会儿的水，不再是人们想象中的水，它以毁天灭地之势袭来。大水像一条疯了似的狼狗，咬着人们的裤脚扑上来。天连着水，水连着天，迟一步出来的人已经无处可逃。爬上屋顶的，随着房子的坍塌没入水中；攀上大树的，随着激流转入旋涡……天刚亮起来，站在最高处的村民，眼睁睁地看着众多的房屋、家具、牲口被洪水裹卷直下，而后无影无踪。整个村子洪流滚滚，汪洋一片。

这不是某个电影大片的场景，它是真真正正的灾难。这场灾难的发生地在分水南堡村，时间是上个世纪——1969 年 7 月 5

日。灾后清点损失，除了在山坡上的十几户人家，共有 206 户人家的房屋在这场灭顶之灾中被冲垮，200 多人在洪水中丧生。洼地里的村庄，只剩下一棵苦楝树、一个破灶头和半间屋架子……南堡人民经历了一场史无前例的噩梦——一夜之间，人们赖以生存的家园被凶恶的洪水毁坏殆尽。

历史不重演

时隔 27 年，1996 年 6 月 30 日，暴雨再次倾泻而下，几天几夜不喘气儿，险情再现南堡村。幸运的是这次特大洪水中没有一人伤亡，所有的村民都已经提前接到通知，在村干部的安排下转移到安全地带。

历史已经尘封，27 年前的灾难大片没有重演。时代在前进，科技在进步，防灾减灾的能效日新月异，这是共识，且不表述。这里不得不说一个人。

这个人是胡永成。

胡永成，南堡人，幼年时经历过 "7·5" 洪水，现任分水江水文站站长。彼时，胡永成还是年轻人，在水文站工作了十一年。那时的他，爱学习，肯钻研，有一股初生牛犊不怕虎的干劲。

那一年的 6 月中下旬，雨水天天下，胡永成和他的伙伴天天坚守岗位不放松：测水位、测流量、分析数据、人工观察水面变化。

6 月 30 日早晨，大雨还在继续。中午十一点，胡永成仔细观察江面，发现江心的水面有些隆起，又听到河床上的石头 "嘎拉拉"滚动的声音，目测河水的涨速也比前几天快一些。再仔细看看，水色开始变黑——他想起村里老人说起过那场令人惊骇的"7·5"洪水，水色就是从没看到过的黑浊。根据现场观察到的情况和老人曾经说过的话，他初步判断这是涨大水的前兆。胡永成不敢怠慢，马上向站长报告情况。

下午四点左右，上游水文数据全部中断，无法用模型计算最大流量以及洪水规模。汇总了之前的监测数据，加上平时积累的经验，胡永成和他的同事预判一场洪水已经在来的路上了，洪峰最早大约在晚饭后到达。水文站马上向上级指挥部门报告险情。

分水江两岸地势最低的南堡村跟 27 年前一样，是这次险情的重灾区，得马上通知村民转移。可因为下雨，通讯已经中断。怎么办？险情就是命令。胡永成临危受命，他骑上摩托车风驰电掣奔向南堡村。

水洇路松，坑坑又洼洼，摩托车一不小心就要熄火。胡永成摸一把泥水，加大马力继续往前。他明白身上责任重大，南堡人的安危系在他心尖，他要跟时间去赛跑。一路上，只要遇到人，他就大声呼喊：洪水要来了，赶快转移！

一路艰难，紧赶慢赶，半小时不到，终于赶到了南堡村，此时，已近傍晚 5 点，水也悄悄地漫上了公路。

村干部开始指挥村民有序转移，胡永成这才松了口气，马上掉头回水文站。

到达水文站，胡永成又挑起了重担，与一个同事领着两个当地村民涉水测量洪水流量。晚上，所有的电都断了，江面一片漆黑。他们打着手电继续工作，用比降的方法测出了每隔十五分钟的流量数据，最高流量竟达每秒 8890 立方米。

半夜，洪峰到达。这是分水江上有史以来第二次最大洪水，公路进水 1 米多深，桐君山脚的洋塘村一片汪洋……最让胡永成欣喜的是南堡村村民全部安全转移，零死亡。

灾难再次来临，历史却没有再重演。精疲力尽的胡永成终于有时间回自己的小家看看了。那个温馨的小家此时一片狼藉：妻子和年幼的女儿相拥着蜷缩在床上，地上的泥水没过了小腿，房间里到处是飞来飞去的虫子。妻子一夜没睡，眼睛红肿。女儿奔向爸爸，抱着爸爸的大腿，哭着说："爸爸，你不管我们了吗?"

看着眼前的一幕，胡永成流泪了。他用两只手臂环抱起妻女，哽咽着安慰她们。他知道"养兵千日用兵一时"，特殊时刻，他不能分身也无法分身。他立刻着手叫来亲友帮忙打扫和整理，自己又一头扎进了工作。

看水看情怀

作为分水江畔看水人，胡永成对分水江的了解无人能及。说起分水江的特点，他张口就来：分水江在桐庐县境内流长 53 公里，落差 37 米，平均宽度 250 米，一般水深 0.5—4 米。分水江流域地势西北高，东南低，属于浙西山丘区，流域水系发达，水位暴涨暴落，具有山溪性河流特点。

他更了解分水江的水情：河道曲折，洲滩众多，素有"溪有十八滩，一滩高一滩"之说。大弯道五处，造成水泄不畅，洪枯水位变幅大，水患多。

十多年来，胡永成紧紧团结水文站一帮人，时刻牢记习近平书记当年的嘱托，在坚持不懈的看水生涯中，胡永成成长起来了。他现在是浙江省高技能领军人才，浙江省劳动模范，享受国务院特殊津贴。

他没有因为众多的荣誉而懈怠，他永远奋战在水文工作第一线。

"要保持高度警惕，从实际出发，深入分析和把握汛期可能出现的各种情况，全力做好防汛的各项准备工作。"习书记的话，时常在他耳边回响。

"忽如一夜春风来，千树万树梨花开"，水文测报工作注入了新科技，日新月异。他及时学习，及时更新，掌握了所有的测算工作技能。同时也要求工作人员跟他一样技术全面，与时俱进。科学测报，不光是测得出，报得准，更重要的是水文数据超前且有预见性。

灾害来临，多年以前，"下定决心不怕牺牲"是中国人不屈的脊梁；如今，"人的生命至上"是中国人的福泽。

2020 年春末夏初，桐庐的梅雨期超长待机，汛期长达 50 天，大大小小的洪水不下 10 次。胡永成和他的伙伴牢记习书记的嘱咐，坚守岗位不放松，做好准确的洪水预报，为上级指挥部门抗洪抢险传递科学、精准的一手资料。

此外，胡永成领衔"胡永成工作室"，搞创新，搞研发，带徒弟，干得不亦乐乎。同时，工作室还跟高等院校挂钩，共同开发"水文 5+1"工程，办培训班、讲课，他的足迹踏遍全国。

分水江畔看水文，看出了水质、水量、水流、水患，更看出了人的情怀。

（闻伟芳）

制
笔
之
乡

妙笔生花遍地开

出杭州城往西南，走完 60 公里的杭千高速公路，就到了宋朝诗人笔下的"潇洒桐庐"；出桐庐县城再往 05 省道 30 公里，就到了"中国制笔第一乡"分水镇。

分水镇是一个仅有 4 万余人口的山区镇，全年工业生产总值竟高达 45 亿元。一个"八山一水一分田"的地方，靠一个个家庭作坊式企业打拼，竟创造出"为全世界每人造一支笔"的奇迹。

进入分水镇境内的 05 省道上，矗立着两块高大的牌子：中国制笔之乡。一块硕大的灯箱广告映入来往行人的眼帘："欢迎来到中国制笔第一镇。"公路两侧，挂着各种招牌的制笔厂不断扑面而来。很多普通小楼，远看是住宅，近看才发现房前还挂着一块块某某制笔厂的招牌。

说起"中国制笔之乡"这两块牌子，还得从 2000 年说起。

这年 4 月 10 日，时任全国政协副主席胡启立，在省政协副主席陈文韶、杭州市委副书记于辉达以及县、镇有关负责人的陪同下来到桐庐分水镇视察，时任桐庐县政协副主席陆文虎向领导作了简要介绍："分水属山区，经济上与萧山、余杭等发达乡镇相比可能有一定的差距，但分水有分水的特色。就是这个全镇人口不到 5 万的山区镇，每年生产圆珠笔 13 亿支销往各地，可供全国人均一支笔！"对块状经济十分重视的胡启立听了后十分惊喜，并加以称赞。

11 日下午两点多钟，胡启立副主席一行人兴致勃勃地视察了分水工业园区的广众文具礼品有限公司等企业。当时镇党委书记濮明升等人很希望胡启立副主席能给当地题几个字，便与胡启立的秘书商量，秘书面显难色，因为他知道，胡启立副主席到任何地方从不题字的。没想到胡启立听到后爽快地答应："好的。"就这样，胡启立亲笔题写的"制笔之乡"四个大字便留在分水大地，永远留在了分水人民的心中。

2002 年 7 月 8 日，中共浙江省委常委、杭州市委书记王国平视察了分水制笔业，又欣然题字：中国制笔之乡。此后又在全市提出了"乡镇学分水、县市学萧山"的倡议。

"乡镇学分水、县市学萧山"，省委常委、市委书记王国平的这句话让分水一夜之间成为众人瞩目的焦点。改革开放以来，凭借制笔这一极具特色的块状经济，分水镇不仅让镇内数万名老百姓足不出户就能赚到钱而发家致富，也让全镇的经济社会和城镇面貌取得了长足的发展。近年来，分水又致力于科技创新为核心提升制笔产业的档次，分水制笔块状经济迎来新一轮发展热潮。

一花独放不是春，百花盛开春满园。分水制笔从最初一家一户的零星小作坊，逐步发展为遍地开花的"块状经济"。至今制笔企业达到 723 家，配套企业 300 余家，制笔机 6000 多台，年产销各类塑料笔达到 65 亿支，实现销售产值 28 亿元。

一支笔，一朵花，妙笔生花，花开似锦，托起一座山中小城。

"制笔之乡"展宏图

　　战争年代，分水是一块红色的土地，分水人民为全县的解放事业作出了可歌可泣的卓越贡献；解放后特别是改革开放以来，分水又是一块充满传奇的魅力之地，分水人凭着"自强不息、敢为人先"的创业精神，从小小的圆珠笔入手，写出了一篇强镇富民的大文章。到目前为止，分水镇共有制笔企业 723 家，配套企业 300 多家，在社会化分工的基础上，逐步形成了一个以分水镇为中心的集生产、加工、市场、技术、人才、信息为一体的特色经济区域。不仅如此，它的形成还带动了周边乡镇的经济发展。通过产业辐射，去年当地的圆珠笔产量达到了 65 亿支，其中分水镇就占了 90% 以上，"中国制笔之乡"的品牌效应初见端倪。当地政府在建造制笔工业园区、设立制笔研发中心、筹备产品创新中心的同时，也为打响"分水笔"的品牌不断努力。

　　在桐庐分水镇，05 省道（杭州—千岛湖）穿镇而过。进入镇区的过境段两侧，分别矗立着两块 60 余平方米的"中国制笔之乡"的大型广告牌。通往镇区的街道上，大大小小的制笔企业随处可见，数百只广告灯箱树立在老 05 省道两旁。分水是杭州通往千岛湖的必经之路，每年路过这里的游客就有近百万人，他们都是中国制笔之乡的"义务宣传员"。据说，就在灯箱装好的第三天，分水就迎来了一位外地客户，他说正是看到灯箱上的广告才找上门来的。

让制笔之乡的牌子亮起来，这是分水镇在打造"中国制笔之乡"的过程中，从"亮灯打牌子"入手，书写强镇富民文章的又一个新起点。

分水制笔起步较早，20世纪70年代末，一位杭州知青的父亲来到分水镇儒桥村，探望在这里下放的孩子时发现，当地山上的细毛竹很适合做圆珠笔的笔杆。在这一建议下，当地儒桥村在大礼堂里办起了第一家笔杆厂。20世纪80年代初是我国的"塑料革命"时期，竹竿圆珠笔处于被淘汰的边缘，为了继续生产，村干部又从上海引进了旧注塑机，开始尝试做塑料笔杆。一家一户的作坊就在这种相互模仿中延伸开来，分水制笔业也开始出现了新的转机。

从开始办制笔厂到90年代初，分水制笔业处于兴起阶段。当时基本上是家庭作坊式的生产，每家每户没有什么像样的厂房，往往是将自家的客厅或猪圈进行改造后放上几台机器，就进行生产管理模式也是家庭作坊式的。到1999年，分水镇已有130多家制笔企业，但普遍出现了规模小、设备差、产品质量低、市场销路窄的问题。对此，当地领导提出了建造制笔工业区的设想，坚持把企业引入规模化生产的道路。据了解，为了筹措资金，镇领导甚至将盖新办公大楼的400余万元拿了出来，投到了工业区"三通一平"的基础设施建设上。分水工业区总规划面积3060亩，可以满足分水制笔业20年发展的需要。建好后，进入工业区的企业就达200多家，园区的发展也初具规模，在被评为浙江省省级特色工业区的同时，还通过了浙江省环境保护机构的评估论证。工业区的建成，实现了资源、人才、资金的集聚，使分水制笔企业开始从家庭作坊式转向现代公司制，产业的聚集效应也开始显现出来。

由于地理位置的限制，长久以来分水圆珠笔的销售一直依靠单一的义乌小商品市场，渠道的狭窄成为分水笔提升知名度的一大障碍。为了拓宽笔类产品的销售渠道，分水镇政府专门成立了便民服务中心，不管是外来投资还是其他，只要企业主有项目，所有手续都由中心帮助办理。

与此同时，分水制笔业开始一手抓"走出去"，一手打"内贸牌"。企业一方面在上海、宁波等地设立外贸公司，直接接订单开拓国际市场，同时也在全国30多个大中城市设立窗口，进一步扩大销售范围。另一方面则通过参加各种展会加强自身宣传，如广交会、上海国际文具展销会、香德亚太文化用品交易会等，以替升分水笔的知名度。在第一次参加广交会时，分水笔根本进不了会展中心。为此。镇领导连着几天都守在广交会门口，渴了喝口凉水、饿了啃几口面包，不放过一次机会。终于，靠转租租到了半个摊位。分水制笔企业首次拿到了一笔200多万元的外贸订单。而现在，分水笔的外销量已经达到了生产总量的1/3左右，销售范围也扩大到了世界各个角落。

为了更好地开拓市场，分水制笔企业还通过发展电子商务实现"营销入网。据悉，继镇政府建立"中国制笔之乡"网站推销分水笔之后，到目前为止，分水镇涉足电子商务的制笔企业已达30%。据了解，浙江桐庐云山制笔有限公司自从开拓网上业务以后，企业市场竞争力迅速提升，年生产能力已从原来的24万支提高到如今的 1 亿支。网络资源的优势为分水制笔企业的发展增添了不可估量的生机与活力。

企业要上档次、上规模，必须在科技创新上有所突破。1998年以前，分水制笔企业的自主研发能力很弱，相互模仿的现象也比较严重。为此，成立了桐庐县制笔协会以制定行业行规的形式进行维权。与此同时，企业在发展过程中也意识到知识产权保护的重要性，申报的专利数量迅速增加。仅 2001 年到 2003 年，分水制笔企业授权的专利近 400 个。

为了帮助企业构筑技术创新平台，分水镇还与浙江大学联合成立了"浙江大学——桐庐分水制笔技术研究开发中心"，并开始在制笔企业内部进行电脑技术培训，以提高企业的设计水平；另一方面，又成立了圆珠笔质量检测中心，这也是浙江省目前唯一的一家省级圆珠笔产品检测中心。通过系列技术创新的举措，分水笔的质量有了迅速的提高。据了解，一直以来，分水圆珠笔的检测合格率都在 95% 以上。现在还设立一个产品创新中心，把它作为科技孵化器，进行模具、油墨等制笔技术研究，等到技术孵化成熟后再实现产业化经营。

不仅如此，分水制笔企业也通过招商引资、采取合作等形式把国外的先进技术引入企业中来。在云山制笔有限公司成为中日小企业振兴计划试点企业后，分水不少制笔企业相继开展了多个国际合作项目，迅速提高了企业的核心技术水平。

如今，"世界人均一支分水笔"的口号已深入到每一个分水人的心中，目标已成为现实，对分水人而言，这已不仅仅是个数量的概念。分水制笔人以提高产品质量和科技附加值为基础，通过专利的申报，把专利发展战略和品牌建设战略结合起来，真正打响分水笔的知名度。

分水制笔业经过多年的创业已经初具区域块状经济的优势。然而，居安思危，分水制笔人又把目光投向远方。

据了解，即便是在浙江省内，温州、义乌等地方的制笔业也相当发达。其中，温州制笔业经过近20年运作，已逐步形成了生产规模大、配套协作强、产品档次高、技术改造创新快、市场营销辐射面广的五大优势。除了制笔企业，一切与笔有关的行业，如制笔机械、制笔零配件、制笔模具、制笔包装印刷和制笔专业市场等都已十分完整。一批龙头企业还斥巨资引进瑞典、韩国具有当前国际水平的设备，加大力度进行开发，使竞争力得到了稳步提高。而义乌笔业又凭借义乌国际小商品市场这一品牌知名度在销售渠道上独占鳌头。总之，在这些方面，分水笔业无疑是相对处于竞争的劣势。而放眼全国，江西、福建等地的制笔业也相当发达，更不要说是世界笔业的制高点日本和韩国了。

面对新的挑战，分水人现在把重心放在科技和品牌上，这也是中国制笔业共同面临的两大问题。中国在跻身世界制笔业生产大国的同时，也掩饰不住其质低价廉的尴尬处境，分水笔要从中走出来，走在全国制笔业的前列，就要始终贯彻执行习近平当年视察分水制笔工业园区时提出的十六字方针："做大做强、强化特色、拓展空间、城乡联动。"在达到"世界人均一支分水笔"之后，分水人又开始向世界人均一支好笔的新目标攀登。

圆珠笔写出大文章

在浙江众多块状特色经济中，桐庐县分水镇的圆珠笔制造业名气并不算大，可记者在近日的采访过程中，却真切地感受到这里的人们用小小的圆珠笔写出了发家致富的大文章。这文章中包含着财富，显示着精神，

首先吸引笔者的是个令人振奋的数字：2000 年，分水镇的圆珠笔产量达到 21 亿支。

这数字进一步奠定了分水镇成为全国圆珠笔规模最大生产基地的地位。这个 2.8 万人口的山区小镇，加上流动人口有 4 万人，350 家制笔厂，从生产到经营，从业人员达 1 万多人。昔日曾被洪水冲走一个村、淹没一大片的穷山乡，如今人均收入已有 5000 多元。一业兴带动百家富，也推动了社会各业的繁荣，分水镇已成为全省 100 个中心城镇之一。

西关村蒋金龙是专业生产弹簧的，每只弹簧的价格是 3 厘钱；白沙村的沈益群是专业生产笔套尖的，加工费每只 1.8 厘，可他们硬是从一厘一分小钱中赚出了一幢幢楼房、一辆辆轿车、一台台电脑。据镇里领导介绍，外省一位副市长前来考察，当听到分水镇制笔业在整个经济中占有半壁江山的份额和有 1 万人的

就业机会时，兴趣甚浓；可当他看到一家一户的生产车间，特别是听到只有一分一厘的微薄效益时，便失去了回去发动推广的信心。因为积少成多，聚沙成塔，是要有耐心的。

分水人认清了一种趋势——市场竞争留给低档产品的空间正在越来越小。分水人已感受到，市场不相信眼泪。镇领导说："从年产全国人均一支笔到全世界人均一支笔，这只是数量概念，问题在于谁在用分水生产的笔，比尔·盖茨有没有用？克林顿有没有用？没有质量的数量是没有含金量的。"

分水人认准了一个关键——技术档次就是质量档次，就是市场档次。从用胶水黏结笔杆部件到改用超声波焊接；从用一般中碳钢做模具到改为锰钢和高碳钢；从手工设计到与浙大 CAD 研究中心合作进行计算机辅助设计；从靠自己"摸着石头过河"到聘请日本专家进行管理上的综合考察诊断和系统改进。分水人心知肚明，技术进步如果能使每支笔提高 5 分钱的价格，那么分水镇就能增加 1 亿元的效益，这是一个够让人去奋力追求的目标。

分水人认定了一条道路，集约起来，扩张开去。镇里辟出 600 亩土地规划了制笔工业园区，一期开发 200 亩，2000 年已有民间资金投入 5000 万元，31 家制笔厂将进入园区，年底部分厂家可望投产。进入园区的厂家生产能力都要翻番，技术档次都将提升。与此同时，民间投资 1000 万元的市场也将于下月开业。他们看重的不仅是有形市场，更重要的是信息、技术等要素的集聚，网上交易应运而生，国际销售方兴未艾，已有 25% 的产品出口创汇。

就这样，分水人用手中的圆珠笔续写着强国富民的大文章。

（作者：陈敏尔，时任《浙江日报》社社长）

先锋人物

铁血丹心杨金美

　　1984年12月12日的夜晚，这是分水人民永远不会忘记的一个夜晚：风高月黑、寒风呼啸，五云山下黑漆漆，分水江畔静悄悄。就在这个漆黑的夜晚，在分水江东岸的东溪信用社发生了一起令人震惊的抢劫杀人案：一位手无寸铁的弱女子为保卫信用社的金库，与一位手持尖刀的歹徒展开了殊死的搏斗，最后信用社金库完好无损，而时年36岁的弱女子、信用社的职工杨金美却倒在血泊中，她被歹徒连砍了13刀，鲜血溅红了信用社的墙壁，染红了房间里的整个地面……一个弱女子用自己的一腔热血书写了一篇正义战胜邪恶的英雄之歌，用无畏的行动展示了新一代年轻人的青春风采！消息震撼着分水大地，人们纷纷为这位女职工的牺牲而感到无比惋惜和悲痛，同时又为这位大义凛然、铁血丹心的女英雄感到肃然起敬！一位平时温顺善良的弱女子，面对穷凶极恶的歹徒用尖刀威吓时，她何以如此勇敢而毫不畏惧？当凶恶的歹徒挥刀在她身上疯狂乱砍时，她又何以如此的坚强而死死抓住歹徒不放？巍巍五云山为之默哀，滔滔分水江为之哭泣！

　　桐庐人民的好女儿杨金美，从小就有一颗金子般的心。她原是一位杭州姑娘，从小就是一位爱憎分明、立场坚定、热爱党、热爱祖国的好孩子。她出生于解放前夕的 1948 年，伴随着新中国一起成长起来的她，一来到这个世界就感受到新中国带给她们家庭的无比温暖，就感受到党和各级政府的无限关怀，她对祖国、对党充满着深深的感恩之情。她出生于杭州的一个普通工人家庭，是家里的独生女。她父亲有点残疾，耳朵失聪，是一家福利厂的一位普通职工，但为人一向正直，关心集体，从小教育小金美做人要做一个正直善良的人，做一个懂得感恩的人。一家人的生活来源主要靠父亲的一点微薄工资收入，日子过得自然十分清苦。穷人的孩子早当家，吃苦中长大的她，从小聪明懂事，生活朴素，吃苦耐劳。家中贫苦但她还常常关爱邻居老人小孩，邻里群众都夸她是一个好孩子。

1963 年 3 月 5 日毛泽东同志亲笔题词："向雷锋同志学习！"全国上下兴起了"学习雷锋好榜样"的热潮。那时杨金美在读初中，她最爱看的一本书是《雷锋日记》，最喜欢雷锋日记中的一段话是："对待同志要像春天般温暖，对待工作要像夏天一样火热，对待个人主义要像秋风扫落叶一样，对待敌人要像严冬一样残酷无情。"雷锋精神对她的成长产生了深远的影响，她是在全国上下学习雷锋的热潮中成长起来的一代新青年。

16 岁那年，也就是 1965 年初，她怀着"听毛主席的话，跟共产党走"的坚强信念，毅然响应毛主席的号召上山下乡，她匆匆告别了父母，作为杭州市第一批下放的知青，踏上了上山下乡的峥嵘岁月，来到桐庐县九岭公社上浦大队插队落户，她的青春岁月从此走上了一条艰难和光荣并存的道路。

杨金美由于从小就吃过苦，并不像有的知青那样怕苦怕累，怨天尤人，她天天和社员一起日出而作，日落而息，慢慢地把自己的感情也溶进上浦大队这片火热的土地，随时随地可以在稻田菜地里看到她劳作的身影。由于她能克服种种困难，处处能吃苦耐劳，受到了当地干部群众的普遍赞扬。1965年底，她光荣地出席了桐庐县知识青年上山下乡积极分子代表大会。

1965年6月，国家制定"三五"计划，毛泽东主席指出，"三五"计划要考虑三个因素，第一是老百姓，不要丧失民心；第二是打仗；第三是灾荒。根据毛主席的指示，国家又对"三五"计划的投资项目主要生产指标进行了调整，把国防建设放在第一位，抢时间把三线建设成具有一定规模的战略大后方。此后，因"备战备荒为人民"的需要，她父亲工作所在单位杭州福利厂疏散，也搬迁到了桐庐县分水镇。1967年，杨金美从九岭迁往分水，落户于西关大队第二生产队。不久与当地农民傅国强结婚成家，并和父母生活在一起。就这样，她在分水这块热土上扎下了根，杭州姑娘成了分水新一代农民。在西关大队，她先后担任过粮食翻晒员、经济保管员、粮食加工厂管理员、大队赤脚医生兼广播员等职务。不论干什么工作，她都满腔热情，认真负责，踏踏实实。干部群众称赞她：做一样像一样，干一行爱一行。她严格按制度办事，经手的账目清清楚楚、手续齐全。社员称她是"好管家"。她在工作笔记本上写道：迎着那长征路上战斗的风雨，为我们伟大的祖国贡献出自己的青春和力量。

岁月如歌，青春无悔。1977年12月后，上山下乡知青按政策规定，陆续返回城镇安置就业，杨金美也因此进入分水信用社工作。先后在分水信用社、儒桥信用社担任出纳员。因她读书不多，面对生疏、复杂的金融工作困难重重。这促使她更加刻苦地钻研业务，她的两本工作手册上，密密麻麻地摘抄了许多有关业务和政治知识方面的资料。由于刻苦，她进步很快。1981年4月，信用社领导为照顾职工生活上的方便，将她从儒桥调入离家更近的东溪信用社，继续担任出纳员工作。她忠于职守，一丝不苟，待人诚恳热情，受到了客户和同事的一致好评。在1983年开展的"文明礼貌活动"中，她被评为"积极分子"。

1984年，东溪信用社建新楼房，原有5间平房中的3间被拆除，右边一间充作新楼房的地基。这样一来，保留下来的2间旧平房仍在作办公用房，可平顶以上部分全部暴露在外。新楼尚未竣工，信用社仍在2间旧平房中营业办公兼职工住宿。12月12日，离农历冬至还有10天，这夜天气奇冷，寒风刺骨。夜幕一降临，人们便关门闭窗，在家中烤火看电视。临近年终，信用社业务尤为繁忙，杨金美习惯了晚上加班，继续着白天还没有干完的活，在营业室抄列信用社社员股金余额表。当时信用社保安设施非常差，加之右边墙体被拆除后，安全保卫工作形势更为严峻。这天晚上，金美的丈夫傅国强正在看电视。晚上8时许，一个幽灵般的黑影闪进了东溪信用社尚未竣工的新楼房。盗贼随身携带一把杀猪尖刀、一把铁榔头和一根尼龙绳，从未完工的新楼房的阳台窜入旧平房人字梁上，再爬到西北角的库房木顶上，撬开方形的盖板，取出尼龙绳拴在柱子上，然后顺着绳子滑下，潜入了杨金美的房间，歹徒在黑暗中寻找，目标是信用社的保险箱。

8点半左右，杨金美的丈夫傅国强看妻子没日没夜地工作，很是心疼老婆，便叫她休息一下，看会儿电视再忙。杨金美确实有点累，也很想休息一下，陪老公一起看看电视，可她想到还有许多白天没有完成的事情要做，明天还有明天的任务，她只在电视室门口站了一下，瞄了一眼电视，又回到营业室继续工作。不久，她似乎听到隔壁自己的房间里有响动，心里有点不踏实，于是起身回房察看。她万万没有想到，此时凶恶的歹徒已藏在她的房中。歹徒听见门外有脚步声，立即拔出杀猪尖刀，闪在门后。当杨金美推开房门进入房内的瞬间，一把尖刀突然顶住了她的胸口。歹徒迅速用脚把门关上，一只手捂住杨金美的嘴，一只手握着闪着寒光的尖刀，阴沉而凶狠地说："不许叫，快点把保险箱的钥匙交出来，否则就杀了你！"杨金美情知不妙，镇定了一下，原来歹徒是来偷金库的，心想一定不能交出保险箱的钥匙。她便一把抓住了胸前的尖刀柄，挣扎着呼喊"有……"还没等她喊出"人"字，歹徒用力将刀往回一抽，金美的双手被划破，鲜血顿时往外直流。她强忍着钻心的疼痛，死死抓着歹徒，再一次挣扎开奋力呼喊："快来人啊……"呼救声在夜幕中回荡，可是因隔着厚实的砖墙，还有两道门，再加上电视声音较大，在不远的隔壁看电视的丈夫并未听见。凶残的歹徒怕她呼喊被人听到，突然朝她右腹猛刺一刀，杨金美奋力反抗，没想到歹徒刀口往下一划，顿时她的肠子从伤口处溢了出来。生死关头，她仍扭住歹徒不放，又一次乘机大喊："快来人啊，快来抓强盗！"歹徒被这位刚烈女子的叫喊声吓得心惊胆战，就双手抓住她的肩膀狠狠地往墙上猛推猛撞，歹徒想急于脱身，可杨金美抓着他死死不放。歹徒急了，又穷凶极恶地在她的颈部左侧拉了一刀，霎时一股鲜血喷出，溅红了半面墙壁，杨金美手脚慢慢发软，再也无力支撑，终被歹徒推倒在地。惨烈的叫喊声和激烈的打斗声终于让正在看电视的她丈夫傅国强听到了，她丈夫感到情况异常，立马赶了过去，罪犯正手拿尖刀、榔头冲出库房。傅国强赤手空拳与歹徒展开了打斗，歹徒挥舞着尖刀一阵乱砍乱刺，傅国强顿时多处受伤鲜血直流，最终罪犯像疯狗似的夺门向外逃窜。

后来据杨金美的女儿杨军回忆说："我妈身上共有 13 处伤口，血肉模糊，惨不忍睹，爸爸身上也有七八处伤口。"可见当时搏斗是多么惨烈。

杨金美因腹部受重伤和左颈静脉完全被割断导致大出血，因流血过多造成休克，最终抢救无效英勇牺牲，而东溪信用社的保险箱却完好无损。在公安部门的全力侦破下，凶恶的歹徒很快就被抓住，罪犯名叫何伟群，最终受到了法律的严惩。

杨金美因公殉职。停柩送葬期间，前来吊唁送行的干部同事和附近群众陆续不断，人们面对这位温柔善良、英勇顽强的刚烈女子，无不潸然泪下。

为了褒扬杨金美同志的英勇壮举，1990 年 5 月桐庐县妇联追认她为桐庐县三八红旗手；1990 年 8 月，经浙江省人民政府批准，杨金美被追认为革命烈士；1990 年 10 月 18 日，中华人民共和国民政部颁发了《革命烈士证明书》，正式批准杨金美为革命烈士。

杨金美同志长眠于分水城西村的西山太阳湾，在县信用社树立的一块高大的黑色大理石墓碑上，"杨金美烈士之墓"七个金色大字显得庄严肃穆。安息吧，革命烈士杨金美，分水人民永远怀念您！

红色院士王三一

王三一，1929 年 1 月出生在分水镇县东村。1952 年参加中国人民志愿军赴朝参战，荣立二等功。回国后，继续在清华大学读书，1953 年毕业于清华大学水利系。一生从事水利水电工作 50 年。1981 年加入中国共产党，1994 年获"中国工程设计大师"称号，2001 年当选为"中国工程院院士"，被誉为红色院士，这是分水镇、桐庐县至今唯一的一位工程院院士。2003 年 8 月 5 日病逝于长沙。遵嘱，他的骨灰一部分留在长沙，一部分安放在家乡分水镇五云山母亲墓旁。

攀山涉水，焕发书生意气

1953 年，风华正茂的王三一清华大学毕业，踏上了一条水电勘测设计之路。建国初期，工作、生活条件相当艰苦，设计电站的资料残缺不全。从江西的上犹江，到湖北的白莲河，再到贵州的乌江渡，王三一攀山过水，搜集一份份珍贵的第一手资料，亲手描绘出一座又一座电站的宏伟蓝图。

1972 年，王三一来到贵州的乌江。他和同事们承担了地质条件极为复杂、当时为国内第一高坝的贵州乌江渡水电站的勘测设计工作。作为设计人员,王三一认为首要的任务就是要掌握和吃透两岸千奇百怪、纵横交错的几十万立方米岩石熔蚀空洞的发育规律和渗漏特性,以及成千上万条断裂切割岩块的力学特性。为此,他和地质人员一道,用悬绳攀援 70 度以上的悬崖陡壁和几十米高的岩溶凿竖井,钻进勉强能进人的溶蚀岩洞内。他对坝基基岩一块一块地去敲打,十分认真地对勘测试验资料进行分析研究,为在我国复杂地质条件和岩溶发育地区建成第一座 165 米的高坝奠定了坚实基础。

岩溶地区历来被国内工程地质专家视为修筑高坝的"险区"。崇尚严谨、专业理论功底深厚的王三一,在深入实际掌握了第一手资料的基础上,与同事们一起条分缕析,科学论证,勇敢地向"险区"发起了挑战。

王三一,在工地住过芦席棚、老百姓的阁楼,最后住进了自己修造的干打垒式的简易平房,一住十多年。白天深人现场,夜间面对一大摞实地查勘来的地质和试验资料:地表是溶蚀洼地、漏斗和溶沟沟谷,地下遍布溶洞,且有不同年代发育的四层暗河,其间又有竖井在空间构成立体式通道。他思索着千奇百怪岩溶形态形成的历史过程和发育规律、分析研究怎样在这千疮百孔的地基条件下使净水在高达 134 米的大坝蓄水而不漏?怎样在岩石断裂特别发育、岩石十分破碎、地表平均每 5 米就有一条断层、平洞内每 2 米就有一条断层的基础上建一座承受几百万吨推力而能安全稳固的大坝?怎样解决在坝址地段河谷狭窄、坝肩边坡陡峭、需要宣泄每秒几千立方米流量,流速高达 30—40 米/秒的情况下布置众多建筑物?

在大坝设计中，经过多种方案比较和反复推敲，王三一提出了深思后的见解：基础和坝体是一个统一体，基础是天然形成的，坝体是人为的，适应好人为的、利用好天然的才能达到总体最佳效应。乌江渡地区河床和两岸地质条件差，既不宜修重力坝，也不宜修拱坝。考虑到这种条件，应该设计一种拱坝与重力坝相结合的坝型。这个推荐方案充分考虑了坝址的地质条件，又考虑了坝体本身结构特点。在防漏设计中，王三一和他的同事们针对岩溶的发育规律，抓特点，找方法，终于找到了防渗两岸接头和防渗区底线及高压灌浆工艺，成功地堵住了千疮百孔的漏水通道。

时至今日，坝高165米装机容量63万千瓦的乌江渡水电站，依然以它那傲人的壮丽风姿巍然屹立在贵州乌江的青山绿水之中，已安全运行了20多年。我国一些著名的岩溶地质和水工专家曾评价说："乌江渡电站的建成，标志着我国在岩溶地区的工程设计和处理水平跨上了一个新的台阶。"

巨龙昂首，闪耀铮铮豪情

2001年7月1日，国家西电东送的重点工程——龙滩水电站开工典礼隆重举行。看到眼前的欢腾景象，王三一，这位73岁、头发已花白的老人像小孩子一样地笑了。作为特邀嘉宾，他难以掩饰自己的激动，自豪地说，"龙滩终于开工了，我终于等到了这一天。"

20世纪60年代，王三一查勘过红水河和龙滩坝址。80作代，中南勘测设计院从广西水电设计院手中接过勘测龙滩的接力棒后，王三一成为龙滩工程设计总负责人。

在国家审定龙滩的重力坝方案后，王三一组织同仁进一步优化设计，提出目前世界上最大的全地下式厂房和世界上最高的全断面碾压混凝土大坝方案。这独特的构想，可以让工程工期缩短一年，提前发电效益可以增加100多亿度电量，工程投资也可节约资金2亿多元。

王三一重视工程实践和现场第一手资料，一生工作中有一半以上的时间都在工地上度过，他像拼命三郎一样忘我地工作，像一部超负荷的发电机一样不停地运转。他转了一圈又一圈，转了一年又一年。转到1990年，在这台"机组"快退役的时候，他终于重病缠身，乙肝、肝硬化、肝腹水、肝癌等疾病悄然地爬上了他的身躯。近十多年来几度病重告危，但病情稍稍稳定一点，他又拖着病体多次奔赴现场考察。由于病重和过度劳累，他先后三次由肝硬化引发大出血，即使在住院，在家治疗中，他仍然心系工程，还在审阅资料图纸。

按理说，大病后的王三一最需要的是休息，领导和同事们不知多少次劝他少工作多休息，他总是以"时不我待，事业无极"的话语来答谢人们的规劝和关心。病势刚刚有所控制，他又要到北京去了。在飞往北京的机舱里，他同样在看资料，缜密地推敲思索着种种可能出现的问题。在世界银行特别咨询团来我国考察期间，他又赶赴现场为专家们介绍设计情况。才放下龙滩的资料，他又去金沙江向家坝工地研究方案和去金沙江虎跳峡查勘坝址；刚刚洗却沅水五强溪工地的尘土，马上就踏上了去长江三峡和清江水布垭水电工地的路途；为了云南五里冲工程的防渗方案，多次千里迢迢到云南。人们虽没有作过详细的统计，但熟悉他的人估计病后退休的王三一出差工地的天数最多时一年达到250多天，这对一位年逾古稀、重病缠身的老人来说，是件多么不容易的事啊！

春华秋实，撷摘累累硕果

王三一担任中南院总工程师以后，他主管的东江水电站又获得全国第五届优秀工程设计金奖。每当人们跟他提起以往的成就和贡献时，他总是淡然一笑："那都是过去的事了，没有大家，我一个人能干成什么呢？"

是的，对于荣誉，他从来都很淡漠。为水电事业的发展而奉献一生是他的精神支柱，学习探索和创新是他孜孜以求的目标。正如他自己常说的"一个人每天都要争取吸收一些新东西丰富自己的知识，这样才会有所长进，取得成绩，并应常反思不足。"他学的是水利，又从事水利专业，但他在工作中还深入学习了水能规划、施工、地质等专业知识，并对文、史、哲也充满兴趣。这为他提高自己的综合素质，在技术总体决策中能纵览全局打下了良好的基础。

1958年，王三一担任白莲河工程设计组长，原来设计的是砂壳黏土心墙坝，后经调查研究了大量花岗岩风化料的资料，提出改用坝址两岸花岗岩风化料做坝壳并改陡坝坡，就近取材，节约了投资，缩短了工期，建成了当时国内用风化料作坝壳的坝坡最陡最高（69米）的土坝。在引水隧洞设计中，他一改过去沿用按普氏山压理论设计的老模式，提出了防渗和受力都应将围岩与衬砌视为一个整体结构的新思路。如今，这个设计思想仍是地下工程设计的一个重要理念。

东江水电站是当时中国大陆最高的薄型双曲拱坝，获全国优秀工程设计金质奖和全国优秀工程勘测金质奖。该工程采用的窄缝式消能、坝后背管等技术均属国内领先水平，王三一对该工程的坝前断层以创新的思路提出可不进行处理。

分析了大坝初期施工中混凝土产生裂缝的原因后，提出对策，这些意见均为高薄拱坝建设提供了新的理论和经验。王三一主管设计的龙滩水电站是一座坝高 216 米、总装机为 540 万千瓦的巨型水电站，他对该工程设计方案的选择枢纽建筑物的总体布置、左岸蠕变高边坡（300 多米）处理等均有创新。特别是对新坝型研究方面，他主张并先后提出了高面板堆石坝方案和碾压混凝土高坝方案，为国内此类型高坝设计工作开创了先例。

辛勤的付出必有沉甸甸的收获。1985 年，王三一获国家科技进步一等奖；1991 年被国务院评为有突出贡献的专家；1994 年获中国工程设计大师称号，他担任总工程师主管的工程中，获国家和省部级科技奖项共 51 项。王三一，这位水电建设的尖兵，穷其一生，跋涉在祖国的雄伟山水之间。

科研先锋吴世法

　　吴世法，1928年10月7日生，桐庐县分水镇武盛村人。1952年大连工学院应用物理系毕业。曾任中国核工业部中国工程物理研究院流体物理研究所副总工程师、研究员，中国光学学会第一届理事，中国科技大学精密机械与仪器系兼职教授，在我国的原子弹、氢弹的研制事业中，奋战了30年。

　　吴世法退休后，被大连理工大学聘为物理系教授、博士生导师，至今虽已81岁高龄，仍耕耘在国内外科学研究的前沿，为大连理工大学开辟了新的学科方向——纳秒和纳米分辨近代成像的科技发展事业。吴世法治学勤奋、严谨，为祖国培养了一大批博士、硕士研究生，为我国的科技教育事业做出突出贡献。

　　吴世法是我国第一颗原子弹研制中光测技术研究负责人，第一次国家试验中国工程物理研究院实验部参试队副队长。是我国爆轰高速摄影光测技术研究的奠基人，是我国超高时间分辨和超高空间分辨近代光学成像科学技术研究的最早开拓者。他享受国务院专家津贴，曾获国家科技进步一、二、三等奖各一项；国家自然科学一等奖一项；国家发明二等奖一项。曾三次（1999、2001、2004年）被中国工程院遴选为最后一轮的院士候选人。

吴世法 1953 年大学毕业后被分配到中国科学院长春光机所工作，经过几年的工作实践，成为一名光学专家。1960 年 4 月，他结婚没几天，长春光机所党委书记蔡仁堂通知他，说是根据刘少奇指示中央组织部下的调令，要他立即去核工业部参加一项非常重要的尖端国防科研任务，且是一项绝密的任务，夫人几年之内不能同时调去，他二话没说，蜜月还没度完就到新岗位报到了。

　　吴世法报到后的第一个任务是负责在一个新建的我国第一颗原子弹爆轰实验基地上，建立高速摄影光测技术，此项技术是研制我国第一颗原子弹爆轰实验任务首先完成的关键技术之一。当时我国这项新技术学科还是空白，等待着从全国各地调来的技术骨干为这项国家"596"（以苏联专家撤走年月作为任务的代号）计划攻关。吴世法带领光测组全体同志一起努力，从无到有迅速地建立起具有独创性、先进性的高速摄影光测技术，使我国的高速摄影光测技术，在我国第一颗原子弹的研制和后来的第一代核武器的研制中起到了很大作用，该项技术荣获了 1982 年国家自然科学一等奖，1987 年国家科技进步二等奖。创新往往是在强烈的责任心驱使下，经过许多日日夜夜的苦思构想和攻关实践才能取得的。攻关初期正处在国家困难时期，粮食定量，一降再降的条件下，当时每人每月发二两糖票，定量供应糖块，吴世法为了均衡保持体力，计划着每天吃一块糖块，早晚各二两稀饭，中午两个馒头，在相当长时间，用化学酱油泡馍，填饱肚子，为尽量减少活动，多躺在床上思考问题。有一次，为解决一个测多条波形的光测问题，吴世法在床上苦思冥想，直至午夜 3 点才想出了一种"转向机构"。为证实它，需要画结构示图，吴马上起床，赶到办公室设计草图，到证明出"转向机构"的可行性，已经是第二天上午 10 点多钟了。

吴世法那时脑子里只有攻关课题，经常是走路想、坐车也想。到试验基地做实验常常要自己扛着行李坐儿个小时的火车。一次，火车太挤，吴世法只好坐在火车车厢连接处自己的行李上，在一张纸上画呀画，终于想出用"一维扫描记录二维运动"的方法，这个后来称为"轨迹法"的发明构思，就是在这样艰难的火车旅程中想出来的。

当代历史已经证实，光纤技术是开创信息时代的重要支柱之一，然而吴世法的一项发明：国内外第一个光纤传感器——"光纤爆轰探测器"，在"文化大革命"中差一点要了他的命。1961年底，他根据光纤全内反射原理，在国内外首先提出了"光纤爆轰探测器"的设想。当时，吴曾通过领导请外贸部部长指示有关部门在国际市场上购买光纤。得到的回答是，国际市场尚无任何光纤产品，仅有一家英国公司愿意为我国研制所需要的光纤，但研制费需要 10 万英镑，研制成功后仍需"付款购货"。吴世法和其下属黄潮同志多方奔波，北京玻璃研究所愿意根据他们的设计研制光纤，但需要投资 10 万元人民币的研制费。为了事业的需要，也有利于促进国内光纤先进产业发展，所领导决定付 10 万元研制费。光纤研制成功了，光纤探针研制出来了，应用于爆轰测试的预备试验也成功了，然而，由于第一颗原子弹国家实验任务要求提前，没来得及用上"光纤爆轰探测器"。为此，在"文化大革命"中吴世法遭到极左分子的攻击，说他"是刘少奇从全国网罗来的牛鬼蛇神"、"光纤探针是浪费的罪证"、"浪费就是破坏"、"破坏就是反革命"。当时，"革命委员会"在枪毙吴世法的文件上盖上了红印（后由于他的岳父因海外亲属关系有严重问题正处于调查，需要对证，才留了下来，于是长达2年多吴世法被押在"革命委员会"设的狱中）。在全厂杀一儆百的批斗所谓走资本主义道路当权派万人大会上，吴世法是左侧第一陪斗者，右侧陪斗者在会后立即拉去枪毙了。他当时还不知道自己协作研制的这种光纤在批斗自己时已经被另一课题组应用于另一次国家试验，并取得了成功。后来，在我国第一代核武器研制中多次用了这项"光纤爆轰探测器"。事实证明，这个发明是世界上第一个实用的光纤传感器。1984年这项光纤爆轰探测器发明获得了国家发明二等奖，然而受奖人名单中却没有吴世法这个主要发明人的名字。他说："关键是用上了，只要证明这个发明有用，被承认就行了。"

有一年，为完成另一次国家试验，在待出发的火车上，邓稼先院长对吴世法说："这次你负责一定要测到XX光，这是军令状，如果再测不到XX光，拿你是问。这次试验太重要了，它关系到我国原子弹、氢弹能否上一个新台阶。"吴世法把压力当作动力，他细致地设计总体方案，并在国家试验中，做好周密组织、协调多个参试单位，结果几个参试单位全都测到了XX光，并共同获得了国家科技进步一等奖。

1984年至1990年，他负责组建一个X射线照相图像处理研究小组，这又是一个难度很大的课题。国内外尚无成功经验。他们不得不从基础开始创建，研究成象系统点扩展函数，调制传递函数，提高图像信噪比，建立光密度图像公式等。后来在爆炸碎片参数测量图像处理方法、射流特征量图像处理方法等方面获得了国家级和部级多项科技进步奖。

吴世法 1991 年退休后，受聘于大连理工大学物理系，他的开拓创新精神又驱使他开创新的、前沿性的学术研究领域。1993 年在他的领导下，与中国科学院北京电镜实验室合作研制成功了我国第一台光子扫描隧道显微镜，其主要指标达到了国际领先水平，国内首次获得空间分辨高于 10 纳米的光学图像，获国家教委和中国科学院科技进步三等奖各一项。

2002 年，吴世法又进一步研制成功"原子力/光子扫描隧道显微镜"，解决了国际上光子扫描隧道显微镜产业化中存在的消假像和图像分解两大关键技术难题，在同年 9 月通过了由教育部组织的鉴定，鉴定委员会由著名光学专家王之江院士任主任，委员有陈星旦院士、姜文汉院士、庄松林院士、姚骏恩院士、刘颂豪院士、李景镇教授和吕申教授。与会专家一致认为：新一代具有纳米分辨能力的原子力与光子扫描隧道组合显微镜（AF/PSTM），同时具有原子力显微镜和光学显微镜双重功能，其减小假象和透过率与折射率的图像分解方法，属国内外首创，已达到国际领先水平。该项研究技术获国内外发明专利三项，，省科技进步二等奖。

吴世法近期从事的近场光学增强机理研究，已提出超高灵敏拉曼增强样品池与拉曼分子指纹谱分析系统两项发明专利申请，正在为一些重大疾病的早期诊断方法与低丰度生物分子拉曼分子指纹谱分析技术的开拓作攻关研究。

吴世法认为著作是人类知识的"接力棒"。因此他在几十年成象科学技术研究和对最新国际动态调研的基础上编写了 40 万字的专著《近代成象技术与图象处理》，1997 年由国防工业出版社出版。该专著获大连市 1999 年著作类科技进步一等奖，全军科技进步二等奖，是教育部首批推荐的高校研究生教材。吴世法的业绩被收入美国 AB I 传记研究所《国际杰出学术领导者名人录》、英国剑桥《世界知识分子名人录》，并获 20 世纪成就银质奖章。收入《中华人物大辞典》、《当代中国科技名人成就大典》《世界名人录》等书籍。

吴世法热爱国家科技事业，工作勤奋，治学严谨。尽管今天已是 81 岁高龄，这种精神却没有一丝一毫的减退，干起工作来不分昼夜、不分节假日。他依旧是每天去办公室，做他的研究工作，指导他的博士、硕士研究生，仍耕耘在科学研究的前沿。

学者楷模钟章成

钟章成，1929 年 10 月出生于桐庐县分水镇城西村。1953 年加入中国共产党。1954 年东北师范大学研究生毕业，分配到西南师范大学任教，1987 年被聘为教授，1990 年起任博士生导师至今。他历任西南师大生物系主任、副校长、校长。曾任重庆市第二届、第四届科协副主席、四川省政协委员，四川省学位委员会委员、四川省科技顾问团成员和国家教育指导委员会成员，中国生态学会副理事长、四川省生态学会第 1—3 届理事长、国家自然科学基金评审组成员、校学位委员会副主任和学术委员会副主任。现任重庆市生态学学术带头人，西南大学生态环境资源研究院院长，东北师范大学、北京师范大学等 5 所大学兼职教授，荷兰乌德勒支大学兼职博士生导师，英国剑桥国际名人中心顾问委员会荣誉委员，《生态学报》编委。

成功的学者

钟章成教授从事教学和科学研究工作 50 多年，治学严谨，学风端正，为国家培养了大批人才。钟章成 50 多年来系统地、创造性地从事常绿阔叶林生态学研究，其专著《常绿阔叶林生态学研究》是我国第一部现代常绿阔叶林生态学著作，达到了国内领先水平和国际同类水平。吴征镒院士认为钟章成另一部著作《植物生态学研究进展》系统地总结了一个真正的植物生态学家几十年来的工作成果，贯穿着一个学科近 20 年发展的脉络，基本上反映了植物生态学在中国发展的主要方向，对学科的发展和人才的培养均有启示。

钟章成撰写或主编专著有 7 部：《植物生态学研究进展》、《常绿阔叶林生态学研究》、《常绿阔叶林生态系统研究》、《植物种群生态适应机理研究》、《自然环境保护概论》、《攀援植物行为生态学的理论与研究方法》，《植物生态学》。在国内外著名学术刊物上发表论文 160 余篇。其中：《常绿阔叶林生态学研究》1989 年获四川省科技进步二等奖，并获国家教委自然科学专著优秀奖和 1994 年国家教委科技进步三等奖。《植物生态学研究进展》于 2001 年获教育部中国高校科学技术二等奖。《植物种群生态适应机理研究》专著于 2004 年获教育部科技进步二等奖。他曾主持国家自然科学基金重点项目《植物种群生态适应机理研究》1 项，国家教育部重点科学技术项目《木本药用植物拟种群理论与生物技术开发研究》1 项，国际合作项目荷兰 WOTRO 基金 2 项。目前仍主持国家自然科学基金 1 项，国务院三峡建设委员会《重庆三峡库区消落带对生物多样性影响与对策》项目的研究。

1991 年钟章成获国务院颁发的政府特殊津贴，同年获四川省优秀研究生导师称号，1993 年获曾宪梓教育基金会高等师范院校教师二等奖，1996 年获香港柏宁顿（中国）教育基金会第二届孺子牛金球奖荣誉奖，1997 年获重庆市首届科技先进工作者称号，2000 年 10 月获荷兰乌德勒支大学国际勋章。

可敬的良师

钟章成教授长期担任本科生硕士生和博士生的教学工作。从 1979 年开始招收硕士生，至今已 21 届 55 人（其中荷兰硕士生 2 人），1990 年至今招收博士生 15 届 20 人（其中荷兰博士生 3 人），研究生中 11 人已提升为教授，18 人提升为副教授，4 人担任博士生导师，并有高校（含厅局级）校级干部 3 人，杰出青年基金获得者 1 人。

钟章成一直坚信"弟子不必不如师，师不必贤于弟子，闻道有先后，术业有专攻"的道理，在课堂上，他从不给学生划框框、设禁区，总是为学生创造条件，鼓励学生大胆去干，去闯，在探索中去体会，允许各抒己见。在教学中，他积极改革课堂教学与考试方法，提出了"五个结合"的做法，即"讲授与自学、讨论与作业、报告与论文、理论与实践、闭卷与开卷考试"相结合。他指导研究生把学位论文选题与他本人的国家科研任务结合起来，提高研究生的独立科研能力。他还支持学生们创办了《青年生态学家》杂志。他所带的硕士生和博士生有近百篇论文在国内外学术刊物上发表。

"为人师表"是钟章成在学生面前时刻注意的形象，不论是课堂教学，研究生实验，还是外出实习，他总是以身作则。一次他带研究生野外实习，因跋山涉水，长途劳累，导致胃出血。为了不影响学生的情绪，他还是坚持工作，最后晕倒在地上，头部摔伤，不省人事，学生见后全都哭了。

跨越国境的友谊

1984 年，国际知名的植物生态专家、荷兰皇家科学院院士、荷兰乌德勒支大学植物生态学与进化生物学教授威尔格博士，为了扩大学术影响，将一篇在几家刊物碰了壁的关于植物进化的英文稿，寄给在植物生态学界颇有名气的钟章成，钟章成拿着这份从荷兰寄来的英文稿，仔仔细细读了好几遍，认为该文是在生物界首次对植物生活史进化作了研究，提出的理论和观点非常新颖，于是，他和威尔格关于学术问题的交流信件开始频繁的往来。随后，威尔格亲自来到西南师大拜会知己。耳闻目睹，威尔格为中国同行严谨的治学精神，在艰苦的科研条件下认真踏实的科研态度、宽松的学术氛围所感动，坚定了要和钟章成合作科研的决心，从此开始了一段跨越国界的历时 22 年的学术合作和交流。

1985 年，威尔格将自己的博士生佛里沃特送到西南师大，在钟章成这儿做博士后工作，钟章成组织了 9 人工作组协助佛里沃特完成了《中国亚热带草地结构与功能》的研究工作；

1987 年，钟章成和威尔格联合，向荷兰国家科教部申请到《中国亚热带常绿阔叶林苗木生长和光照的关系》课题；

1988 年，由钟章成主持的《西欧林堡地区落叶阔叶林生态学研究》在比利时展开，并联合发表了学术论文；

1990—1993 年，两人在荷兰招收的第一届合作培养的博士生——汉斯在西南师大完成学业，获荷兰乌德勒支大学博士研究生答辩委员会主席和导师钟章成签字的学位证书；

1994 年，钟章成主持的《植物种群生态适应机理研究》被列为国家自然科学基金重点项目，威尔格被聘为该项目的外籍专家；

1993—1996 年，两人联合申报的课题《毛竹生态学研究》《中国南方乔木树冠修剪、分配与生长》相继被批准为荷兰热带研究基金（WOTRO）项目；

1997 年，两人合作培养的第二届博士生李睿在乌德勒支大学取得博士学位，又开始招收第三届博士研究生曾波，并于 2006 年将他和威尔格教授联合培养的刘芸博士送到荷兰做博士后工作。

你来我往，一座友谊之桥在中国和荷兰，在西南师大和乌德勒支大学之间架起。22 年里，威尔格教授曾先后 7 次来西南师大进行学术交流、合作科研，钟章成也曾 6 次受邀赴荷兰进行合作科研。在英国谢菲尔德大学做完博士后工作又留校任教的汉斯，把他在西南师大研究亚热带植物种群工作的全套方法克隆到英国，做起了温带森林的研究。威尔格教授也成为西南师大亚热带生物地理研究所和生命科学院的顾问教授。7 名生态学专业的硕士生，在他的推荐下分别被美国的哈佛大学、犹他州大学和新西兰的林肯大学、日本林业研究所等接收为留学博士生。双方共同合作进行了 9 个科研项目，先后在国际学术刊物上发表文章 19 篇，而且大多被 SCI 刊物收录。

就这样，西南师大的师生们都称他为学者楷模。

后 记

在举国上下隆重纪念中国共产党成立100周年之际，在新春牛年到来之时，凝聚着我们几位编撰人员辛勤汗水的《分水江畔的丰碑》终于付梓了，这是献给建党100周年的一份厚礼，也是我们编撰人员的一片至诚心意！

这是一部反映分水人文历史的散文集，全书以发生的时间为经线，以红色事件为重点，力求真实，言出有据。全书通过叙写在分水这片红色土地上，革命先驱为解放分水县和解放初期剿匪的英雄事迹，讴歌先烈们为新中国的解放勇于献身的革命精神；通过叙写分水历史上"七·五"特大洪灾，讴歌南堡人民在灾情面前，干部群众团结一心、自力更生、艰苦奋斗的"泰山压顶不弯腰"精神；通过叙写"中国制笔之乡"的成长历程，讴歌分水人民在改革开放的大潮中，在党中央的正确领导下和各级领导的关怀下抢抓机遇、敢为人先的创业精神。

本书在创作采访、收集资料过程中，得到了中共桐庐县委宣传部、桐庐县社会科学界联合会、分水镇党委政府和县党史办的大力支持；在采写过程中，得到文友范敏、闻伟芳、旷发丽、孟红娟等人的鼎力相助；本书参阅的资料来源有《古邑分水》《悠悠分水》《红色记忆》《金萧支队在分水》《梦中的家园——分水》《那时，梦春花正盛开》《人文百江》等，在此一并表示衷心感谢！

编者

2021 年 3 月